ハヤカワ文庫JA
〈JA1262〉

ひとごろしのうた

松浦千恵美

早川書房
7909

ひとごろしのうた

新宿駅東口から歩いて五分もかからない、雑居ビルの四階にあるライブハウス。

先月開店したばかりだからあんまり暴れないでくれと店長は言っていたが、一組目のバンドが出た途端に客は総立ち、椅子やテーブルはがたがたと大きく音を立てて、あっという間にフロアの脇に追いやられた。

だいたい、「発禁ナイト」と題された今夜のライブに来る客層がどんなものかを想像してみれば、椅子もテーブルも最初から出すこともなかっただろう。フロアを見ればどこを見ても男、男、男。汗と体臭と轟音で充満した空間は、女にはとてもじゃないが三秒も耐えられやしない。

対バン・ライブのトリを飾る俺たちがステージに出た頃には、何人か酸欠で運び出されていた。ステージ前に陣取っている野郎たちは意識が朦朧としているようで時々白目を剥いている。演奏する俺たちも一曲目の間奏時点で頭がクラクラしてきた。だけど、演《や》る方も見る方もまるで命のやりとりをするような、そんなスリルがたまらない。

アンコールは他のバンドと一緒にセッションすると決めていた。曲はストーンズの、文句なしに盛り上がるあのナンバー。キースよろしくポーズを決めて、イントロのリフを弾いた途端、突然ピンク色の塊がステージめがけて飛び込んできた。

女だ。しかも、かなり若い。

ミニスカートから伸びるすらりとした長い脚に皆が気を取られている間に、彼女はマイクを奪い、叫んだ。

「I CAN'T GET NO SATISFACTION!!」

慌ててイントロのリフを弾きなおすと、彼女ははしゃぐ子供のようにぴょんぴょんと飛び跳ねた。そのたびにスカートの裾が蝶のようにひらひら揺れて、下着が見えそうになる。

彼女が跳ねるたびに、バンドメンバーはもちろん、客の野郎どもは大喜びだ。当のご本人はそんなこともまったく気にも留めていない様子で、あいさつ代わりのアドリブ演奏も今の彼女にとってはヴォルテージを加速させるエネルギーでしかない。

まだあどけなさの残る顔立ちからは想像できないほどの張りのあるヴォーカルは、俺たちのロックをさらにロールさせて客を嬲《なぶ》る。

まったく、小娘のくせにライブを、ロックンロールというものを知っていやがる。俺たちはいつのまにか彼女を中心にして演奏していた。

——そして俺は、恋に落ちた。

（一）

——眠い。

ふわぁ、と大きく口を開けそうになったところを、斜め向かいの中年サラリーマンと目が合った。

大路樹《おおじいつき》は出かけた欠伸《あくび》をごくりと飲みこんだ。

今日は月に一回の制作会議で、いつもより一時間半早めの出社になる。昔は午後に行われていたらしいが、経営方針に資本元の海外経営陣が介入するようになってから、午前の、しかも始業前開始になったらしい。

週の半ば、けだるさが漂うラッシュアワー真っ只中の丸ノ内線。押されただの、踏まれただのといちいち腹を立てていては、この先長く続くであろう「会社員」という人生を乗り切ることはできない。樹は吊革につかまるとぐっ、と歯を食いしばり、ほとんど斜めに傾いている身体のバランスをなんとか保った。

文字通りのすし詰め状態にありながらも、乗客たちはスマートフォンを離さない。持つ手が誰かの肩に乗っかっていようが、ケースが他人の顔の真正面にかぶっていようがおかまいなしだ。SNSやゲームをしている者がほとんどだが、中には音楽を聴いている者もいる。横に立っているOLらしき女性がイヤホンをつけていた。樹は手にしている携帯音楽プレイヤーの画面をそっと覗き見た。

「PREZM《プリズム》 ROCK《ロック》」

——心臓が、跳ねた。

それは樹のバンド、「EZ《イージー》 COME《カム》 EZ《イージー》 GO《ゴー》」の三枚目のCDタイトルだった。

発売は今から八年前の三月二十一日。週間チャートで初登場第一位になるとそれから七週間首位をキープし、女性ソロシンガーの活躍が台頭していた中で二〇五・三万枚のセールスを記録した。年間アルバム・チャートでは第二位となったが、先行シングルの「モダンタイムス・ロックンロール」は年間シングル・チャートで第一位となり、アルバム・シングルともに「EZ COME EZ GO」の代表作となった。夏に行われた初のスタジアム・ツアーは大成功をおさめ、バンドの勢いは最高潮に達していた。

何もかもがこのままずっと……そう、永遠に続くと本気で思っていた。バンドはもちろんのこと、アーティストとしての自分も。でもそれも今から思えば、浅はかな考えだった。

この世の中に、約束されている未来なんて何ひとつありはしない。実際、今の自分は所属していたレコード会社「ＥＷＩ《イーストワールドインダストリーズ》レコード」の第一邦楽制作宣伝部「見習いディレクター」として、毎日満員電車に揺られて出社している。

それにしても、八年も前の作品を聴いてくれるのは有難いことだ。感謝で胸がいっぱいになったその時、急ブレーキがかかり、乗客たちの身体が左右に大きく揺れた。そのせいで、吊革から手が離れてしまった身体はイヤホンのＯＬに乗りかかるように思いきり寄りかかった。咄嗟に「すみません」と身体を離した樹をＯＬは肩越しに見るなり、「チッ」と、舌打ちをした。

六本木通りと外堀通りが交差する、溜池交差点そばにある八階建てのビル。そこがＥＷＩレコードの本社ビルになる。その最上階にはスタジオが二つあり、レコーディングはもちろん、新作ＣＤの社内試聴会も行ったりしている。樹が所属する「第一邦楽制作宣伝部」は五階にある。バンド時代はほとんど行くことがなかったフロアゆえ、入社してしばらくの間は癖でエレベーターのボタンを八階ばかり押していた。「社員」になって、まもなく一か月が経つ。ようやくその癖が抜けてきたが、満員電車にはまだまだ慣れない。

「おはようございます」

出社時間にはまだ早いので、フロアが薄暗い。節電対策のために始業時間にならないと電気をつけてはいけないことになっているからだ。郵便物の整理をしているバイトの見崎《みさき》佳織《かおり》に挨拶すると、樹はデスクに着いた。PCを立ち上げてメールをチェックする。各担当ディレクターからの連絡などがメールで届いているのだが、周知もれを防ぐために個別ではなく、制作班全体のメールとして樹のもとに届く。樹はまだ担当アーティストがいない見習いディレクターなので、他のディレクターからの雑用や作業補佐をするのが今の仕事だ。

「おはようございまーす」

明るく通る声とともに、柑橘系の香りが鼻先をかすめる。徹夜明けでもいつも華やかな装いの浅野《あさの》万里江《まりえ》はダンス・ヴォーカル系とテクノ系のアーティストを担当している。制作班には九名のディレクターがいる。そのうち六名は男性だが、人数はまだ少ないものの音楽業界全体から見ると女性ディレクターもそう珍しくはなくなった。

「大路さん、昨日はありがとうございました。本当に助かりました」

昨夜、万里江の担当するテクノ系アーティスト「ヌキゾテクニカ」が突然、レコーディングを予定していた曲のアレンジを大幅に変えたいと言い出した。しかもタイミングが悪いことに、サウンド・プロデューサーがインフルエンザにかかってしまい、作業立ち合いはおろか、スタジオに向かうこと自体ができないという状況下でこの事態が勃発した。プロデューサーが回復するまで待っていたら、レコーディングスケジュールだけでなく納期も、そして発売日までもが変更されることになる。七月から始まるアニメ番組のオープニング曲というタイアップがついているだけに、そんな事態は許されない。万里江からの真夜中の呼び出しに、樹はスタジオへタクシーを飛ばした。大幅な変更はもちろんできないが、彼らの意見を織り込んでアレンジを変化させれば納得してくれるかもしれない。熱が引き始めたサウンド・プロデューサーと電話連絡を取りつつ、説得とアレンジ作業に付き合っていたら、いつのまにか夜が明けていた。そのおかげで一時間くらいしか眠っていないので、さすがにまだ眠い。だが、深々と頭を下げる万里江を見て、出かかった欠伸が引っ込んだ。

「いや、あの、そんな大したことしてないっすから」

「やっぱり正解だったわね」

「え?」

「ミュージシャンの気持ちに寄り添えるディレクター。それが今、うちの班には欠けてるのよ。だから、元ミュージシャンの大路さんが制作班に入ってくれて良かった。だけど、私は制作ディレクターとしてまだまだ勉強不足だわ。もう反省しきりよ。頑張らなきゃ」

まだ見習いの自分が役に立ったことはうれしいが、樹はこの、元ミュージシャンという言葉がまだ耳に慣れないでいる。中学一年の夏にロックに目覚め、十九歳でバンドデビューをしてからずっと、自分は「ミュージシャン」だったのだから。

3ピースバンドだった「EZ COME EZ GO」は、五枚目のCDレコーディング中に「音楽観の相違」が原因でドラムとベースが脱退するという最悪の展開を迎えた。ゲスト・ミュージシャンを参加させてなんとか完成させたものの、前作以上のセールスを期待されたCDは、その半分もセールスを上げることはできなかった。ひとり残された樹だけではツアーもできず、結局、リリースから九か月後に解散を発表した。楽曲の作詞作曲を樹がほとんど手掛けていたこともあり、ソロCDがすぐに制作された。ファンは明るくノリの良い「PREZM ROCK」の頃のサウンドを期待していたが、樹はパンクやブルースなど自らの音楽原点に回帰したマニアックな路線を打ち出した。そのため、発売した二枚のソロCDはまったくといっていいほど、売れなかった。

脱退後、ドラムのRYO《リョウ》は女性ロックシンガーのバックバンドに入り、テレビの歌番組で時々姿を見かける。ベースのKAZZ《カズ》は新しいバンドを組んだ。それに対して自分は、二枚目のソロCDを出してからおよそ二年間、空白期間を作ってしまった。他のメンバーは着実に前に進んでいる。あの二人にとってはもう、EZ《イージー》と自分は「過去」なのだ。

なにが受けるのか、どうすれば売れるのか――。

悶々と悩み続けているうちに、もう何が何だかわからなくなってしまった。気がつけば、恋人が去っていた。そして、三十一歳になっていた。

大学中退、資格など何ひとつ持っていない、そして三十過ぎた今の自分に一般就職などハードルが高すぎる。それでなくても、就職すること自体難しい世の中だ。音楽しかできない「音楽バカ」が売りだったことが、ここに来て足を引っ張ることになろうとは。苦悩はますます深みに陥った。

そんな樹に声をかけたのが、第一邦楽制作宣伝部部長の遠藤雅彦《えんどうまさひこ》だった。

遠藤は今から三十五年前、当時所属していたレコード会社「フロンティア・ミュージック」で担当していたアーティストをヨーロッパでデビューさせて世界的セールスを上げさせただけでなく、「逆輸入アーティスト」として国内でもヒットさせた功績を持っている。今では海外デビューもそんなに珍しくはないが、当時の音楽業界では一大センセーションを巻き起こしたほどの話題だった。

万里江が言った「ミュージシャンの気持ちに寄り添えるディレクター」というのは、まさしく遠藤が樹にかけた言葉だった。だが、その誘いに樹はすぐには乗れないでいた。すると、遠藤はこう言った。

他のレコード会社にも「元ミュージシャンの制作ディレクター」は何人かいる、だから君が「特別」ということはない——。体裁を気にしている自分を見抜かれたようで、樹は恥ずかしくなった。

昔と違って、ミュージシャンと制作ディレクターとの関係も今はずいぶん変わってきた。音作りの部分は外部のプロデューサーに任せて、ディレクターの仕事は宣伝プロモーター的な要素が多くなっている。アーティストとがっぷり四つに組んで、コード進行にまで口出しし、歌詞のひと言ひと言を一緒に詰めていくような制作ディレクターなどもう皆無だという。だからこそ、遠藤は樹にかつてのハウス・ディレクターのような存在になってほしいと言った。

君なら他のディレクターよりも、外部のプロデューサーよりもずっと、ミュージシャンの気持ちに寄り添える制作ディレクターになれる——。

そして、遠藤は笑いながらこう付け加えた。

「なにしろ君は、今どき珍しいくらいの『音楽バカ』ですからね」

遠藤が樹に誘いをかけたのは、昨今の音楽業界を取り巻くCD不況が原因であった。ミリオンセールスを連発していた九〇年代が夢か幻のように、今はCDがほとんどと言っていいくらいに売れない。売り上げチャートの上位を占めているのは、大手芸能事務所所属のアイドルやダンス・ヴォーカル系グループばかりだ。だが、それも「握手会」や「ジャケット違い」などという特典ありきの売り上げがほとんどであるが、かつてのような爆発的な勢いと数字はない。SNSやゲームなど、音楽以外の娯楽があふれているのも売り上げ低迷の原因ではあるが、そんな人たちを振り向かせ、引き寄せるほどの力が楽曲《さくひん》にないことが大きいのではないか。だったらかつてのやり方に戻ろう、そう遠藤は考えたのだった。

だが、今現在の制作班に所属するディレクターにはそういった人材が残念ながらいない。

宣伝プランを考えたり、アーティストの所属事務所との折衝は上手いが、「作品を創る」という概念が今ひとつ薄いのだ。そこで、樹に声をかけたわけである。

だが、音楽を創ることができなくなった自分に、果たしてこれから音楽を――しかも他人が作った音楽を「仕事」として創ることができるのか。遠藤から話を持ちかけられてから樹は何度も何度も、自分に問いかけてみた。

懐メロ系音楽番組に呼ばれ、かつてのヒットナンバーを若いバックバンドの演奏で歌う老いたロック・ミュージシャンを見ると軽蔑していた。だが、このままだと自分も同じようにただ昔の栄光にすがり、過去の遺産を切り崩して生きていくことになってしまう。そう思ったとたん、暗く深い穴の中にずるずると堕ちていく自分の姿が見えた。

――もうこれ以上、悩んでもしょうがないじゃないか。どうせ俺は音楽しかできない音楽バカだ。それなら、これからは制作側として、「音楽バカ」を極めてみようじゃないか――。

樹はそう気持ちを切り替えて遠藤の話を承諾し、昨年の大晦日、「大路樹、本日をもってミュージシャンを卒業!!」とオフィシャルブログに記した。

そして、「元ミュージシャン」となって五か月が過ぎた。苦手だった早起きにも、長い会議にもいつのまにか慣れてきた。ただ、「元ミュージシャン」だけに、「元ミュージシャン」としての意見や考えを求められる時が多い。これから始まる制作会議でも、そういった展開が十分に予想される。それがこの会社における自分の立ち位置とは判っていても、それしか自分の需要がないようにも思える。

早く担当アーティストを持ちたい。そして、そのアーティストを成功させれば、「EWIレコード第一邦楽制作宣伝部制作班ディレクター・大路樹」になれる。

だが、まだ見習いの分際で担当アーティストを持ちたいなどと、とてもじゃないが言えない。ギターを持てば言いたいことはなんでも言えたのに、ギターがなければ何にも言えない、ただの小心者だ。樹はぼんやりとフロアを眺めた。

フロアには徐々に制作班のディレクターたちが集まり始めた。始業時間にはまだ間があるので電話はあまり鳴らないが、郵便物や宅配荷物の受け取りが始まった。見崎佳織が台車を転がしてフロアを横切っていく。しばらくすると、小荷物で山盛りになったコンテナを六つ積んで戻ってきた。月曜日の朝でもない、ましてや連休明けでもないのに、いつもとは違う量の多さだ。眉間にしわをよせながら、か細い腕で台車を押し始めた佳織を見て、樹は急いで席を立った。

「俺が運ぶから」

いつもは挨拶程度しかやり取りのない樹が突然近寄ってきて、佳織の目が丸くなる。

「だ、だいじょうぶです！　あたし、こう見えてもすっごく力持ちですから！　それに、イッキさんに台車押してもらったなんてファンの人に知られたら、殺されちゃいますっ」

「IKKI《イッキ》」。久しぶりに呼ばれるバンド時代の呼び名に耳がくすぐったくなる。

「もう誰もいないよ、俺のファンなんて」

樹は笑いながら台車をゆっくり押した。その顔が自虐的に見えたのか、佳織は慌てて言葉をつなげた。

「そんなことないですっ！　従姉《いとこ》のお姉ちゃん、EZの大ファンだったんですからっ」

「じゃあ、佳織ちゃんは？」

「も、もちろん、あたしもですっ‼」

「いいからいいから、気を遣わなくても。それよか、今日はやたら荷物が多いけど、なんかあったの？」

「ああ、これ、みんなオーディション応募で来たやつです」

そう言われてコンテナの中をよく見ると、みなCDが入るくらいの同じ大きさの封筒ばかりだ。

「いつもだと週二百通くらいで、締め切り三日前になると三倍近く来ますね。って、実は今日が第一期分の締め切り三日前なんですけど」

樹のバンドはライブハウスでのスカウトがデビューのきっかけだった。プロデビューを目指していたのでいくつかのレコード会社にデモ音源を送ってはいたが、何の連絡もなかった。対バン・ライブではなく、単体で客を呼べるようになっていたのでそれなりに自信はあった。それだけに、反応がまったく返ってこない状況にがっくりとしていた。そんな時、のちに担当ディレクターになる仲村高広《なかむらたかひろ》がライブを見て、樹たちをスカウティングしたのだった。

その後、仲村に新曲を聴かせたり何回かライブを見てもらったりしているうちに、EWIレコード主催のライブコンテストに出場することを勧められ、その結果、優秀賞を受賞し、プロデビューが決定したのだった。仲村はバンド解散まで担当をしていたが、現在は別のレコード会社「ヴィクトリア・エンタテインメント」に移り、邦楽制作グループのゼネラルマネージャーをしている。

「じゃあ、今はライブ形式のコンテストはやってないんだ」

「五年前くらいにはもう、応募のみの形式になったような気がします。会場代もかかるし、照明さんや音響さんも頼まないといけないからということで、そうなっちゃったみたいですよ」

音楽業界不況の影響は「夢への扉」にまで及んできている。さみしい、を通り越して、樹はなんだかやるせなくなってきた。

「あ、イッキさん。ここでもういいですよ、ありがとうございました」

佳織に言われて台車を止めると、フロア奥にある中会議室の前だった。この中に応募された音源デモが全部保管されているという。

　樹は腕時計に目をやった。会議が始まるまで、あと九分ある。

「ちょっと、見させてもらっていいかな」

　ドアを開けると、薄暗い部屋に何十もの段ボール箱が重なっていた。佳織が電灯のスイッチを入れると、段ボールがそれぞれ月ごとにまとめられているのが判った。月平均で七百～八百本ほど送られてくるデモ音源。それに締め切り前の滑り込み分を加算すると、

「年にだいたい、一万本弱か」

「去年は一万二十五本でした。一昨年《おととし》はその前の年に震災があったからそれより二千本くらい少なかったですけど」

　コンテナを台車からおろしながら、中にある封筒を見つめた。ここにあるのはぜんぶ、

「あの頃の自分」だ。プロデビューを夢見て、それこそ寝る時間も惜しみ、時には授業をさぼり、時にはデートの約束をもドタキャンしてまで曲を作っていた。今から思うと恥ずかしくなるくらいのひたむきさと情熱で音楽と向き合っていた、あの頃の。

　瞬間、頭の中で六本の弦が激しく掻き鳴らされた。

　それは稲妻に打たれたかのように何かがひらめいた時に必ず鳴る、「ひらめきのギター」だ。久しぶりに鳴った轟音に樹は踵《きびす》を返すと、制作会議が行われる中二階へと走って向かった。

中会議室で開封されたオーディション用の音源デモは、応募締め切り日が過ぎると、四階にある「第二邦楽制作宣伝部」のフロア奥にあるオーディション専門セクションに持ち込まれる。

レコード会社は一般の会社とは違って、常にフロアのどこかで音楽が流れている。だがそれは、単一のアーティストに限っておらず、所属するアーティストの曲があちらこちらで流れている。「第一」はロックやJポップ系のアーティストだが、この「第二」はアイドルや演歌歌手などの「ザ・芸能界」的なものを主に担当している。

「第一」では耳慣れているジャンルだったので抵抗はなかったが、ここはこれまでまったく聴かないでいた「きゃぴきゃぴ系」と「こぶしコロコロ系」の歌声が共存しているフロアなので、耳が慣れるまで二週間もかかってしまった。

樹は先月の制作会議が終わった後、オーディション専門セクションへ配属してほしいという希望を遠藤に伝えた。遠藤は当初、ディレクターとして手始めに樹に今秋発売予定の企画物CDの制作を手掛けさせようと考えていたが、樹の「新人発掘をやってみたい」という気持ちを尊重した。

オーディション専門セクション――「ADSN《エーディーエスエヌ》ルーム」には二十人のスタッフが所属し

ている。EWIレコードが主催するオーディションは一年を四期に分けてデモ音源を募集している。音源デモはデータ・CD－R・動画の三つのうちのどれかで送られてくるので、それをスタッフが音源のジャンルごとのチームに分かれて試聴する。樹は「CD－Rチーム」に加わった。CD－Rは一番応募の多い音源ジャンルである。

「大路さーん、今どのへん聴いていますかー？」

チームリーダーの若林真治《わかばやししんじ》が肩を叩いた。樹は慌ててヘッドフォンを外した。

「えーっと、一昨日から……あ、違う、五日前くらいから四月分です」

若林はたぶん自分と同い年くらいだろう。だが、抑揚のない声とあまり表情がない顔から醸し出される妙な威圧感についつい緊張してしまう。

「そうですかー。再来週には第一期応募者のチームプレゼンがあるのでー、引き続きよろしくお願いしますねー」

若林は机の上にある段ボール箱の中にちらりと目をやると、樹に微笑んだ。だが、目は笑っていない。プレッシャーをかけているのがすぐにわかった。

四月分と書かれた箱の中にはまだ試聴していないCD－Rが三百枚近く残っている。就業時間のほとんどを試聴にあてているが、CD－Rに収録されている楽曲が一、二曲のものもあれば、セルCDばりのボリュームで十曲くらいのものもある。収録されている楽曲はすべて聴く、ということが決められているので、フルボリュームのものが連続すると作業がなかなか進行しない。先週試聴したのは、ほとんどがフルボリューム系だった。とはいえ、応募者の夢と未来、そして会社の今後の利益と存続がかかった大事な仕事である。一曲たりとも疎《おろそ》かにはできない。樹は缶コーヒーを口に含み、ごくりと喉に流すと再びヘッドフォンをかけた。

再来週予定しているプレゼンは制作会議のためのものである。若林によると、年間一〜二万本ちかく送られてくる音源デモの中で、最終的に残るのが三組あればいいらしい。そしてそこからまた、一年以内にデビューできるのは一、二組あればいいほうだという。

自分たちは恵まれていたんだ、と樹は思った。仲村の導きがあったからデビューができたようなものだ。今から思えば自信だけはプロ並みの、生意気盛りとよくもまあ根気強くつきあってくれたと思う。しみじみと物思いにふけりながら樹は新しいCD－Rをセットし、PLAYボタンを押した。少しの間をおいてポロン、と音合わせのピアノが聴こえてきた。

「なっ、なんだぁっ！　こりゃっあ!?」

叫びながら立ち上がった樹をスタッフ全員が迷惑そうに見つめた。隣の席の郷田麻衣子《ごうだまいこ》のにらみつけるような鋭い視線で我に返り、樹はあわてて頭を下げた。胸までの長い髪をブロンドに染め、ハードコア・パンクのTシャツに黒のスキニー・ジーンズ、ライダース仕様の皮ジャンを一年中羽織っている麻衣子はライブハウスやレコード店でよく所属アーティストに間違えられるが、まめにライブハウスに足を運んでいることもあり、過去に四組のバンドとソロシンガーをデビューさせ、スカウティング能力はADSNルームの中ではズバ抜けている。樹は席に座るなり麻衣子に向かって身を乗り出した。

「だって、これ、まるっきりママさんコーラスですよ!!」

「ゴスペル系とかじゃなくて？」

樹は大きく首を横に振った。

「ぜんっぜん、違います。今、『春の小川』歌ってます」

差し出されたヘッドフォンをかけるなり、麻衣子は大笑いした。ケースに挟まれていたエントリーシートを見ると、氏名欄に「代々木八幡《よよぎはちまん》エンジェル合唱隊」と書かれている。

「あたしなんか先月、九十八歳のおじいちゃんが歌う浪曲に当たりましたよ。時たま居るんですよ、想い出作りとかなんかの記念とかでCD作りたいからって勘違いして応募してくる人たちが。レコード会社は自主制作盤屋じゃないっつーの」

麻衣子はヘッドフォンを樹に戻すと、困ったような顔をした。

「っても、昔ほどメジャーレーベルは魅力的じゃなくなりましたけどねえ」

「え？　どーゆうことなんですか」

首をかしげる樹に、麻衣子は声を潜めた。

「今、実際にメジャーよりもインディーズレーベルのほうがCD売り上げいいんですよ。

だから無理してまでメジャーに行く必要がなくなったんです。テレビの代わりに動画サイトはあるし、情報は全部SNSで流すことができる。レコード会社から売り上げが悪いからってあっさり契約切られる心配もないし、なによりも自分たちの好きに音楽を創っていられるのが一番の旨味じゃないんですか」

そう言うと麻衣子は小さく舌を出した。

「ま、こんなこと言うと私たちがやってる仕事って何だろうなって思っちゃいますけどねぇ」

音楽を取り巻く状況がこの十数年のあいだでずいぶんと変わってきたことは多少感じてはいたが、それが良い方向に向かっているようには思えず、どんどん先細り的な状況《もの》になっているように樹には思えた。

が、悪いことばかりではない。昔に比べて、曲を作るためのソフトが高性能になり、それが一般にも手に入りやすくなったことで、例えば作り手がどんな年齢であっても曲を作ることが可能になった。楽器演奏やソフトのハウツーは動画サイトを検索すれば、すぐに出てくる。「耳コピ」やテキスト本と首っ引きでコード進行を覚えていたころがウソのようである。そうした状況の中で生まれた音楽たちが、今、段ボール箱の中にあるのだ。

樹はとりあえずママさんコーラスを全曲聴くと、「不可」と書かれた箱にCD‐Rを入れた。手分けしても、樹が聴かなければならない四月分未試聴なものがあと五十枚近くある。再来週のプレゼンを考えると、収録曲数が少ないものを優先的に聴いた方がいいかもしれない。そう考え、収録曲数別に振り分けると、残りは二〜三曲収録が六割、十曲以上が四割だった。

箱の中に、CD‐Rが一枚残っていた。

収録曲が一曲なのはこれだけだった。ケースの中には腰まで届くほど長い銀色の髪をした少女が淡い青色のワンピースを着て横向きに立っているジャケット写真があった。横向きの全身ショットなので顔つきがよく判らない。だが、それよりも樹は縦書きの、明朝体で書かれた歌のタイトルに顔をしかめた。

『ひとごろしのうた』

なんとも物騒なタイトルだ。インパクト狙いで仰々しいタイトルを付けている作品があるが、そのだいたいはヴィジュアル系バンドである。ごくまれに、Jポップ系のものでも見かけるけれど、残念ながら「ハズレ」が多い。これもそういった類《たぐい》のものかもしれないが、一曲だけの収録なのですぐに聴いてみることにした。

樹はCD‐Rをセットしながら歌詞が書かれた紙に目を通した。

ひらがなが多い歌詞は優しい印象を受けるが、内容はかなり暗い。

タイトルは『ひとごろしのうた』とあるが、殺す、殺されるというような歌詞ではない。なのに、なんでこんなタイトルにしたんだろう。樹はもう一度歌詞を読んでみた。だが、ダブルミーニング的なことも、なにかを暗示するようなことも感じられない。タイトルの所以《ゆえん》についてはいずれ作詞した本人に聞いてみることにして、歌と演奏に神経を集中させた。

ああ　ぜんぶ　ゆめだったらいいのに
あなたが生きてることも　わたしが生きてることも

最初のワンフレーズだけ、アカペラ。
低音域の歌声は豊かな音色を醸し出す。しかし、いわゆる「歌い上げる」系のヴォーカルではない。目の前で歌っているようなそんな錯覚を起こすような、まるで、陽の光をたっぷりと吸い込んだ毛布にくるまれたような温かさを感じる声色。だからこそ、この暗く、もの哀しい歌詞がさらに際立つ。

あかい太陽　あおい空　くろい鳥　しろい花　きん色の星　みどりの葉ゆらす風
わたしの目にうつるもの　わたしがかんじるもの　すべて　ぜんぶ　ぜんぶ
目に見えないことば　なのに　おもて　と　うら　が　ある
きのう　わたしをきずつけた　あのこ　きょう　いつものように　わらってた

あした　わたしがしんだら　ないてくれるかな　それとも
ああ　ぜんぶ　ゆめだったらいいのに
わたしをかなしませるもの　わたしがにくむもの　ぜんぶ　ぜんぶ
どうせ　いつかは　きえてなくなる　この世界

曲調はミディアム・テンポ。

ドレミファソラシの七音階のうち、第四音のファと第七音のシを抜いた「五音音階」と半音を入れての「十二音音階」の組み合わせでメロディが構成されている。バックのバンドはギター、ベース、ドラムのシンプルな編成。余計なエフェクトがなく、音が極限にそぎ落とされているぶん、メロディがまっすぐに届く。

いたかったでしょう　とげがささったまま　こころが赤いなみだながしてる
こぼれたしずく　ぬぐってあげる　ここえた身体　だきしめてあげる
このぬくもりを　かんじてよ　とおいきおく　おもいだして
いつもそばにいたのに　たすけてあげられなくて　ごめんね　ごめんね
ああ　ぜんぶ　ぜんぶ　ゆめだったらいいのに

だって　ゆめは　めがさめたら　めがさめたら　それで　おしまい
目を閉じて　くるしみのない世界にむかって　あるきだすわたし
のこした足あとを　いつかたどってきて　そして　ほほえんで　だきしめて
しってしまった　ほんとうのきもち　しらないふりしてあげるから

そして、Cメロにつながる間奏のギター。
気迫のある、力強い音。これはおそらく六九年型のレスポール・カスタムだろう。プロデビューした時から自分が使っていたギターだけに、樹にはその音がすぐに判った。しかも、かなり弾きこなしている感じだ。アマチュアにしてこんな豊かな音色を出せるのは相当な技量を持っている。たぶんこのギタリストの手は大きく、指は長くて、手首が相当柔らかい。そんな印象を受けた。

ぜんぶ　ぜんぶ　ゆめじゃなかった　ぜんぶ　ぜんぶ　ゆめなんかじゃない
よろこびも　かなしみも　くるしみも　うつくしさも　みにくさも
それがすべて　生きる　ということだから

ギターに引けを取らず、ヴォーカルはのびのびと、時に切なく、情感豊かに歌い上げる。メロディラインも無理がなく、サビの部分はすぐに覚えられる親しみやすさがある。そのせいか、絶望的で孤独感一色の歌ではあるが、なぜか悲壮感を感じない。この歌は単一色なメロディに見せておきながら、実は複雑な色で構成されている。樹はそう感じた。

三分五十三秒。曲が終わっても樹はしばしのあいだ余韻に浸っていた。このギターにこの歌声、この歌声にこのギター。その必然性がこの楽曲の胆だ、と思った。胆がある、ということは楽曲に魅力がある証拠で、要するに「この曲はイケる」、ということなのだ。

樹はケースに挟んであったエントリーシートを広げた。だが、年齢をはじめ、住所・電話番号・メールアドレス・作詞・作曲・編曲・演奏者名などの楽曲情報、そして自己PRの一切がなにも書かれていない。書かれていたのは、歌っているであろう少女の名前、

「瑠々《るる》」――。

ただ、それだけだった。

その夜、樹は「瑠々」と、プレゼンの準候補作になったCD-R二枚を自宅に持ち帰っ

た。試聴し終わった後、佳織に瑠々のCD‐Rが入っていた封筒について尋ねたが、開封した封筒は廃棄してしまうとのことで、配送伝票と消印を確認することはできなかった。

瑠々の歌を聴いた後、フルボリューム以外のCD‐Rを全部聴いたが、いまひとつピンとくるものはなかった。みなそれぞれにそこそこのクオリティはあるけれど、特出しているものがない。平均的なのだ。だが、それ以前に、『ひとごろしのうた』の印象が樹の中で強く残ってしまっており、そのあとに何を聴いても『ひとごろしのうた』の存在感が際立ってしまっていた。それは瑠々の歌がそれほど素晴らしかった、ということでしかないのだが、他の音源に対してなにか聴き落としてしまっているような感じも否めない。樹は今のところ準候補作に残っているものと『ひとごろしのうた』を同列に置くために、いったんそれらを時間を空けて聴くことにし、CD‐Rを持ち帰ることにしたのである。

思えば、自宅で音楽を聴こうと思うのは久しぶりで、しかも、「仕事」としての音楽を聴くのはこれが初めてである。レコード会社で働いているから四六時中音楽を聴いている、というわけではない。確かに音楽に囲まれている環境に身を置いてはいるが、「好き」で聴く音楽ではないので、聞こえてはいるが頭の中には入ってこない。たとえるなら、パチンコ屋や居酒屋などで流れている有線放送のような感じである。樹の場合、終業まで試聴していることもあり、耳を休めるためもあって自宅に戻ると一切音楽を聴かない。なので、CD‐Rを持ち帰った自分に驚いている部分もあった。

東高円寺駅から徒歩五分の３ＬＤＫの自宅マンションは、ソロになってから移り住んだ。バンド時代からつきあっていた恋人と一緒に住んでいたころはちょうどよかったが、今は独りで住むには少し広い間取りである。

電気をつけ、靴を脱ぐとまっすぐ冷蔵庫に向かい、缶ビールを取り出す。ダイニングテーブルに置いてあるエアコンのリモコンスイッチをいれ、部屋に溜まりこんだ熱気と湿気を追い払う。テレビをつけると、ちょうど深夜のニュース番組が「沖縄県は今日梅雨明け」とアナウンスしていた。いつもならこのままビールを飲みながらぼんやり一時間くらいテレビを見て、それからシャワーを浴びて寝るのだが、今日はすぐにテレビを消した。

かつて恋人が使っていた部屋は、今はオーディオルームとなった。オーディオルームというと高品質で高性能の大掛かりなステレオデッキと真空管アンプを備え付けた、防音完備で重厚なイメージがあるが、樹のそこは一万円内で買った、いたってシンプルなステレオコンポと何千枚ものＣＤやＬＰを収納している六帖半の部屋であり、防音装置などない。ミュージシャンであったにもかかわらず、あえてそうしたのには理由があった。

樹のバンド時代のＣＤ購買層は中高生・大学生を含む十代後半～三十代前半が大半を占めていた。その購買層が主に使用していると思われる再生機器――ラジオデッキ、ステレオコンポ、携帯音楽プレイヤーやイヤホン、ヘッドフォンを想定して音のバランスを考えた。音楽を聴く誰もがハイスペックな音響環境にいるわけではないからだ。なので、レコーディング期間中は完成した曲の音のバランスを、レコーディングスタジオに設置されてある高性能のスピーカーからだけでなく、自宅のステレオコンポやカーステレオ、携帯音楽プレイヤーなどでチェックしていた。

樹は鞄からCD-Rを三枚取り出すと、聴く順番にケースを重ねた。

一番上は五人組のヴィジュアル系バンド。ギター、ドラム、ベースのほかに芸大出身のヴァイオリニストとチェリストがおり、クラシックテイストを盛り込んだハードロックサウンドを展開している。見た目だけではなく、「聴かせるV系バンド」として伸びそうな感じがしたので選んだ。

真ん中は、男性ソロシンガー。ファンクをベースにした音作りをしていて、リズム感の良いヴォーカルに自然と身体が動く。こういうタイプのアーティストは他にもいることはいるが、スポーツドリンクや清涼飲料系のCMで使えそうな即戦力を感じ、選んでみた。

そして一番下が、「瑠々」。

一枚目のCD-Rをセットし、ヘッドフォンをかけた。リモコンのPLAYボタンを押すとすぐに、ヴァイオリンとチェロにエフェクトをふんだんにかけたギターが絡みついたドラマチックなイントロが始まった。が、また、ボタンをオフにしてしまった。なぜだかわからないが、会社で試聴した時にはまったく感じなかった「気持ちの悪さ」を耳に感じたのである。なんでそうなるのか訳が分からず、もう一度ボタンを押した。すると、また同じような「気持ちの悪さ」を感じてしまった。

疲れた身体にハードなサウンドは若干強烈だったのかもしれない。そう思い、樹は二枚目のCD-Rを聴くことにした。ファンクとソウルを融合したリズムを刻むベースが耳に跳ねてくる。だが、また先ほどと同じような「気持ちの悪さ」を耳に感じた。そのあと三回聴きなおしても、結果は同じだった。

やはり疲れているのだろう。

とりあえず「瑠々」を一回聴いたらもう作業はやめよう。樹は再生ボタンを押した。陽だまりに包まれているような、それでいて憂《うれ》いを帯びた歌声が聴こえてきた。アカペラの後、ギターが瑠々の歌声に寄り添う。指が自然とギターのコードを追っていた。

ふと、自分のギターのことを思った。

去年の大晦日、ミュージシャン卒業宣言をした後、バンド時代から世話になっていた楽器屋に「処分してくれ」と渡してしまった黒ボディの六九年型レスポール・カスタム。なにもそこまですることはないじゃないか、とギターのリペア担当には言われたが、樹は宣言した以上、けじめをつけたかった。それでも、苦楽を共にしてきたギターと別れたあとは、まるで体が半分ちぎられたようだった。恋人との別れにはまったく感じなかった空虚さが、しばらく心を覆っていたほどだった。

気がつくと、曲が終わっていた。もの思いにふけっていたせいか、先に聴いた二曲に感じていた気持ちの悪さが一度もなかった。樹はもう一度、再生ボタンを押した。その後、連続五回再生した結果、耳からくる気持ち悪さを感じることは全くなかった。

「どういうことだよ……」

樹はケースに挟まっているジャケットの「瑠々」を見つめた。音を聴いて気持ちが悪い、と感じたのは耳だけで、吐き気を感じたり、頭ががんがんと痛くなるようなことはない。まして、背筋が寒くなるということもない。

ライブハウスやホールで演奏を聴いているとき、音響バランスが悪いとたまに気持ち悪く感じる時がある。この気持ち悪さはそれに似ている感じがするが、生音ではない、録音した音に対してなぜそんなことを感じてしまうのかが判らない。瑠々以外の二枚はソフトを使ったデジタル処理のおかげで耳障りの良い、きれいな音に仕上がっているのに。

樹の顔が、はっ、と上がった。

二週間後、ADSNルーム内でのプレゼンが行われた。

今回は「第一期」分。四月から七月まで送られてきたデモ音源の中から、動画・データ・CD‐Rのジャンル別に試聴したチームごとに作品を選出し、それらをまたスタッフ全員で試聴し、最終選考に残った準候補作を制作会議に提出する。

動画チームからはダンス系双子の女子高校生ユニットが一組、データチームは該当者なし、ＣＤ‐Ｒチームは樹が選出したヴィジュアル系クラシックロックバンドとファンク系男性シンガー、麻衣子が選出した四人組女性ロックバンドの三組の合計四組が選出された。デモ音源を試聴し終わると、チームリーダーの若林が立ち上がり、スタッフ全員を見やった。

「特に意見がなければー、第一期準候補作品は動画チームの『踊る！　ＪＫ《ジェイケー》ツインズ』とＣＤ‐Ｒチーム『歌激舞闘会《かげきぶどうかい》』、『ＷＴ２《ダブルティーツー》』、『ＫｒａｚｙＫｏｏｌＫａｔｓ《クレイジークールキャッツ》』で決定しますがー、よろしいでしょうかー」

スタッフのほとんどが静かにうなずいた。全員一致であることを確認して若林が腰を下ろそうとした時、

「どうかしましたかー、大路さーん」

若林の声にそこにいる全員の視線が一斉に小さく手を上げている樹に注がれた。途端に、樹の顔がこわばった。複数の視線を浴びるのはバンド時代には慣れていたし、それこそスタジアム・ツアーの会場では五万人もの聴衆の視線を体中に浴びていた。だが、その時の視線と今の視線は全然違う。口の中がカラカラになっているのがわかった。樹は必死に頭の中の六つの弦をかき鳴らした。

「ち、ちょっと……みなさんに聴いて欲しい歌があります……終わり間際になってこんな

こと、突然言い出して申し訳ないんですけど」

その言葉に若林をはじめとするスタッフが皆、申し合わせたように顔を少し歪めた。

「本当にすみません！　一曲、一曲だけ、どうしてもみなさんに聴いて欲しいんです!!」

樹は立ち上がると、深く頭を下げた。いつになく必死に食い下がる姿を若林はじっと見つめると、あからさまにため息をついた。

「じゃあー、この後に外部との打ち合わせがある人以外は残ってくださーい。それでもいいですかー、大路さーん」

速攻で却下される覚悟をしていただけに、若干、緊張がほどけた。

「あ、ありがとうございます！」

二人ほどスタッフが抜けたあと、樹は再び頭を下げた。

「実はこれは、第一期応募作品の中で僕のイチ押しの楽曲でした」

樹はクリアファイルの中にしまっていたA４サイズの紙を各席に配り始めた。ジャケット写真と歌詞をコピーした紙を手に取ると皆、タイトルを見て一様に眉をひそめた。

「名前と曲タイトル以外、プロフィールを含めた一切の情報がないことがプレゼンできなかった大きな理由です。ですが、アナログ・レコーディングで収録されたこの楽曲に、僕はとてつもなく心を奪われてしまいました。他にもいろいろ言いたいことはまだまだありますが、まずは聴いてください」

樹はCD-Rをデッキにセットすると、リモコンの再生ボタンを押した。

「アーティスト名『瑠々』。タイトルは『ひとごろしのうた』」

まもなくして歌が始まった。

リズムを指で小さく取りながらひとりひとりを見つめる。曲調に合わせてシャーペンを微かに動かしている者、目をつぶったままでいる者、歌詞をコピーした紙に曲の印象を書き留めている者、……。歌声を聴いた途端に「おおっ」と、どよめくような漫画やドラマのようなリアクションは起こらなかったが、急な要請にもかかわらず真摯に耳を傾けてくれる姿が嬉しかった。

果たしてここにいるスタッフ全員に良い感触は得られているのか。まるで自分のデモ音源を目の前で聴かれているような気分である。一人で聴いているときはあっと言う間なのに、今は果てしなく長く感じる。若林にちらりと視線を送ると、曲を聴く前と変わらず無表情のままだ。胃のあたりがチクチクと痛み出したころ、人生で一番長かった三分五十三秒が終わった。

誰か何か言うのかと思い、様子を窺ったがそんな気配もない。しばらく沈黙が続いた。

樹は慌ててデッキからCD-Rを取り出すと、「ありがとうございました」と言って頭を下げた。

「あの、なにか感想があれば……聞かせ……て……くだ…………さ…………い……」

スタッフたちの反応のなさを目の当たりにし、樹の声はどんどん小さくなっていった。

すると、データチームの国安《くにやす》が手を挙げた。社内視聴会でも積極的に意見を述べている彼女がやっぱり一番に手を挙げた。

「この、『ひとごろしのうた』というタイトルですが確かにインパクトはありますけど、仮にCD化することになったとしても、未成年層には刺激が強すぎるし、レコード会社的にも営業部があまりいい顔しないような気がするので改題の必要があります。でもそれ以前に、歌詞の内容を見ても、なんでこんなタイトルなのかが全然わからないんですけど」

そんなの俺だってわかんないよ、と思いながら樹は「ありがとうございます」と頭を下げた。今度は動画チームの武本《たけもと》が手を挙げた。ロイドタイプの黒縁眼鏡をかけているのだが、話すときにブリッジの部分をいちいち上げる癖がある。

「えっと、一言で言うと素直にいい曲だな、と僕は思いました。タイトルはさておき、曲の印象は悪い感じはしません。ただ、古さを感じるところが若干ですけど、あります。中高生をはじめとする若い世代がこの歌を受け入れてくれるかどうかはちょっとわかりませんね」

武本の言葉が終わると、すぐにCD－Rチームの平井《ひらい》が手を挙げた。おとなしそうに見えるが彼女も国安と同じように試聴会で積極的に発言をする。

「私は逆に古さをそんなに感じませんでした。とても新鮮な印象を受けました。それになんかこう、包み込まれるような感じのあったかいヴォーカルが良かったです。他の楽曲も聴いてみたいなと思いました。ただ詞がとても暗いので、カラオケ向きではないですね。まあでも、暗い歌が好きな人もいるので需要が全然ないわけではありませんが」

「声もいいけど、ギターも良かった」、「メロディが覚えやすい」、「暗すぎて辛くなる」、「売れるか売れないかだけで考えると、売れないと思う」、「ギターが上手すぎる」、「タイトルが重い」、「ヴォーカルとギターのバランスがいい」……

これ以上あまり時間をさけないということで他のスタッフはひと言ずつの感想となった。その最後は若林になった。若林はちょっと間を置くと、

「で、大路さんはこの歌をどうしたいんですかー」

抑揚のない、いつもの声が核心をついてきた。

「どうしたい……って……」

言葉に詰まった。

だが、まったく考えていないわけではない。送られてくる様々な楽曲の中で「いい歌だ」と心から思えたから聴いてほしかった。そして、もっとたくさんの人に聴いてほしい、と思うようになった。しかし、制作会議に上げるには情報がない、なさすぎる。それ以前に、連絡先もわからない正体不明のアーティストの歌を商品にしてくれるわけがない。

でも――。

「僕は……瑠々を手掛けてみたいと思いました」

「はあっ！？！」

いつもとは百八十度違う、甲高く裏返った若林の声と同時に室内がどよめいた。今ここでかよと思いながら言葉を探す。ここにいるスタッフ全員を、それが無理なら若林だけでも納得させられるような説得力を持った強い言葉を。だが、こういう肝心な時に限ってひと言も、欠片《かけら》すらも出てきやしない。やっとの思いで出てきたのは、

「瑠々は、僕が探し出します」あまりにも無謀すぎる言葉だった。

でも、自分は瑠々の歌を聴いてしまった。もうその前には戻れない。聴かなかったことにはできない。だから、探す。なんとしてでも……

「探さなきゃいけなくなってしまったぁ……」

樹は頭を抱えた。歌舞伎の見得《みえ》を切るようにああは言ったものの、探す方法などちっとも考えていない。

「もう……帰りたい……っていうか、消えたい」

カウンターテーブルに突っ伏しながら、店内の時計を見るとまだ一時にもなっていない。

「探します宣言」のあとの若林や他のスタッフたちの冷たい視線にいたたまれなくなり、

逃げるように店に入ってまだ五分も経っていなかった。

会社の対面に「EAGLES《イーグルス》」という小さな喫茶店がある。客のほとんどはEWIの社員なので、食事はもちろんのこと打ち合わせ場所としても活用されている。ここはランチタイム内でも煙草が吸えることもありほとんど毎日通っているのだが、今日は名物の生卵カツカレーが一口も入らない。

せっかく時間をとってもらいプレゼンして、スタッフたちからはまずまずの評価を得ていたのに、自分の無責任な言葉で台無しにしてしまった。瑠々の未来を自分がつぶしたかのように思え、気持ちは沈む一方だった。

「なにやってんだよ、俺」

スマートフォンの液晶に映し出される時刻を見る。十二時五十分。あと十分で昼休みが終わる。そしてまたADSNルームに戻って、第二期募集のデモ音源を聴く。何百と積まれたCD-Rの中からダイアモンドの原石や金のたまごを見つけるために、締め切り日まで延々と試聴する。そんな毎日の中で、瑠々の歌のように心をわしづかみされるような楽曲にまた出会うことはできるのか。いや、違う。今の自分が出会いたいのは「瑠々のような歌」ではなく、「瑠々」なのだ。

「だったら、死ぬ気で探せよ！　バッカヤロウ!!」

テーブルをたたく大きな音とともに、荒々しい声が聞こえた。おそるおそるフロア奥に目をやると、若い男がスーツを着た角刈りの男の前でがっくりと肩を落としている。一見、やくざ風の男に一般人の青年がドヤされている光景に見えるのだが、樹は角刈り男を見るなり、慌ててカウンターにあったスポーツ新聞で顔を隠した。

男はＦＭ《エフエム》局「ＴＯＫＹＯ《トーキョー》　ＷＡＶＥ《ウェイヴ》」の番組制作プロデューサー・濱中保志《はまなかやすし》だった。顔を見るのは四年ぶりだ。薄い眉毛に三白眼、そして角刈りのせいで見た目はかなり怖い。任侠映画が大好きで主人公のヴィジュアルを真似ていると仲村から聞いたことがあるが、残念ながら敵役に近い。なので、前から見ても斜めから見てもどこから見ても、音楽業界の人間にはまず見えない。

　そんな濱中ではあるが、かつては公共放送局のラジオ班制作部に在籍していた。当時は皆無だった「ミュージシャンがＤＪをする音楽番組」を手掛け、音楽ファンから多くの支持を得ていたが、番組内で「発売禁止になったレコード特集」をオンエアしたことで上層部と大げんかをし、退局することになってしまった。だが、大御所から新人まで交遊関係が広いだけでなく、信頼が厚く、そして企画力のある濱中を民放局が放っておかず、大阪と福岡のＦＭ局で制作ディレクターを務めたあと、二十年前に開局したＴＯＫＹＯ　ＷＡＶＥの制作プロデューサーとして迎え入れられた。

　樹と濱中のつきあいはバンドが売れる前から始まっていた。担当ディレクターだった仲村からファーストＣＤのデモ音源を聞かされた濱中は、ライブを見てＥＺの、野太いギターにロックとポップを融合したリズムを全面に押し出したサウンドをすぐに気に入り、担当する深夜番組『KNOCK《ノック》 THE《ザ》 ROCK《ロック》』の当時、名物コーナーだった『6週勝てばレギュラーコーナーが獲得できる「ロック・バトル」』に出演させた。そして、リスナーから寄せられたお題を基に歌を作らせ、他の新人バンドと楽曲対決をさせた。人気バンドとなる足掛かりを作ることができたのは濱中の番組のおかげだった。

だが、バンドが解散し、濱中からソロCDをこき下ろされてからは疎遠になってしまっていた。そんなこともあり、EWIに入社したことは濱中には伝えていなかった。

樹は新聞で顔を隠しながらそおっと席を立つと、出入り口ドアのそばにあるキャッシャーへ後ろ向きのまま向かった。だが、

「おい！　そこの!!　ちょっとこっち来いっ!!」

フロア中に響き渡るドスの効いた声が自分に向かっているのがすぐにわかった。樹はあきらめたように、はあ、と返事をすると、覚悟を決めて正面を向いた。すると、いつのまにか濱中が真正面に立っていた。ダブルスーツのいでたちがまるで出入り前の極道者のように見え、思わずひいっ、と声を上げた。

「よお、イッキ。ずいぶんとご無沙汰してくれたな」

その直後、閉じた目の奥で白い星がいくつも飛んだ。拳骨で思いきり頭を殴られたのは、小学五年生の時に従兄からもらったエロ本をこっそり部屋で読んでいるのを母親に見つか

った時以来だった。

　会社の一階は受付ロビーとなっているが、フロアには打ち合わせ用にテーブルと椅子が五組ほど置かれている。そしてその奥にはインタビュー取材ができるようにと、天井から下ろされた擦りガラスのパーティションの向こうに三～四人掛けのソファがセットされている。バンド時代は何度も座ったそこに、ではなく、テーブル席のほうに濱中を座らせた。

「株式会社EWIレコード　第一邦楽制作宣伝部内ADSNルーム　大路樹……かぁ」

　名刺交換後、受け取った名刺をケースにしまうと、濱中は深いため息をついた。

「ご、ご挨拶が遅れてしまって……本当にすいません」

「遠藤チャンから全部話は聞いてたよ。お前から連絡がこなくても、この狭い業界、いつかは会えるとは思ってたから、俺も連絡しなかった。だからお互いさまだ。あんまし気にすんな。なにはともあれ、元気そうでなによりだ。まっ、オレは去年健康診断で肝臓と胃がひっかかって、再検査だったけどな」

「えっ⁉　だ、大丈夫ですかっ」

「ああ、全然大したことない。脅しだよ、あんなの」

　ガハハハ、と大きく笑う声がフロア中の視線を集める。豪快さはあの頃と変わらないが、以前なら健康診断の「け」の字など自分から言い出すことなどしなかった。濱中もそれなりに年を取ったということなのかもしれない。

「ところで、今日はなんでわざわざここに？」

番組等の打ち合わせなら局でやるはずだ。途端に濱中の顔が険しくなった。

「実はうちの新人ディレクター君がさ、こないだ収録した特番用でEWIから借りたLP、なんだかわからねえがどこかでなくしちゃってねえ……それで、この蒸し暑いのにこうしてスーツ着て、菓子折り持ってのお詫び行脚《あんぎゃ》をしてたワケよ。それが終わって、あそこでメシ食いながら一服ついてたとこ」

そう言いながらジャケットを脱ぎ、ネクタイを外すとシャツのボタンを緩めた。心なしか身体が少し痩せたように見えた。濱中は煙草代わりのタブレットガムをぽい、と二つ口に放り込んだ。

「ったく、失くした張本人は落ち込んでるだけで、探すことをあきらめてるし。最近の若い連中は……特に男はダメだな、根性が足りやしねえ！」

喫茶店で怒鳴っていたのはこのことだったのか。樹はテーブルがカタカタ揺れているのに気づいた。怒りが再燃してきたのか、それとも煙草が吸いたくなってきたのか、濱中のイライラが足を揺すり、テーブルが微かに揺れている。このままだと揺れがますます大きくなるのは容易に想像がつく。しかし、濱中の場合、限界を越えると暴れ出しかねない。

「じ、じゃあ、番組で募集したらどうですか。売ってる店の情報とか譲ってくれる人を。

LP失くしたことを逆にネタにしちゃうんですよ」

暴れ出す前になんとなく思いついたことを言った途端、テーブルの揺れがぴたり、と止まった。

「おお、そうか！　そうだよ！　イッキ!!　それだよ!!」

濱中は樹の両手をぐいっ、とつかむと目の前まで寄せた。

「あのLPを『指名手配』すりゃあいいんだよな!!」

「し、指名手配ですか……は、はあ」

そんな大げさな、と濱中を見ると、そうだそうだとブツブツ言いながら天井を仰いでいる。頭の中では今、企画案を組み立てているのだろう。樹はといえば強く握られたままの手を離すこともできず、周囲からのいぶかしむような視線に苦笑いを浮かべながら耐えた。

「じゃ、オレ、帰るわ。この件が落ち着いたら就職祝いしてやっからさ」

握っていた手を放り出すようにして放すと濱中はすぐさま席を立ち、速い足どりでロビーを横切った。思い立ったら吉日とばかりの相変わらずな行動力に、樹はやれやれと思いながらも安堵した。

と、その時——頭の中の六本の弦が激しく掻き鳴らされた。ひらめきのギターだ。

樹は慌てて後を追いかけた。このビルには左右に出入り口のドアがある。右側のドアから出ていったから、タクシーではなく地下鉄の駅に向かっているはずだ。ドアを開けたとたん、湿気をたっぷりと含んだ外気が身体じゅうにまとわりつく。どんよりと垂れこめた灰色の雲からポツポツと雨粒が垂れ始めた。

「ハマヤッさんっ！」

あの頃呼んでいたように、少し痩せた背中にむかって声を張り上げると少し間をおいて、濱中が振り向いた。全速力で走ったのは、横浜スタジアムでのツアー最終日以来だ。樹は濱中に追いつくと、汗をシャツでぬぐいながら息を整えた。

「しっかし、お前も年取ったなぁ。こんくらいで息が上がるなんてよぉ」

にやにやと笑う濱中を樹はまっすぐに見据えた。

「お願いがあります」

神妙な声色に濱中の顔から笑みが消えた。

「俺、どうしても探したい人がいるんです。ハマヤッさんの番組で『指名手配』させてもらっていいですか」


翌日。

樹は遠藤と課長の髙橋里美《さとみ》に『ひところしのうた』を聴かせることにした。『ＫＮＯＣＫ ＴＨＥ ＲＯＣＫ』で瑠々を「指名手配」するにしても、まずは上司の許可を得ろ、と濱中に言われたからだ。

遠藤と髙橋は会社内ではもちろんだが、外部との打ち合わせも多いので、たった五分の時間をとることも難しい。だが、すぐにでも「指名手配」をしたいこともあり、無理を言って深夜の試聴会となった。

買ってきたコーヒーを遠藤と髙橋の前に置いた樹を見て、髙橋はクスクスと笑った。髙橋は以前、宣伝班のクリエイティブ《広告》担当だった。第一邦楽制作宣伝部の中で、EZの誕生と終焉までを知っている数少ない社員のひとりだ。

「なんだかへんな感じね。イッキさんにコーヒー運んでもらうなんて」

「俺も、管理職になって偉くなっちゃった髙橋さんを見るのはなんだかへんな感じです」

樹の切り返しに、髙橋は「それはそれはどうも」と笑った。コーヒーをひとくち含んだところを見計らい、樹はCD-Rをデッキにセットした。

「本日は遠藤部長と髙橋課長にはお忙しいところ時間を作っていただき、本当に感謝しています」

そういって頭を下げようとすると、髙橋は「そんな堅苦しいこと言わないでいいから」と笑いながら制した。

「どうにか時間を割いてもらってでも、聴いて欲しい。大路君のその気持ちが分かったから私たちは応えたまでですよ」

遠藤が微笑む。考えてみれば、本来、次のステップである制作会議を飛び越えて、「邦楽制作宣伝部トップへの直訴」を行っているのだ。しかし、この「直訴」が却下されれば、樹が泣きついて頼みこもうが瑠々の未来は跡形も無くなる。昨日とはまったく違う緊張が走る。樹はプレゼンで渡した資料を遠藤と髙橋の前に置くと、「それではよろしくお願いいたします」と頭を下げ、再生ボタンを押した。

一拍ほどの間をおいて、瑠々の声が聴こえた。心に巣食った果てしのない哀しみを歌う声。その哀しみに寄りそうギター。静かにリズムを刻むベースとドラム。出逢ってからもう何回も、何十回も聴いた歌。思い返せば、あれから二週間くらいしか経っていない。ひと目ぼれ、いや、ひと耳ぼれしたこの歌に、今、自分は人生をかけんばかりの勢いで「直訴」をしている。こんな勝手なことをして、若林や他の制作ディレクターたちから非難されるのは覚悟の上だ。でも今はこのプレゼンをやりきることだけを考えようと意識を集中させた。

樹はまず、髙橋を見た。髙橋は最初、資料にちらりと目をやったがすぐに視線を外した。瑠々のビジュアルや歌詞に目を通さずに楽曲を聴いている。遠藤はコーヒーを飲みながら資料を読んでいたが、曲が始まるとカップを置き、ずっと目をつぶっている。そして、三分五十三秒が過ぎていった。

デッキからCD-Rを外すと、樹は「ありがとうございました」と言って頭を下げた。

「あ、でも、ご要望があれば、もう一度かけますけど……」

「いや、もう結構です」

遠藤の声に、すかさず横に座る髙橋を見ると、「私も結構です」と首を横に振っている。

あまりいい感触がなかったのか。二人のリアクションに不安がよぎる。

もしかしたらこの歌で盛り上がっているのは自分だけで、他の人たちからすればなんてことのない普通の歌なのかもしれない。

よく、お前は思い込みが激しいとドラムのRYOには言われていた。これだ、と思うとわき目もふらずに突っ走っていくスピードが速すぎてついていけない、とベースのKAZからも言われ、お願いだからもうちょっと冷静に物事を考えてよ、と恋人と喧嘩するたびに言われていた。制作ディレクターを目指すならもっと冷静に、そしてさらに客観的にならなければいけないことは判っている。だけど——。

「でも、とても美しい曲ですね」

樹は顔を上げた。

「『ひとごろしのうた』か……」

遠藤は独り言のように言うと、渡した資料に再び目をやった。

「タイトルはびっくりしますが、歌詞の持つ暗く哀しい世界観がとても美しく感じました。このような印象はここ何年か発表された楽曲には感じたことはないですね。心に訴えかける強さがあります」

遠藤の言葉に髙橋も深く頷いた。

「遠藤部長と同じく、タイトルにはちょっとびっくりしてしまうけど、聴いていて、じん、と来るものがありました。この楽曲をなんとしてでも聴かせたい、世の中に発表したいというイッキさんの強い気持ちが良く判りました」

「ありがとうございます！」

さっきまで心を覆いつくしていた重苦しさがあっと言う間に消えていく。樹はほっと息をついた。

「もうお気づきかと思いますが、この楽曲はほぼ一発録りに近いアナログ・レコーディングで収録されています。それのせいで、声質がとてもまろやかに聴こえるので補正ソフトで加工されているのかと思いましたが、違いました。ギターをはじめとするリズム隊も、まったく加工されていません。最近の、シミュレーターに補正された音に聴き慣らされているユーザーには『丸み』のある音に聴こえて違和感を持つかもしれませんが、それがかえってこの楽曲の強みになるような感じがします」

樹の意見に髙橋は「ほおお」と感心したように声をあげた。

「よく判るわねえ、私、ソフトを使ってる使ってないとか全然わかんないわ」

「大路君はね、耳がすごくいいんですよ。仲村君もよく言ってましたけど、ギターの銘柄を音だけで、これはテレキャスだとかフェンダーダームスタングだとか、果てはレコーディングスタジオのマイクの種類まで当てちゃうんですから」

遠藤が言うと、髙橋はさらに「ほおおおお」と声をあげた。

「ほとんどヘンタイですよね、そんな特技」

照れ笑いする樹だったが、先日、自宅で「気持ちが悪くなった」のもこの「特技」のせいだった。EZのレコーディングは基本的にはアナログだったが、それをコンピューターに取り込んで補正するというやり方をしていた。個人的には補正することに大反対だったが、ドラムのRYOのプレイがどうしても「走ってしまう」傾向にあったためやむなくそうしたのだった。とはいえ、アナログの音を削るような行為が樹にはどうしても受け入れられず、知らず知らずのうちに耳がデジタル補正された、耳障りの良い音に対して拒絶反応を持つようになってしまったらしい。その拒絶反応も「二年間の空白」期に沈静し、巷《ちまた》にあふれるデジタル処理済の音に慣れていってしまっていた。だが、アナログ・レコーディングされた瑠々の歌を聴いた時から耳が「アナログ仕様」に戻っていたようだ。

「それで、大路君はこの曲をどうしたいんですか」

若林と同じ言葉を遠藤が言った。この返答次第で瑠々の今後が決まる、直感がした。樹は頭の中でギターを構えた。

「横一列状態のなんら個性のない音楽。しがらみにまみれた予定調和のチャートに風穴を開けるのはこの歌だと、僕は思っています。今現在、彼女に関する情報は名前と曲名しかありません。だから、この歌をラジオの電波に乗せて、彼女を指名手配しようと思っています」

「わざと正体を隠してデビューさせたアーティストは過去に何人かいたけど、デモ音源、しかも正体不明の応募者の曲をラジオで流すだなんて……前代未聞だわ……」

髙橋の言葉に同調するように、遠藤は腕を組んだまま頷いた。あまり乗り気ではないように見える。だが、もうそんなことを気にかけている時間はない。それ以上に、瑠々の歌に対するこの熱い想いはもう止めることはできない。

「前代未聞、いいじゃないですか！　それこそ風穴を開けようとしているこの楽曲にぴったりですよ！」

勢いよく弦を弾き下ろした手は、昔あこがれたギターヒーローたちのように大きく弧を描いた。

「それで、遠藤チャンと髙橋チャンを説き伏せたってわけか。やるじゃん、イッキ」

樹はその夜のうちに、遠藤と髙橋の承諾を得たことを濱中に伝えた。濱中は樹に企画書を作らせ、それを持って翌日局に来るようにと命じた。

渋谷の南平台と道玄坂上の間にあるタワービルの三十三階にTOKYO WAVEがある。

プロデビューまもないころ、毎週通っていた局のフロアに足を踏み入れた途端、懐かしさがこみあげて鼻の奥がツン、となった。

収録前の誰もいないスタジオのコントロールルームで濱中は提出された企画書を一読すると、プレイヤーリモコンの再生ボタンをまた押した。これでもう五回目だ。にしても、何度も聴いてくれるのはうれしいが、大音量ともなると徹夜明けの頭にはちょっと辛いところがある。

「歌はもちろんいいけど、俺はギターにグッときたね。いまどき、こんなギター聴かせてくれる歌ってないよぉ。それにキラーコード満載！　うーん、たまんないねえ」

キラーコードとは濱中オリジナルのネーミングで、自分好みの、いわゆるツボに入ったコード進行のことを指している。Cメロ前のギターソロのところになると必ず濱中はギターを弾く真似をした。

「じゃあ、コーナー開始はいつ頃にしますか。そろそろ中学や高校も夏休みが始まるしオンタイムで聴いてくれるから、来週あたりがちょうどいいかなって思うんですけど」

せかすような問いに濱中はエアギターを途中で終えると、壁にかけてあるカレンダーをじっと見つめた。

「じゃ、今夜」

「へ？」

「今夜だよ、聞こえなかったのか？　それでイッキ、お前がＤＪしろ」

「はあああっ！？！？　な、何言ってるんですか！」

「ＥＷＩレコードの人間として社員生命賭けてんだろ、この一曲に。だったらそんくらいやれ」

濱中は樹を一瞥すると、また再生ボタンを押した。さらにボリュームを上げたらしく、まるでライブ会場に来たかのような大音量で瑠々の歌声がコントロールルームに響き渡った。樹は立ち上がると濱中の耳元で声を張り上げた。

「いくら持ち込み企画とはいえ、そんなのムチャぶりってやつですよ！　去年の大晦日にミュージシャン卒業宣言して、一般人になった俺がのこのこ登場してＤＪなんかしたら、抗議が殺到するに決まってます！」

張り上げた声にもまったく反応することなく、お気に入りのギターソロになると濱中はまたエアギターを始めた。今度は立ち上がり、時折、ローリング・ストーンズのキース・リチャーズのマネを差し込む。文句を言ってもまったく態度を変えない濱中に無視されたような気分になり、樹は諦めたように椅子にまた座った。しかめ面で自分を見つめる樹に気付くと濱中はエアギターをやめ、音量を下げた。

「あのさ、この番組のリスナーの中には、『ロック・バトル』のころのEZを知ってる長年のご贔屓《ひいき》さんたちもいるんだ。RYOやKAZZは時たま歌番組とかで姿を見れるが、レコード会社の社員になったお前の姿を見ることはできねえ。だから、このコーナーでお前が制作ディレクター目指して頑張ってるところを見せてやれよ」

そう言われて、何も言い返せなくなった。濱中がこの企画を承諾したのは、単に瑠々の魅力にひかれただけではなかったからだ。ほんの少しがっかりした。

「あのなイッキ、このコーナーの魅力はな、リスナーがお前と瑠々の成長をオンタイムで応援することができるってとこなんだよ」

「でも、瑠々はともかく、俺なんか」

すると濱中はリモコンを荒々しくつかみ、突然再生ボタンのスイッチを切った。

「お前さ、ミュージシャン辞めてもう自分にはなんの価値もないと思ってるかもしれねえが、そんなことはお前自身が決めることじゃねえ。この世に産み落とされた以上、価値のない人間なんてどこにもいねえんだ。俺なんか、とか二度と言うな！」

父親とあまり年齢が変わらない濱中から一喝され、樹は子どものようにうなだれた。

「……はい」

「じゃ、他のスタッフ含めて進行の打ち合わせを軽くしたいから、入りは十一時くらいでよろしくな」

濱中は樹の頭をぽんぽんと軽くたたき、コントロールルームを出ていった。

ひとり残され、樹はコントロールルームの向こうにあるスタジオの窓から見える高層ビルの群れを見つめた。夏の青空の下、ガスのかかったくすんだ景色はいかにも都会の中心らしい。その景色を見ながら、濱中から言われたさっきの言葉を反芻《はんすう》した。

何をやってもうまくいかない時期が長かったせいで、自分を粗末に思っていたところはあった。でも、瑠々の歌に出逢ってからはそんなことをあまり思わなくなっていた。それと同時に、歌の持つ力を信じられるようになっていた。実際、何のタイアップもついていない、瑠々の歌の力だけでFM局に今夜、ムーブメントが起こるのだから。

樹はテーブルに置かれたままのCD-Rのジャケットを見つめた。淡い青色のワンピースを着た銀色の髪の瑠々。横を向いたままの瑠々の顔を正面から見ることができる日はいったいいつになるのだろう。よぎる微かな不安を振り落とすように、樹は勢いよく椅子から立ち上がった。

『KNOCK THE ROCK』は毎週月曜から金曜日の深夜十一時三十分から一時三十分までの、開局時から始まった番組で、当初洋楽中心の選曲だったTOKYO WAVEにおいて、唯一、邦楽ロックを扱っていた。現在は各番組で邦楽ロックをはじめ、Jポップ系が洋楽と同じ比率でオンエアされているが、開始当時は洋楽ファンから「歌謡曲なんかけるな」と苦情を言われるばかりで、リクエストや投稿のハガキなど一枚も来ない状況だった。それが今では、局内聴取率第二位の長寿番組である。

スタジオ501。本番前の打ち合わせのために少し早めにコントロールルームに入った樹だったが、テーブルの上に置かれたハガキの山にまず驚いた。たしか、「ロック・バトル」に出ていた頃もハガキ受付だった。

「まさか……まだハガキで受け付けてるなんて……思いませんでした……」

「いーだろぉ？　お前の大好きなアナログ方式だぞ。メール、ラインなんかクソくらえだっ！」

濱中が得意げな顔で高笑いした。

「そういえば、FMニッポンのヤマタツさんの番組もいまだにハガキのみでしたよね？」

現場立ち会いに来た遠藤が差し入れのカツサンドを濱中に差し出しながら言った。

「へええ、ヤマタツさんもこだわってんねえ……ウチも負けてらんねえなぁ」

濱中は渡されたカツサンドをさっそくほおばるが、樹は緊張でとても食欲がわかない。

遠藤から差し出されたカツサンドを断ると、それを濱中が奪い取った。

「そりゃそうと、遠藤チャンがスタジオ来るのって開局以来じゃねえか？　だめだよぉ、偉くなったからって現場に来なくなるの。なんの商売でも同じだけど、現場に足運んでなんぼだよぉ」

「はいっ、大変失礼いたしました。今後気を付けます」

笑いながら遠藤が頭を下げると、ドアが開いた。

「おはよーございまーす」

構成作家の桜井三千彦《さくらいみちひこ》、メインパーソナリティの梨梨花《りりか》と女性マネージャーがそろってコントロールルームに入ってきた。梨梨花はテレビのバラエティ番組などによく出演しているハーフのタレントである。売れっ子芸能人だけあって、彼女が入った途端に無機質なスタジオが華やかな雰囲気を纏《まと》う。

そのあとにエンジニアの斉藤一雄《さいとうかずお》がスタジオ入りしたところで、濱中は樹を紹介し、番組進行の打ち合わせが始まった。今夜の放送から急きょスタートすることになった樹のコーナーについてはすでに通達がされているようで、三人に混乱しているような様子はなかった。メインパーソナリティは四月に交代したばかりというが、週五回の放送のおかげでスタッフと梨梨花の結束力《チームワーク》は高いようだ。なかばねじ込むような形で企画をスタートさせたようにも思えたので、ほっとした。

樹のコーナーは毎週水曜日の午後十一時五十五分から午前零時までの五分間、『大路樹の「あの娘《こ》を探して！」』としてオンエアされることとなった。打ち合わせが終わり、梨梨花と桜井がスタジオの中へと入っていく。キュー出しの担当をする濱中は番組の時間が近づくにつれて無口になっていった。

本番開始まで一分を切った。この瞬間からコントロールルームが緊張感に包まれる。スタジオの中の梨梨花はヘッドフォンを装着し、進行表を見ながらミネラルウォーターを一口含んだ。

「それでは今夜もよろしくお願いします。本番開始まで5、4、3、2」1、のところでローリング・ストーンズの「サティスファクション」のイントロがスピーカーから高らかに鳴った。あまりにも有名なギターのリフで始まるこの曲でのオープニングは番組開始当初から変わっていない。ミック・ジャガーのヴォーカルが入ると同時に濱中のキューサインが出た。梨梨花がカフを上げて元気よくタイトルコールをする。ついに番組が始まった。あと二十五分で自分のコーナーが始まる。時計の針が進むにつれ、久々に味わう「本番前の緊張感」で身体はどんどん固まり、頭の中のギターはちっとも鳴らない。思わず落としてしまった深い息に、遠藤が振り向いた。樹の顔を見て、クスリと笑うと、桜井が座っていた席に腰をおろした。

「顔がひょっとこみたいですよ」

面をかぶったように顔がすごくこわばっている、と言いたかったとは思うのだが、いくらなんでも「ひょっとこ」はないだろう。自分をリラックスさせるための冗談だとは思うが、樹には笑う余裕がまったくなかった。それでもなんとか遠藤の気遣いに応えようと、口の右端を上げて笑ってはみたが、無理矢理なのが見え見えになり、頭を垂れた。そんな樹を見て遠藤は微笑むと、視線をスタジオのほうに向けた。

「……不思議ですね、あの歌」

なんの前置きもなく突然言われた言葉に、なにを指しているのかが判らなかった。ほんの少しの間を置いてそれが『ひとごろしのうた』のことだと判ったが、相槌を挟む間もなく、遠藤は言葉を続けた。

「聴いているとものすごく安らかな気持ちになるんです……まるで子守歌を聴いているような、ね」

それは今まで聞いた感想の中でまったくなかった視点のものだった。樹は頭の中で歌を再生してみた。孤独な哀しみがあふれているあの歌詞のどこに、まるで心を掻きむしるかのような間奏のギターのどこに、遠藤はそれを感じているのだろう。いまひとつそれが思い当たらず訊いてみようとした時、濱中が振り向いた。

「はい、CM入りました。イッキ、そろそろ中に入って」

「あ、は……はい」

緊張の糸が今度は綱になって身体中をぐるぐると縛り上げられたような感覚になり、カチコチになりながらスタジオのドアへと向かった。コーナー開始まであと十分あるが、第一回目ということでEZの歌を何曲かバックに流しながら梨花とトークさせ、そのあとにコーナーが始まる、という流れになっている。

「よ、よろしくお願いします」

スタジオに入るなり頭を深く下げた樹に、桜井が梨梨花の真向かいの席に座るように促す。用意されたヘッドフォンを装着すると、「一分三十秒前」とカウントを入れる濱中の声が聞こえた。その声にますます緊張が高まる。

バンドで番組に出演していた頃は本番前には多少は緊張したが、ここまでひどくはなかった。さすがにブランクがあるとダメだ。一段と気分は沈みこむ。

「イッキさん、聴きましたよ。瑠々ちゃんの歌、私、大好きですっ！」

頭上から聞こえてきた声に顔を上げると、にっこり微笑む梨梨花の顔が真正面にあった。

「……か、可愛い」

思わず言ってしまったひと言に「なに素人《トーシロ》みてえなこと言ってんだよ！　お前にゃ、汐里《しおり》がいるだろがっ」ヘッドフォンからの怒号が耳をつんざいた。

「そんなのもうとっくに別れましたってば！　あ……す、すみません」

あわてて謝る樹に梨梨花がまた微笑みかける。

「可愛いって誉めていただいたお礼に、瑠々ちゃんが早く見つかるように私もガンガン盛り上げていきますからねっ！」

そう言ってガッツポーズをするところもやはり可愛い。気のせいか、梨梨花から後光が差しているように見える。今この緊張感がみなぎる状況において、樹には梨梨花が天使のように見えた。このままずぅっと目の前にいる天使を見つめていたいが、「十五秒前」「十秒前」と追い詰めるようなカウントが現実に引き戻す。テーブルに用意されたコーヒーを一口含むと、樹は大きく息を吐きだした。

「CM明けすぐでEZの『モダンタイムス・ロックンロール』流れます、5、4、3、2、」

キューサインが出た。パワーコード満載のギターから始まるイントロに梨梨花が身体を揺らす。年間シングルチャートで第一位を取っただけにライブでも一番盛り上がった曲だが、こうして聴くのはバンドが解散して以来だ。多少複雑な思いがありつつも感慨深げに聞き入っていると、Aメロが終わったところで梨梨花がカフを上げた。

「WOW！ 今、流れているのはEZ COME EZ GOの『モダンタイムス・ロックンロール』！ もうね、私、イントロが出た瞬間に踊ってました。って言いながら、実は今も踊ってるんですけどね！ あ、構成作家さんも横で踊っています！ そして、今夜はこの曲に乗ってとっても素敵な方がスタジオにいらっしゃってくださいました！」

梨梨花の前フリに樹は慌てて顔をマイクの前に突き出した。

「……こっ、こんばんは。IKKIこと、大路樹です。『KNOCK THE ROCK』リスナーのみなさん、大変ご無沙汰してます。お元気でしたか……」

冒頭の部分は構成作家の書いた文章を読むだけなのに、顔から身体から一気に汗が噴き出してきた。そんな樹の緊張を和《やわ》らげるように梨梨花は絶えず笑みをたたえながら、樹のプロフィールやバンドでの当時のエピソード、そして今はレコード会社で新人発掘を担当していること、新しく始まるコーナーについてなどを絡めてトークを進めていく。梨梨花の天使のような微笑みと軽快な語り口にも助けられ、凍ったようにガチガチに固まっていた身体から徐々に力が抜けていった。

そして、CMを挟んで、いよいよ樹のコーナーが始まる。「頑張ってくださいねっ」とまたガッツポーズをしながら梨梨花がスタジオを出ていった。

「一分十五秒前」かけなおしたヘッドフォンからのカウントに頷くと、「イッキ、ちょっといいか」と濱中の言葉が続いた。

「今夜はあえて、台本なしのフリートークだ。瑠々に対するお前の想い、どーんとぶつけてみろ。でも、余計に飾るな」

「……はい。よろしくお願いします」

ガラス窓の向こうの濱中に頭を下げ、大きく息を吐く。

「三十秒前」

スタジオ側の窓ガラスを見た。数多《あまた》のネオンライトが点滅する真夜中のビル群が映る。この東京《まち》のどこかに、この日本《くに》のどこかに、瑠々はいる――。

濱中からのキューサインを確認すると、樹はカフをそっと上げた。

「この放送を君がどこかの街で聴いてくれているかもしれない。そんなささやかな望みを持ちながら毎週水曜日のこの時間、姿を現してくれるその日まで僕は君に語りかけていきたいと思います。まず最初に、君のことをこの放送を聴いてくれているみんなに紹介したいと思います。これから流すのは、僕がこれからリスナーのみんなの力を借りて、どうしても見つけ出したい人が作った歌です。歌声、そしてギターの音に心当たりがある人は、僕宛にハガキを送ってください。どうか、よろしくお願いいたします」

斉藤からスタンバイOKのサインが出た。

「それでは、聴いてください。瑠々、『ひとごろしのうた』」

樹はカフをゆっくりと下ろした——想いが届くことを願いながら。

九月。

コーナーが始まって二か月以上が経った。さすがに初回の頃ほどの緊張感はなくなり、マイクの前でも自然に話すことができるようになってはきたが、ここにきて重大な問題が浮上した。

「ったく、ぜんっぜん情報来ねえし。失くしたLPのほうが情報多いじゃん!」

いらだつ濱中を前に樹は弁解することもできず、ただ項垂《うなだ》れるだけだった。コーナー開始当初は、曲の感想を含めた樹に対しての激励ハガキが多く寄せられてきたが、一週、二週と経過しても瑠々に関しての情報はまったくといっていいほど寄せられない。ハガキも今では当初の半分以下になり、コーナー存続に黄色信号が灯されている状況である。

「歌の感想もすごくいいっていうのと暗いから嫌いだっていうのが、ものの見事に真っ二つに分かれてる。でもまあ、皆がみんな『良い』って言うほど気持ち悪りぃ感想はねえし、世の中好き半分嫌い半分ってことで、あんまり気にすんな」

「はい。感想に関しては想定内でしたけど……でもまさか……これほどまで瑠々の情報がこないとは思いませんでした……」

樹はさらに項垂れた。

「まあ、それに関してはオレも同感だ。始めた頃は八月ぐらいには瑠々が姿現して、プロデビュー決定！　制作ディレクター・大路樹がついに活動始動！　デビューシングル制作快調！　そんで今ごろはコーナー終了、めでたしめでたし!!　と思ってたんだがなあ……」

いつも強気な濱中には珍しく深いため息が聞こえた。あと三十分後に会議を開くからといきなり呼び出されてスタジオ501のコントロールルームに来てみたが、自分以外の出席者は濱中だけで、今後の対策はおろか出てくるのはため息だけの、まるで通夜のような緊急会議となった。十月の個人聴取率調査までにどうにかテコ入れしないと、と言いながら、濱中からはなにひとつ打開策が出てこない。

「プロの覆面……ってこたあ、ねえだろうな」

「え……っ」

「たとえば、作っちまった歌がたまたま自分のアーティストカラーに合っていねえ、でも捨てるには惜しいから遊び半分で応募しちゃいましたー、みてえな」

「そんな……」

「考えられなくもねえぞ。あのギターなんて、ぜってえトーシロじゃねえって」

そう言った後、なぜか濱中は樹の顔をじっと見つめた。そして、ぽん、と膝を叩いた。

「そうか、元ミュージシャンてのも考えられなくもねえな。にしても、こうやって二か月以上も呼びかけてんのにウンともスンとも言ってこねえのは、やっぱヘンだよなあ……」

「あのぉ、俺の顔見てすぐに『元ミュージシャン』とか言わないでくださいよ。確かにそうなんですけど、いまだにビミョーに傷つくんです……その言葉……」

「ばーか、いい加減に今の自分の立ち位置、ちゃんと自覚しろっ」

ぱしん、と思いきり頭を叩かれてテーブルのすぐ下でうずくまっていると、濱中の携帯が鳴った。いまだにPHSというところが濱中らしい。「ちょっと悪りぃな」と小声で謝ると、濱中はコントロールルームから出ていった。

ドアが閉まると同時に、樹は項垂れた。

コーナーが始まったころはＡＤＳＮルームでも盛り上がってくれていたが、八月半ばを過ぎると誰も何も言わなくなった。遠藤も当初は社内で顔を合わせると、「ラジオのほうはどうだ？」と声をかけてくれていたが、最近では会釈するだけだ。

樹は壁にかけてあるカレンダーを見た。あと、四か月もしないうちに一年が終わってしまう。入社して以来、ばたばたとしているうちに季節が二つ過ぎて行ってしまった。

特に、瑠々に関わってからは時間も日にちも倍速をかけたように過ぎていった。ＡＤＳＮルームの仕事や個人聴取率調査のことを考えると、これ以上周りに迷惑をかけるわけにはいかない。だから瑠々のことはもう、諦めたほうがいいのかもしれない……。

「大見得切って……この有様か」

情けなかった。泣けるものなら泣きたかった。それでも泣けないのは瑠々に対しての想いが足りないからだ、と樹は思った。だから、音楽の女神《ミューズ》は瑠々の姿を隠し続けているのだ。そんなことを本気で思った。

ドアが開き、濱中が戻ってきた。アイスコーヒーが入った紙コップを樹に差し出すと、コンソールの前にあった椅子に腰を下ろした。

「ありがとうございます……」

樹は紙コップを受け取ると、一口飲んでテーブルに置いた。

「ハマヤッさん」

「な、なんだよ、いきなり真剣な顔《ツラ》して」濱中が椅子ごと後ずさった。

「ひとつ、聞きたいことがあります」

「は？」

「ハマヤッさんはどうやって奥さんを口説いたんですか!?」

途端に、椅子から崩れるように濱中が転げ落ちた。

「お、おま、お前、何言ってんだよ、バッ、バカヤロウ!!……痛ってえ」

腰を床に思いきりぶつけたのか、しきりにさすりながらヨロヨロと立ち上がる濱中を支えてまた椅子に座らせると、樹は「すいません」と頭を下げた。

「っていうか、なんなんだよ。その質問の意図は!?……痛ってえ」

声を張り上げると尾てい骨に響くらしく、濱中はほとんど泣きそうな顔で樹を問い詰めた。樹は再び「すいません」と頭を下げると、

「瑠々が姿を現さないのは、俺の本気度がまだまだ足りなかったのかなって思ったんです。自分じゃそういうつもりはなかったんですけど……。でも、俺の本気が伝わってないから、まだどこかでなんか疑ってるから、瑠々が姿を現してくれない……のかななんて」

「だから、モノにしたい女を口説く『男の本気』がどんなもんか知りたいってわけか。でも、お前さあ、汐里とつきあって同棲までしてたじゃねえかよ。あんないいオンナと五年間も。オレに聞くまでもねえだろ、自分に聞いてみろよ……痛ってえ」

デビュー前からの長い付き合いの中で、濱中には時々プライベートのことも相談に乗ってもらっていた。汐里はコンサバ・ラグジュアリー系のファッション誌を中心に活躍するモデルで、渋谷公会堂でのライブ後の楽屋打ち上げで知り合った。その後、東京だけでなく地方公演にも汐里は来るようになり、いつのまにか付き合うようになり、いつのまにか一緒に住んで、そしていつのまにか別れていた……という感じだ。なので、どう思い返しても自分の中では汐里を口説くために思い悩んだ覚えがない。

「にしてもな、あんまりやりすぎるとリスナーにドン引きされるぞ」

「……はあ」

「とにかくオレもこのまま負け試合ってのも癪《しゃく》だし、来週の放送までに桜井チャンとなんか考えておくわ。それと、ほれっ、今週分のハガキ。情報はねえけどな……痛ってえ」

束にして三ミリもない何通かのハガキを手渡すと濱中は、「お疲れさんでーす」と腰をさすりながらドアの向こうに消えた。樹はハガキをひと通り読んでからカバンにしまうと、椅子を元の位置に戻してコントロールルームを出た。

ビルから出て坂道を下りながら渋谷駅に向かう。まだまだ暑さが続くせいで、アスファルトからの照り返しが強い。おかげでコントロールルームで涼みきった身体がもう汗ばんでしまっている。溜池行のバスに乗ろうとした時に資料用のCDを買うことを思い出し、スクランブル交差点方面へと向かった。

それにしても、交差点前で信号待ちをするたびに、いつもここには人があふれかえっているのには驚く。同時に人々をとりまく音の大きさにも。

立ち並ぶテナントビルやファッションビルの大型ビジョンから大音量で流される宣伝ナレーションと音楽、行きかう車やトラック、バス、タクシー、バイクの走る音。それらがいっしょくたになって、信号待ちをしている人たちの脳波を狂わせているように思えた。これはもう、喧騒どころのレベルじゃない。「暴音」に頭の中をなぶられながら信号を待たなければならないなんて、ほとんど拷問だ。

大型ビジョンでは新譜CDのCMスポットも流れている。だが、信号待ちをしている人々は誰もそれを見てはいない。みな、視線の先は手元にあるスマートフォンだ。こんな状況で宣伝効果はあるのだろうか。場所柄、スポット料も相当な額なはずだ。などとレコード会社の人間らしく思いをめぐらせているうちに、信号がやっと変わった。前から左から歩いてくる人々をうまく抜けて、樹は交差点のほぼ真向かいにある大型CDショップに足早に入った。

ここはレンタルCDやDVDも展開している店舗なので、立地条件も含めて、フロアは街中を歩くそのままに、にぎわっている。ほんとうは、宮下公園そばにあるCDショップのほうに行きたかったのだが、この暑さの中、歩けるのはここまでだった。

一階と二階のセルCD、DVDフロアには、夕方近くということもあって高校生や大学生らしき若い客層がフロアを占めていた。アルファベット順に陳列されたCDラックには店員さんが作った宣伝POPが推しもののセルCDとともに飾られている。二階に上がり、早々に資料用CDを買うと樹はフロアを散策した。

昔からCDショップに行くと、メーカー側からの推し盤とは別に、店員さん個人が推すCDの横に添えられている手書きのレコメンド《推薦》カードを必ず読む。そして読むたびにいつも胸がいっぱいになる。順位や売り上げに囚われない、自分の好きな音楽に対する愛がここには溢れているからだ。自分がプロデビューしたらこんなふうにレコメンドカードを書いてもらうのが夢だった。だから、デビューCDの時に宣伝POPコンテストをやってもらった。あの頃、懸命にEZをプッシュしてくれたショップの店員さんたちは今ごろどうしているだろう。もう十年近く経ってしまったので名前はもちろん、顔も忘れてしまったけれど。

心なしか、メジャーレーベルよりもインディーズレーベルのほうの人だかりが多いような気がした。品揃えも充実しており、宣伝POPの展開はもちろんのこと、「レコメンド盤」と推された何枚かのCDは陳列棚の側面に試聴コーナーが設けられている。店舗での扱いはメジャーレーベルとまったく変わりはない。麻衣子が言っていた通りだ。大型店舗において、このような展開をしてくれるのならメジャーにいかないインディーズレーベル所属のアーティストの気持ちがよくわかる。同じ立場だったら、自分もそうしていただろう。

樹は改めて周りを見回した。陳列棚ごとに設置されている十数台の試聴コーナー。派手で目立つ宣伝POP。新譜から旧譜まで豊富にならべられた棚。「商品を手に取れる」「すぐに聴ける」環境。樹は思った。瑠々に対して情報がないのは、週に一度の深夜十一時五十五分からの五分間という限られた時間帯のせいかもしれない。濱中の好意でラジオというメディアを使えたのはとても有難かったが、正直なところ昔ほど媒体としての力はないのが実情である。ラジオ班のプロモーターがFM局でパワープレイをたくさん取ったとしても、残念ながらCDの売り上げにはさほど反映されないといったところだ。

やはり、これまでとはやり方を変えなければ。このままではコーナーが打ち切りになってしまう。樹はじっと売り場フロアを凝視した。

「すいませーん」

不機嫌そうな声が聞こえて横を見ると、女子高生三人が腕組みをして立っていた。化粧をする女子高生は今ではもう珍しくもないがこうして間近で見ると、フルメイクと制服の組み合わせは異様な迫力がある。真ん中にいるストレートロングヘアが樹をにらみつけていた。訳が分からずにぼうっとしていると、左にいたセミロングが半歩前に出た。

「うちら、試聴したいんですけどぉ」

セミロングが顎で指したのは、樹の後ろにある『薔殺裸《バサラ》』の試聴コーナーだった。『薔殺裸』はインディーズのヴィジュアル系で一番人気のバンドである。メンバー五名全員がステージ上では常に上半身裸なことがセールスポイントだが、ヴォーカルの美鬼夜《みきや》はヴィジュアル系で久々に登場した素顔も超美形なヴォーカリストだと麻衣子から聞いたことがある。試聴コーナーの上にある店頭POPを見ると、明日、新譜が発売されるようだ。

「あ、どうも、すっ……すみませんでしたっ」

慌てて頭を下げながら立ち去ろうとすると、

「おっさんがジャマくせえんだよ、ったく」

と、右にいた茶髪のショートカットが大きく舌打ちをする。だが、試聴コーナーの前に陣取ったとたんに、頬を染め、きゃあきゃあと嬌声をあげながらヘッドフォンをかけた。

「……美鬼夜だって、そのうちおっさんになるんだからな……」

樹は女子高生たちに聞こえないようにつぶやくと階段の踊り場へ移動し、壁に背をもたれた。そろそろ会社に戻らなければならないのはわかっている。段ボールに残っているCD-Rを聴く作業がまだ残っているし、九月分の絞り込みを始めなければならない。その作業が始まると瑠々のことが考えられなくなる。今、この時に何か考えておかないと、あっという間に来週の放送になってしまう。とはいえ、こうして懸命に考えているときに限ってなにも浮かんで来ないのが、常である。それでも三十分粘ってはみたが、諦めて階段を下りた。一階に降り、人込みをすり抜けて自動ドアに向かう。ドアが開き、街の騒音とむせかえるような熱気に顔をしかめた時、突然、けたたましくギターが鳴った。と、同時に樹は天井を仰いだ。頭の中で鳴るあの音ではなかったが、確かにレスポールの音が聴こえてきたからだ。

「『薔殺裸』サードCD、明日発売!! 只今流れているのは一曲目でアルバムタイトルチューンの『ダイアモンドの夜』!! 美鬼夜さまの妖艶なヴォーカルと零時《れいじ》さま、丑三《うしみつ》さまのツインギターが炸裂です!!」

店内放送に乗って聴こえてきたのは、中性的な歌声とともに唸りをあげるギター、レスポールのゴールドトップとSGジュニアの音だった。

瑠々の歌をいつでも聴ける状態にしたらもっと情報が集まるんじゃないか──。

フロア中に鳴り響くツインギターを聴きながら、そんな言葉が頭をよぎった。

「……試聴コーナーに置いてもらう……」

だが、瑠々はデビューしていない。それ以前に、試聴コーナーは各メーカー側からの推し盤で年間スケジュールが組まれていることもあり、割り込む隙間は一ミリもない。

(「じゃあ、番組で募集したらどうですか。売ってる店の情報とか譲ってくれる人を。LP失くしたことを逆にネタにしちゃうんですよ」)

コーナー存続がかかっていることをネタにして、試聴コーナーを設けてくれる店舗を募集する──。

樹は大きくうなずいた。

樹から提示されたアイディアに構成作家の桜井が肉付けして、「自腹企画！　EZのCDスペースに瑠々の試聴コーナーを3か月設置してくれる店舗を募集！　再生機器と設置費用は大路樹が出します！」と銘打ち、期間限定企画として募集をかけることとなった。同時に番組公式サイトから『ひとごろしのうた』を無料ダウンロードできるようにした。

しかし、ただ待っているだけでは何も動かない。営業部のスタッフからかつてEZで行った宣伝POPコンテストに参加したレコード店の当時の担当者を教えてもらい、関東近県の店舗には直接出向き、地方店舗へは電話と手紙で試聴コーナーの設置依頼をした。その結果、関東圏は渋谷、池袋、横浜、大宮、船橋、宇都宮の六店舗が設置することを承諾した。番組内での募集では、札幌、山形、新潟、福井、奈良、大阪、岡山、徳島、山口、福岡、宮崎、鹿児島の十二店舗が名乗り出てくれた。公約通りに樹は自腹で全店舗にCDプレイヤーとヘッドフォン、そしてCD-Rを送った。加えて、動画サイトに「瑠々、歌ってみた」を作り、『ひとごろしのうた』を歌う投稿者を募った。第一番目の投稿者として樹が歌ってみたところ、一晩で視聴アクセスが約五万件に達した。

番組メインパーソナリティの梨梨花も樹を応援しようと、渋谷店での試聴コーナーでへッドフォンをつけた写真を撮って自身のＳＮＳに投稿した。フォロワー数約三十八万人を持つ梨梨花の影響力は想像以上に大きく、投稿した夜のダウンロード数は一気に跳ねあがった。

「すげえよ！　一晩でアクセス数三十万だよ!!　梨梨花ちゃん、本当にありがとうっ!!」

海外のトップアーティストと肩を並べんばかりの勢いに、濱中が興奮するのも無理はない。ダウンロード数が跳ね上がり、番組には歌に対する感想が続々と寄せられて反響が大きくなったことで、コーナーはしばらく存続することになった。だが、これだけの盛り上がりを見せても肝心の情報のほうはといえば、「中学の時のクラスメイトの声に似ている」「自分が小学生だった頃の歌声に似ている」や、「男ですが実は私です」など全く本人につながらないハガキばかりで、依然として状況は変わらなかった。忙しい中を協力してくれた各地のレコード店はもちろんのこと、番組スタッフや梨梨花のためにも、何としても良い結果を出したい。そう思えば思うほど、この現状がはがゆい。さえない顔の樹を見るなり、濱中は手にしていた週刊誌を丸めて垂れた頭を思いきり叩いた。

「……ってえ!!」

「辛気《しんき》臭《くせ》えヤローだなったく、今週の『リークス』見たか!?　記事が出てるぞ!!」

「え……っ」

「なんだよ、知らなかったのかよ！　ほれっ」

丸めた週刊誌「週刊リークス」を元に戻すと、濱中はページを広げて前に差し出した。見てみると、巻頭特集の次に大きい、「今週のワイド特集」と題された七つのトピックスの中のひとつに取り上げられていた。

『正体不明の歌姫、デビューなるか⁉　本誌が考えた、姿を現さない3つのワケ』——

梨梨花が投稿したSNSの写真が大きく掲載され、本文は四段程度ではあるが、マスコミに取り上げられたのはこれが初めてである。樹がDJで登場した時は二、三のスポーツ新聞の芸能欄で取り上げられたが、記事は小さく、写真もなく、瑠々のことも「担当予定アーティストの曲を紹介」と掲載されただけだった。

「梨梨花のおかげでマスコミの注目度も上がったけど、そのぶん、こういうワケの判んねえ記事も出てくる。でも、『リークス』の吊り広告でまたさらに世間への認知度が上がる。兎角《とかく》、世の中は持ちつ持たれつってとこだ。書かれてることに関しては文句も言いたくなるだろうが、当分は我慢しろ、な？」

「……わかってます」

とは言ったものの、『ひとごろしのうた』というタイトルについてのタレントもどきの教育評論家からの苦言、そしてこの三つのワケとして挙げられている「プロの覆面」、「死亡説」、「容姿の問題」は読めば読むほど勝手な内容で腹が立つ。その反面で、ここまで姿を現さないのは故意ではなく、ここに書かれた以外の何か、どうすることもできないやむを得ぬ事情があるからかもしれないとも思えてきた。

「迷惑……だったりしてるのかな」

「は？　何が？」

「こうして……探してること自体が」

すると、濱中の左眉の端がぐいっと上がった。

「ひとつ聞くが、瑠々はなんのために応募したと思うか？　姿を現さない話は別としてさ」

「そんなの判るわけないじゃないですか」

即答した樹の前に、濱中は座りながら半身を乗り出した。

「じゃあ、質問を変える。お前はアマチュア時代、何のためにデモ音源送ったんだよ」

「そりゃあ、プロになりたかったからですよ」

「プロになりたかったのはなんでなんだ？」

「自分が作った歌をたくさんの人に聴いて欲しかったから、です」

樹の応えに濱中は深く頷いた。

「瑠々だって同じだと、オレは思うよ」

「でも」

二の句を次ごうとした樹を遮《さえぎ》るように、濱中は右掌を顔の前に差し出した。

「いずれ世間がもっと彼女の歌を求めるようになる。それを目の当たりにした時、瑠々は必ず、姿を現す」

濱中の言うように、もし瑠々が本気でプロを目指しているのなら、仮に「記念受験」的に応募したとしても、この状況にいても立ってもいられないだろう。自分が歌った曲がすでに三十万以上もダウンロードされていると知ったのなら、なおさらである。

「だとしたら今よりもっと、瑠々を追い詰めなければいけませんよね」

今までになく強い口調に濱中は驚いた顔をしたが、にやり、と笑った。

「……腹、くくったんだな」

瑠々をデビューさせる——まさしく、「前代未聞」の決断だ。

樹は翌日、遠藤と髙橋、そして若林にそのことを告げた。

「来月に僕が『元EZ COME EZ GOの大路樹』としてインディーズレーベル『６９５５《ロックゴーゴー》』を立ちあげて、瑠々をデビューさせます。そしてこれは瑠々だけのレーベルにします。時期尚早かもしれませんが僕としてはとにかく今、この時期を逃したくないんです！」

ミーティングが始まってから三人はまだひと言も発していない。特に若林はいつもより硬く口を真一文字に結んでいる。緊張感が増した。でもこれに飲まれてはいけない。

「本当は、EWIレコードからデビューをさせたかったんですが、今回の瑠々のデビューは通常の形式とは全く違います。なので、この件に関しての責任はEWIではなく僕がすべて取るということにしたいので、あえてインディーズデビューという形にしました。ですが、彼女が姿を現し、そしてプロデビューする意思があるのならば、メジャーレーベルに移籍させようと思っています」

沈黙がまだ続いた。無謀がゆえに説得力に欠けているのは判りきっている。無言の状態が続くのは仕方ない。壁時計の秒針が一周ちょっとしたところで、

「でも……」最初に口を開いたのは髙橋だった。「はやる気持ちはとてもわかるけど、やっぱり本人の不在と了承なしでCD発売やダウンロードさせることはどうしてもひっかかってしまうわ」

髙橋は腕組みをした。

「それに、製造費や宣伝費とか、他にかかる経費はすべてイッキさんの持ち出しになるんですよ」

心配げに見つめる髙橋に、樹はにっこりと笑った。

「だいじょうぶです。印税でなんとかします」

バンド時代とはくらべものにはならないがカラオケ印税なども あり、いまだに多少の印税収入はある。それを基にして計算した運営表と、著作権や印税の分配に関して絶対にト

ラブルがないように明確に記した書類を作成し、プリントしたものを三人に配った。

初回プレス数は五万枚を予定している。価格も収録曲が一曲のみなので、五百円。すでに三十万以上ダウンロードされているのでCD自体の売り上げはそうは伸びないかもしれない。通常、ダウンロードすると一曲二百五十円なのでCD盤よりはるかに安く、手に入りやすいことが利点だが、音の面からすると圧縮の比率がCDとは違うので音質がやや劣る。ダウンロードをしない購買層の中には、できない環境におかれていることもあるが、音にこだわりを持っている人も含まれていると考えられる。その購買層が狙いだ。

樹は少し間を置いて、口を開いた。

「高橋課長が仰られているように、本人の許可や了承なく、CD発売やダウンロードすることについてですが、通常でこういったケースはあり得ません。前例が全くない件であることは重々承知です。ですが、こうでもしない限り瑠々本人が姿を現してくれないように僕は思いました。このやり方に対して、非常識だと批判的な意見が社内外から多数寄せられるのは覚悟の上です。なので、マスコミ用のプレスリリースにはこのデビューに至るまでの僕の考えを述べさせていただく予定です。それから、契約書に関しては落ち度がないよう、担当ディレクターとして最後まで責任を持って取り仕切ります。ここで失敗したら僕だけでなく、レコード会社に対しても信用がなくなりますので」

遠藤と高橋は黙ったままだった。これで「NO」と言われれば、瑠々に関してのすべてがここで終わる。沈黙の時が続いていくにつれ、心臓の鼓動が速さを増してゆく。

「わかりました、やってみましょう」

沈みかけていた樹の顔が上がった。遠藤は微笑むと、すぐに言葉を繋げた。

「ですが、宣伝制作費はとても印税収入や預貯金で賄えるものではありません。なので、『６９５５』レーベルはＥＷＩがプロデュースするインディーズレーベル、ということでスタートしませんか。資金や宣伝制作費はＥＷＩとの折半となりますが、紙媒体や電波媒体へのアプローチはあくまでもインディーズのやり方で」

遠藤の意見にいち早く反応したのは若林だった。

「遠藤さん、ちょっといくらなんでもそれは……」

「私は、以前大路君が言った『この歌には前代未聞がぴったりだ』という言葉が忘れられないんですよ。ＣＤ不況が長く続くあまり、知らず知らずのうちに私たちは守ることばかりを考えていたことを、あの時の君の言葉で気付かされました」

柔らかな声色が、徐々に若林と髙橋の顔から強張《こわば》りを取り払っていく。

「大路くん」

「は、はい」

急に名前を呼ばれ、樹は背筋を伸ばした。

「すでにもう覚悟はできていると思いますが、一度だけ私から言わせてください。瑠々の担当ディレクターとなった以上、あなたは彼女の人生を背負っているということを絶対に忘れないでください」

そのひと言、ひと言が強く心に響く。樹はバンド時代のディレクターだった仲村を思った。自分たちに対して、彼が最後まで真摯だったのは「アーティストの人生を背負う」という気持ちが根底にあったからこそ、だったのだ。

遠藤は静かに椅子から腰をあげた。そしてゆっくりと樹に近づくと、右手を差し出した。

「風穴を、開けてください。しがらみにまみれた売り上げチャートに」

「はい」

「そして、この音楽業界にも」

樹は熱いその手を強く、また強く、握り返した。


瑠々のCD『ひとごろしのうた』の発売日が十一月十五日に決定した。

十二月に入るとクリスマス・年末年始商戦に向けてベスト盤や企画ものが徐々に発売される前にリリースしたかったので、樹はまずほっとした。メジャーレーベルのように莫大な宣伝費はかけられないが、『KNOCK THE ROCK』や、CDショップでの試聴コーナーでの店舗展開があるので、ある程度の知名度はある。ただ急きょ決まったリリース、そして出来たばかりのレーベルということもあり、すでに十一月リリースが決まっている他のインディーズレーベルの店舗プロモーションに割り込むことはかなり難しいだろう。

「発売後に動きが変わるのを待つしかないか……」

仮に『ひとごろしのうた』が第一位を取ったとする。いくらなんでも一位のCDを陳列棚に置いたままにはしないだろう。チャートアクションが良ければ、売り場の対応は変わる。その一方で、売り上げがさほど振るわなかった場合のことも考えておかなければならない。一番最悪な展開は売り上げもチャートも上がらず、瑠々も現れないことである。

「だめだだめだ消えろ消えろ消えろ！　ネガティブ思考!!」

樹はかぶりを大きく振ると、伝票整理に勤《いそ》しんだ。中二階にある一番小さい会議室を樹のレーベル『６９５５』の事務室として与えられたが、他にスタッフはおらず、電話番も伝票書きもその他の雑用も全部ひとりでやらなければならない。ＡＤＳＮルームの仕事以上に忙しくなってしまったが、あの二年間の空白の時期とはくらべものにならないくらいに毎日が充実している。宣伝専用のＳＮＳを作ると、フォロワーは一晩で二十万を超えた。しかし、充実している反面、緊張が続いた。瑠々の今後のことも考えると、いい数字を残したい。眠りの浅い夜が続いた。

その連絡が入ったのは、瑠々のCDが発売された一週間後だった。

週間チャートのインディーズランキングで、『ひとごろしのうた』は発売当日のデイリーが第二位、週間で初登場第四位となった。幸先の良いスタートダッシュを切ったということで、渋谷の道玄坂上にある居酒屋で濱中と番組スタッフを含めた編成局員たちで乾杯をしていた時だった。遠藤からの着信履歴に気付き、慌てて折り返すと明日会ってほしい人がいると言う。

「ファイヤー・プロダクションのイイムラさんって知ってますか」

電話を切った後、テーブルに戻った樹が尋ねると濱中が突然むせはじめた。大きくせき込む背中をさすりながら水を差し出すと、濱中はごくごくと喉をならして一気に飲み干し、せき込んで汗が浮かんだ額をおしぼりで拭いた。

「飯村聡《いいむらさとし》だろ。知ってるも何も、ファイヤーの社長、石見《いわみ》圭介《けいすけ》の懐刀だ」

「え……っ、そうなんですか」

「EWIには大泉明日香《おおいずみあすか》がいるだろ。今は女優のほうがメインだが、彼女をスカウト番組で優勝させてビッグアイドルに育てたのはアイツだ。その関係もあって、EWIにはファイヤー系列の事務所所属のアイドルや演歌歌手とかが何人かいる。だから、さすがの遠藤チャンも飯村の要請は断れなかったんだろ」

「……って、なんで会うことが判るんですかっ、ハマヤッさん！」

身を乗り出した樹に濱中は得意げにヘヘン、と鼻先で笑うと、急に真顔になり声をひそめた。

「飯村が何を考えてるのかはだいたい見当がつく。瑠々をファイヤーかファイヤー系列の事務所に入れようって企んでんだろ。あそこはサンシャイン芸能企画、マナベ・プロダクションに次ぐ老舗の芸能事務所だが、マスコミとの癒着が強くて、スキャンダルつぶし、賞レースの裏工作なんてお手のものだ。でもそれだけじゃねえ、事務所発足当時から暴力団とのつながりが噂されてる」

バンド時代に、いわゆる「ザ・芸能界」に属するアイドル歌手やアイドルグループと歌番組で共演することはあっても、自分たちとは別世界の人間として見ていた。収録が終わると着替えもせずに、一目散にマイクロバスに飛び乗っていく後ろ姿を思い出した。だがそれもすぐに消え、胡散臭《うさんくさ》そうな人物の登場に自然と眉間に皺が寄る。

表情が曇った樹に、濱中はより声をひそめた。

「芸能界に限らず、金の匂いを嗅ぎつけて言葉巧みに近づいては美味い話をちらつかせて、あっというまに儲けをかすめ取っていく輩《やから》てのはどこにもいる。だがな、お前は担当ディレクターである以上、何が何でも瑠々を守れ！　たとえ遠藤チャンに泣きつかれてもだ」

樹は勿論だと言わんばかりに、大きく頷いた。だが、遠藤が間に入っているだけに事は簡単に終わらなそうな予感がした。いったん心に擡《もた》げた不安は、そのあと何杯ビールを飲んでも消えてはくれなかった。

結局、飲んだわりにはあまり酔えず、ざわついた気持ちを抱えたまま翌朝を迎えてしまった。飯村聡との約束は午後二時。遠藤は出先から直接待ち合わせ場所に向かうというので、出かける三十分前まで中二階の小会議室で事務仕事をすることにした。

有難いことに、全国のCDショップから追加注文要請のメールが日に日に増えていく。この勢いだと十万枚超えも夢ではないような気がしてきた。予想以上の反響だけに喜びもひとしおだが、この後の飯村とのことを思うとそれも激減してしまう。

——瑠々をファイヤーかファイヤー系列の事務所に入れようって企んでんだろ——。

昨夜、濱中が言っていたことはたぶん当たっているだろう。PCでファイヤー・プロダクションを検索すると、オフィシャルサイトの所属タレント欄には歌番組はもちろん、年末のレコード大賞や紅白、そしてテレビドラマや映画、バラエティ番組などで必ず目にする顔がずらりと並んでいた。飯村の要請を受け、この錚々《そうそう》たる顔ぶれの中に瑠々が入れば、強力なバックアップを受けて間違いなくトップ・アーティストの一員になれるだろう。そうすれば、自分のような轍を踏むことはない……。

自分が思い描いていたものとはかなりの違和感はあるが、瑠々の未来を思えばそのほうがいいかもしれない。と、思うその反面で、濱中が言っていた「暴力団との噂」も気にかかる。樹はPCの横に飾るように置いてあるCDジャケットを見つめた。

「お前はどうしたい……？」

本人不在の今、決定権は担当ディレクターである自分にある。だが、なかなか定まらない思考に思わず語り掛けてしまった。どこか遠くを見つめているような瞳をしている銀色の髪の少女からは、応えは何も返ってこない。それでももう一度、言った。

「……いったいどこにいるんだよ、瑠々」


約束の時間より十分早く、樹は六本木に着いた。ツリーやポインセチアはハロウィーンが終わった途端に店舗前に飾られているが、十二月が近づくにつれ、クリスマスソングが街中のあちこちから聴こえてくるようになる。チェーン店のラーメン屋の前を通ると、瑠々の歌が聴こえてきた。有線放送だろう。通りにあふれるクリスマスソングの明るいメロディの隙間を縫うように、歌声が聴こえてくる。会社でもなく、スタジオでもない場所で聴くのはこれが初めてだ。嬉しくなって、歌が終わるまで店の横に佇《たたず》んだ。

「いい歌だな……」

今更ながらだが、心からそう思った。この歌について語る言葉は本当に尽きない。何度でも、何時間でも語ることができる、自分の一番大切なもの。だからこそ、

「やっぱり、瑠々は俺が守らなきゃ、ダメだ」

吹いてきた風の冷たさに、身体がふるっと縮む。気持ちを新たに引き締め、樹は再び歩

き出した。

指定された外資系ホテルの四十五階にあるロビーに入った途端、天井まで届くかのようなクリスマスツリーと、モノトーンを基調とするシンプルな装飾が高級感を醸し出す非日常空間に一気に引き込まれる。あたりを見回すと、遠藤はまだ到着していないようだ。かすかに聴こえてきたピアノ演奏に目をやると、ロビー・フロア奥にあるラウンジ・バーからだった。

平日の午後二時だということもあり、客は三人しかいなかったが、どの男が飯村なのかがすぐに判った。カウンター真ん中のスツールに座る、グレースーツの背中。光沢の感じからスーツは海外のハイブランドのものだろう。周囲から社長の懐刀と呼ばれているのも知っており、ゆえに相当、自分に自信がある。自信のある人間、そして、自分に優位に話を進めようとしている人間は、いくら人と待ち合わせているからとはいえど、カウンターの端になど座らない。

「飯村さん、遅れて申し訳ありません!」

後ろで遠藤の声がした。男が振り向いたのは、それから一拍の間を置いてからだった。

樹は遠藤とカウンターに向かって歩き出した。

「いやいや、こちらこそ急にお呼びだてして申し訳ありません」

男はスツールから降りるとすぐに頭を下げ、前に歩み出た。

「大路樹さん、初めまして。飯村聡と申します。今日はお忙しいところ、私のために時間を割いてくださいましてありがとうございました」

浮かべた笑顔は人懐こく、抱いていたイメージとは全く違う。言葉も態度も威圧するような感じはなく、紳士然としている。中肉中背の体格で、遠藤や濱中とあまり年齢は変わらないようだ。だが同じ業界人でも、二人とはなにか漂うものが違っているような気がした。

飯村に促され、バーの奥にある個室へと向かった。大理石の床に靴の音がやたらに響く。こういったホテルにはほとんど来たことはないので、ロビーから繰り出される高級感に圧倒されながらも、樹は二人の後に続いた。

飯村は席につくとメニューリストを見るまでもなく、キールを注文した。遠藤はオレンジジュースをベースにしたアルコール度数の少ないカクテルを作ってもらうことにし、樹はコーヒーを注文した。名刺交換を済ませた後、遠藤と飯村が学生時代の話をし始めた。聞けば、同じ大学のゴルフ部の先輩後輩だという。今日のことを断れなかったのは体育会系的なつながりもあったのだろう。まもなくオーダーしたドリンクが運ばれ、ひと口ふたくち喉を潤した後、飯村が鞄から書類袋を取り出した。樹は思わず身構えた。だが、袋から出てきたのは契約書――ではなく、二枚の写真だった。

年のころは十三、四歳くらいか。胸のあたりまでまっすぐ伸びた黒髪。少しだけ目じりが垂れた大きな瞳。小さな鼻。下唇がやや厚めのかたちの良いくちびるがこぼれんばかりの笑顔で写っている。ブレザーの制服姿の少女のバストアップと全身写真が二枚。

「毎年ファイヤー・プロダクション主催で行っている『オールジャパン美少女コンテスト』の次回優勝者の幸村凛奈《ゆきむらりんな》です」

「え……次回って、もう決まっているんですか!?」

飯村は笑いながら樹に深く頷いた。

「ちなみに前回の優勝者は十五歳の子でしたけど、私が小学六年生の時にスカウトしました。歌や踊り、演技のレッスンをしっかり積んで、コンテストに優勝した次の日からはもう現場で仕事ができる、そういう即戦力なタレントにしなければいけないと、私は思っていますので」

優勝者がすでに決まっている理由については何も説明はなかったが、飯村はここからが本題と言わんばかりに樹の真ん前に二枚の写真を並べた。

「本日は凛奈を『瑠々』としてデビューさせたいと思い、担当ディレクターである大路さんにお願いに参りました」

言葉の意味がのみこめず樹は飯村を見つめた。遠藤が慌てて尋ねた。

「飯村さん、すみませんがもう少し詳しく説明していただけますか」

場をつなげたものの、さすがに遠藤も混乱しているようである。すると、飯村は済まなさそうに笑った。

「驚かせるようなことを言って本当に申し訳ありません。ですが、『瑠々』にとっても決して悪い話ではないと思います」

「……どういうことですか」

ますます意味が分からず、遠藤が即座に聞き返す。視線をコーヒーカップに移したまま微動だにしない樹を一瞥すると、飯村は話し始めた。

「聞くところによると、『瑠々』はラジオ番組でコーナーを作って呼びかけてみても、ダウンロードで三十万超えても、CDが十万枚以上売れても、当の御本人からは何も言ってこないし、姿も現さないというじゃないですか。これだけのことをしてもリアクションが全くないということは、以前週刊誌に書かれていたこともあながちウソではないかなと私は思うんですが」

それは、一か月ぐらい前に掲載された記事で挙げられていた「覆面プロ」「死亡説」「容姿の問題」のことだ。

「仮に、彼女が『覆面プロ』か『容姿の問題』で名乗り出られないとします。でも、そんな理由で瑠々が『幻の歌姫』として一発屋で終わってしまうのはとても悲しいことだとは思いませんか。だから、凛奈に『瑠々』として、シンガーソングライターとしてデビューをさせたいと考えたのです」

「でも、もし瑠々がそのあとに名乗り出たら、どうするんですか！」

いつも落ち着いている遠藤の声がちょっと上擦ったのは、この無茶苦茶な申し出に多少の怒りを感じているのだろう。自分が訊きたいことは遠藤が代わりに訊いてくれる。とにかく今はこみあげてくる怒りを抑えることに集中しよう。樹はテーブルの下でふたつの拳を強く握った。そんな二人の様子をまるで気にすることもなく、飯村はキールを喉に流した。

「もちろん、それなりの報酬はお渡しいたしますし、ご本人には凛奈専任のコンポーザーとして永久的に『瑠々』に楽曲を提供していただくつもりです」

要は「影武者」か――握った拳が震え始めた。

「これからお話しすることはもちろん、今回の件を承諾していただいてからのことになりますが、凛奈が『瑠々』としてデビューするにあたっては、『ひとごろしのうた』を改題させていただきます。一部のマスコミからもタイトルに関して苦言が呈されましたが、例えば年末の紅白に凛奈が出場した場合、一家団欒の空間にあのタイトルは少々刺激が強すぎます。また、凛奈の持つ清楚で可憐なイメージのためにも改題したほうがいいと思っています。音の面でも多少ではありますが、手を加えさせていただきます。新たにアレンジャーを立てて、オケを録り直すことを考えています。もちろん、この件に関しては担当ディレクターである大路さんのご意見を最優先させていただくつもりです。凛奈が『瑠々』になることで、よりバージョンアップされた『ひとごろしのうた』が購買層をより広げることは間違いないです」

飯村の言葉が徐々に熱を帯びていくのがわかった。樹は瑠々のプレゼンの時の自分の姿を重ねた。芸能界での長年のキャリアがありながらも、この少女にこうも盲目的に入れ込んでいるのは、飯村しかわからない凛奈のなにかしらの魅力があるからだろう。にしても、「瑠々」の名前と知名度をそのまま拝借し、歌の世界観を全く無視したリテイクもので再リリースするなど、それこそ「前代未聞」、いや「言語道断」だ。

「ちょ、ちょっと待ってください。仮に、仮にですよ」

遠藤は樹に視線を送りながら強く念を押すように「仮に」を繰り返した。

「彼女を『瑠々』としてデビューさせたとします。歌番組出演やコンサートで歌う時、どうするんですか」

「大丈夫ですよ」飯村は即座に返した。「ロパクで通させますから」

樹は視線を上げ、飯村に目をやった。目が合ったが飯村のほうから視線を外した。そして前に置いた二枚の写真を手に取ると、愛おしそうに目を細めた。

「凛奈はね、演技もダメ、ダンスもダメ、そして歌もダメなんですよ。ただ見ての通り、とても可愛い。このまま捨てるには惜しい素材なんです。タレントとしての凛奈を生かす

ために は、瑠々の力がどうしても必要なんです。大路さん、お願いします。どうか、私と幸村凛奈に力を貸してはいただけませんでしょうか」

飯村は深く頭を下げた。老舗芸能プロダクション社長の懐刀が、息子以上に年の離れている自分に頭を下げている。下げるより下げられるほうが多い立場なのにプライドをかなぐり捨て、見込んだタレントのために頭を下げて許しを乞うている。だが、これは頭を下げる以前の話だ。

「そんなに彼女のことを思っているのなら、偽物としてデビューさせようとしている自分を恥ずかしいと思いませんか！」

瑠々を影武者にするだけでなく、タイトルの改題、そして音にまで手を加えようと考えている飯村の話を聞いている時も頑張って怒りを抑えていたのに、「ロパクで通させる」のひと言でマグマは一気に吹き上がった。「ロパク」など今や、歌番組を見ている視聴者でも判る。「ロパク」が発覚した際のSNSや掲示板での騒ぎの大きさをこの男は知らないのだろうか。しかも、それが発覚した後、そのアーティストが二度とユーザーに見向きもされなくなることを知っているのだろうか。それともそんなことは十分承知の上で、それでもやると言うのだろうか。いずれにせよ、まったくもってありえない話である。

飯村の頭がゆっくりと上がった。しかし、その目つきは明らかに先ほどとは違う。芸能界の荒波を長年乗り越えてきた凄みが浮かんでいる。思わず怖気《おじけ》づきそうになるが、ここでひるむわけにはいかない。

「申し訳ないんですが、飯村さんのお力にはなれません」

「瑠々は永遠に姿を現さないかもしれないんですよ」

強い口調ではあったが、樹にはそれが負け惜しみに聞こえた。

「でも、彼女は『存在』します」

立ち上がり深く一礼し、ドアに向かう。あとのフォローは遠藤に任せよう。自分はもうこれ以上言うことはなにもない。扉を抜け、エレベーターホールへと足を速める。向かって歩いてくる樹の姿を見るなり、ホテルマンがボタンを押した。ドアが開き、一階へとボタンを押すと、ガラス窓の外に広がる街へ急降下で落ちていく。

瑠々は永遠に姿を現さないかもしれない。

そんなこと、とっくのとうに覚悟している。だけど、俺は探し続ける。姿を隠し続ける彼女が、なぜ歌を送ってきたのか——その「理由」を訊くためにも。

エレベーターを出てホテルのドアを抜けると、まだ夕方でもないのに、曇り空のせいで、あたりは薄暗くなっていた。

冬の長い夜の始まりを告げる、イルミネーションが瞬きはじめていた。

六月三十日、木曜日。天気は曇り時々晴れ。

昨日よりは気温は低めだが、やはり暑く感じる。俺たちはそれぞれにギターケースとリュックサックをしょって、九段下駅の階段を汗垂らしながら上がった。

階段を上がりきると皆、足並みそろえて同じ方向へ、武道館へと歩いていく。そんな奴らに向かって、老人がひとりで街宣車の上から長々と説教もどきの演説をたれている。

あの爺さんや世間の連中が言うように、彼らの音楽やGS《グループサウンズ》が不良の聴くものというのであれば、ここにいる「不良」たちの頭をもっとおかしく、イカレタものにするために俺たちの音楽がある。だが、悔しいことに俺たちのバンド『時限爆弾』はここにいる誰も知らない。

そこで俺たちは今日、ゲリラライブを決行する計画を立てた。千鳥ヶ淵を渡って二つ目の門をくぐる前に、おあつらえ向きの場所がある。しかし、武道館周辺は異常なほどの数の警官が待機し、予定していた場所には連中がずらりと並んでいた。

「なんか思ってたより多くないか」

横を見ると、高田と溝口の顔がひきつっていた。

「なに怖がってんだよ」

「こ、怖がってなんかないよ……びっくりしただけだよ、な？」

口元をひくつかせながら高田が溝口を見る。溝口は頷くと、上目づかいに俺を見た。

「そろ……そろ、やりますか……」

「おう」

溝口がリュックからタンバリンを出したと同時に、俺と高田はケースを開けてギターを取り出した。一曲目は『I Want To Hold Your Hand』――「抱きしめたい」。それを日本語で勝手につけた詞で歌い、武道館に向かう客の耳と目をこちらに向けさせ、それから俺たちのオリジナルを歌うという作戦だ――が。

そんな作戦もむなしく、ワンフレーズも歌わないうちに俺たちはつまみ出されてしまった。ギターとタンバリンは取り上げられ、武道館公演が終了したら引き取りに来るように言われた。

事情聴取された後、時計を見ると、もうすぐ開演時間だ。前座の連中よりも、俺たちが出たほうが絶対盛り上がるのに。そんな、ほとんど負け惜しみみたいなことを大声でわめきちらしながら東西線に乗った。

俺たちの『抱きしめたい』を聴いたらジョンはどんな顔をするだろう。彼のことだからきっとひっくり返りながら笑うだろう。

どさくさに紛れて殴られた、まだひりひりする頭を押さえながら俺はそんなことを思った。

(二)

十一月十五日にインディーズレーベル「6955《ロックゴーゴー》」よりCD発売された瑠々の『ひとごろしのうた』は、発売六週目にして週間インディーズシングルチャートの第一位となることが知らされた。

チャートアクションの影響力は昔ほどではないとはいえ、リリースに至るまでの様々な苦労が報われたような気持ちになる。自分の歌ではないのに、まるで自分のことのように嬉しい。クリスマスまでちょっと早めだけれど、これは本当に嬉しいプレゼントだ。デスクに飾っているCDジャケットを樹は見つめた。このニュースをどこかで聞いているであろう瑠々の顔を。

瑠々のCD-Rが届いて七か月が経ったが、

「なぜ応募したのか」「なぜ一切の情報を書かなかったのか」「なぜ正体を伏せているのか」「なぜ名乗り出ないのか」——これらの「なぜ」はまだひとつも減ってはいない。

それを思うと、チャート第一位を手放しで喜ぶことはできなかった。

「大路さん、打ち合わせそろそろ始まりますよぉ」

中二階会議室のドアがノックされると同時に開いて、郷田麻衣子が半身を出した。CDリリースして間もなく、ADSNルームに所属していた麻衣子が「695」のスタッフとして加わることになった。以前、プロダクションでデスク業務をしていた経験から事務処理関係を主に任せているが、二人体制ゆえプロモーション活動から雑務まで何かとやることは多い。とはいえ、苦手な表計算や伝票処理の業務が幾分減ったことは有難い。

ぼんやりと物思いにふけっている顔を見るなり、麻衣子がつかつかと前へ歩み寄って来た。これからテレビのワイドショー用の三分程度のコメント収録を、ロビー奥にある取材スペースで行うことになっている。

「んもう、ちょっとはキリッとした顔してくださいよ、週間チャート第一位アーティストの担当ディレクターらしく、こうバリっと威厳をもって!!」

胸を張るような恰好をして見せる麻衣子に、樹は笑いながら小さくかぶりを振る。

「だけど別に俺が主役じゃないし、やっぱなんかワイドショーって瑠々のアーティストカラーと……」

「これもプロモーション活動なんですからね！　瑠々はもちろんですけど、大路さんのレーベルとオーディションの！　さ、行きましょう！」

追い立てられるように会議室を出て階段を下りると、ロビーにはすでに集音マイクとカメラを持った番組制作会社のスタッフが二人待機していた。

収録に入る前に、スタッフから手短にコーナーについての説明がされた。「正体不明の歌姫がチャートで一位を取った」ということと歌を聴いた感想などを、渋谷駅ハチ公前でたむろする若者や自由が丘でデートをしているカップル、銀座の歩行者天国を歩く中高年夫婦や親子連れ、巣鴨の地蔵通りを闊歩するおばあちゃんたちにコメントを聞き、それについて樹が「瑠々の代理として」感想を言う、という流れだ。

「で、感想コメントの後に、大路さんがカメラに向かって瑠々さんに呼びかけてください」

「えっ、カメラに向かって……ですか⁉ なんかそれって」

家出人捜索番組のようじゃないですか、と言おうとした時、麻衣子がすかさず言葉を挟んだ。

「毎週ラジオでやってるようなあんな感じ、ですよね？」

「ああ、そうですそうです」

そして大きく頷いたスタッフに向かって笑顔を向けると、今度はこちらに向かって同じように笑った。

「……ね？」

だが、目が笑っていない。ADSNルームで若林がよくやる「笑顔で圧力《プレッシャー》」が麻衣子にまで浸透してしまっている。それも、迫力は若林以上だ。慌てて頷くと、麻衣子はさらに笑顔を浮かべた。今度はちゃんと目が笑っていた。

「では、よろしければそろそろ収録入りまーす」

するとマイクを持っていたスタッフのスマートフォンが鳴った。「申し訳ありません」と頭を下げながらフロアを離れる後ろ姿を見ながら、樹はコーヒーをすすった。麻衣子がにやにやしながら顔を覗き込んだ。

「コメント、噛まないように気を付けてくださいねー」

「はいはい」

反射的にめんどくさそうに返事をしてしまい睨み付けられるかと思いきや、麻衣子は全く気にしていない様子で液晶画面を見始めた。

「再来週に薔薇《バラ》殺裸のアルバム未収録の曲がシングル・リリースされるみたいですよ、瑠々の二週連続の一位はちょっと危ないかもしれませんねえ」

残念そうに麻衣子は言ったが、樹にはそれほど落胆もなく、これから徐々に順位が落ちていくことに対しての焦りもなかった。たとえ二週だけの第一位だったとしても、それでいいと思った。この音楽シーンに「瑠々」というアーティスト名を残すことができた。チャートから姿を消しても、歌は消えない。『ひとごろしのうた』という歌を愛してくれた人々の心とその人生に、命がある限りずっと残ってくれる。チャートの上下にこだわるよりも、そのほうが瑠々には合っているような気がした。しかし、いまだにその姿を現さない状況は続いている。そんな状況を少しでも打破できるようにと、麻衣子はキー局や地方局のワイドショーや情報番組の取材をこまごま入れてくれる。

「すみませーん、お待たせいたしました」

外で通話していたらしく、寒い寒いと言いながらスタッフがロビー奥に戻ってきた。

「いいえ、大丈夫です。じゃ……」

そう言って四人掛けのソファに移動しようとすると、

「急で大変申し訳ないんですが、今、番組ディレクターから連絡がありまして、大路さんにこの件についてもコメントを取ってほしいと頼まれまして……」

スタッフはカバンの中からタブレット端末を取り出すと、ログインして間もなく現れた画像を見せた。映っていたのは、「週刊リークス」の中吊り広告だった。スタッフによると、発売日前日の水曜日午後一時になると、公式サイトに吊り広告画像が掲載されるそうだ。

「で、ここ、これ見てください」

ダブルタップして画像を大きくさせると。メイン特集の大見出しの横に「超特大ネタ34連発!!」と書かれている第二特集があった。「週刊リークス」は以前に瑠々のことを取り上げ、姿を現さない謎について憶測だらけの記事を掲載した。その時は七つ挙げられたネタのひとつとしてだったが、明日発売のものは年末年始特別号ということもあって扱うネタの数がかなり増えている。スタッフの指はその中の二番目を指していた。途端に樹の顔つきが厳しくなった。

『ひとごろしのうた』の怪奇！　被疑者2名と被害者1名が『その時』聴いていた……」

見出しを読み上げた麻衣子にも険しい表情が浮かぶ。

「な、なんなんですか、これはっ⁉」

響き渡るほどの大きな声にフロアにいる皆が一斉に樹を見た。樹は慌てて頭を下げると、麻衣子がすかさず尋ねた。

「被疑者と被害者って、いったい何の事件ですか⁉」

「先月起こった岐阜の未成年者による殺人事件と、今月初めの静岡駅前であった無差別殺傷事件と先週の大宮での歩道橋突き落とし殺人、この三つの事件の犯人と被害者らしいですよ」

もう一人のスタッフがスマートフォンの画面を見ながら答えた。麻衣子は自分のスマートフォンを取り出すとニュースサイトの検索をした。

岐阜と静岡の事件は深夜のニュース番組でも長く時間を割いて報道していたので、覚えがあった。たしか岐阜の犯人は小学六年生の女の子で、バットで祖父母を撲殺した衝撃的な事件だった。静岡は一浪の予備校生が犯人だった。通行人に向かって出刃包丁を振り回し、何人かが重軽傷を負い、二人が亡くなった。事件発生直後の様子を通行人が動画に収めていて、何度もニュース番組やワイドショーで放送された。その動画の中で意味不明な言葉を叫ぶ犯人の姿が脳裏によみがえる。大宮の事件は最近起こったらしいが、岐阜と静岡に比べて印象がなく、毎日見ている深夜ニュース番組でもこの事件に関してはあまり覚えがなかった。

「でも、なんで瑠々の歌が事件と関係あるんですか⁉　タイトルには『ひとごろし』という言葉が出ていますが、歌詞のどこにも殺人を助長するような言葉なんてひとつもありません‼」

自分が大切にしていたものを突然見も知らぬ人間に汚されたように思えて、とても冷静にはなれなかった。やや興奮気味な樹に、スタッフ二人は困ったように苦笑いをした。

「い、いやあ……私たちもざっくりとしか内容を聞いてないんですが……」

「その二人の犯人と被害者一人があの歌を聴いていたとかで……」

「それって本当なんですか⁉　ちゃんとした証拠はあるんですかっ⁉」

問い詰める樹にスタッフは互いに顔を見合わせ、小首をかしげた。

「証拠……と言われても、私たちはざっくりとしか話を」

「なので、事件についての大路さんのコメントもざっくりとでいいんで」

「ざっくり、ざっくりってさっきからそればっかりおっしゃられてますけど、ざっくりとしか聞いてない話にこちらがコメントするようなことはひとっ言もございませんっ!!」

フロアが静まり返った。樹をはじめ、そこにいた誰もが麻衣子に視線を注いだ。当の本人はそんな視線をものともせず、肩を大きく上下させ荒く息を吐いている。にらみつける麻衣子とTシャツのパンク・ロッカーのおどろおどろしい形相の何ともいえない迫力があいまって、TVスタッフたちの顔はすっかりひきつってしまっている。すると、

「ネット……」

そうつぶやくと、麻衣子は何かに気付いたように大きく目を見開いた。

「大路さん、ネット!!」

「え?」

言われた意味が分からず、きょとんとする樹に麻衣子がまた声をあげた。

『『6955』のSNS!!』

麻衣子は樹の腕をぐいっと掴むと、中二階へと駆け上がった。そして転がり込むように会議室に入り、外部との接触を断ち切るようにドアを強く閉めると、麻衣子はすぐにPCにログインした。そして『6955』のSNSを開くやいなや、息をのんだ。

「え、炎上してる……っ!!」

SNSの画面右側にある「トレンド」には『#「ひとごろしのうた」で人殺し』

『#瑠々はひとごろし』『#死の歌姫』『#ひとごろしのうた』『#怖い歌』『#ひとごろしのうたを聴きながら何をする』『#ひとごろしのうた発売禁止』『#死神瑠々』『#ひとごろしのうたで誰を殺したいか』など、ほとんどが瑠々や『ひとごろしのうた』に関するもので埋まり、それぞれに二千件以上のコメントがされていた。

『6955』のSNSはこのトレンドを使ったコメントが秒刻みであげられていた。次々と送られてくるコメントは、「気味が悪い歌」「こんなタイトルをつけるからこんなことになった」「瑠々、本日にて終了」「CD捨てます」など、ネガティブな内容のものばかりだった。今まで芸能人や著名人のSNSが「炎上した」というニュースはよく聞いていたが、まさかそれが自分たちの関わっているSNSに降りかかってくるなど、夢にも思わないでいた。それだけに、「炎上」を目の当たりにした樹と麻衣子の身体はすっかり硬直してしまった。

バンド時代にはSNSはまだそんなに普及しておらず、インターネットの掲示板にEZのスレッドはあったが、仲村からエゴサーチすることを禁じられていたので、「炎上」や「悪意のある書き込み」を見ることはなかった。それだけに樹の衝撃度は大きかった。

樹は目の端で時計を見た。十四時六分。中吊り広告がネットに上げられて一時間ちょっとの間に、すでに二千件以上の書き込みが集まってしまっている。事実関係を確認するなど「火消し作業」にこれから着手しても、すでに全世界に発信されてしまった二千件のコメントはもうどうすることもできない。

麻衣子は「週刊リークス」の公式サイトを検索した。編集部の担当者に記事の事実確認をするためだ。「週刊リークス」の版元は「現文舎《げんぶんしや》」という、女性誌や漫画雑誌、スポーツ週刊誌や文芸書など多くの出版物を扱う大手出版社だった。

「編集部直通の電話番号は載せてないのね……」

公式サイトに掲載されているのは、一般人からのネタ提供用のメールフォームだけだった。

「じゃあ、代表番号にかけてそこから編集部に繋いでもらうことにします。私がかけるので、大路さんは遠藤部長と髙橋課長、TOKYO WAVEの濱中さんに連絡してください。あと、SNSのアカウントは停止します。他のインターネット掲示板も私がチェックします。もろもろの作業とかは私がやりますから、大路さんは連絡取りに集中してください」

麻衣子はいつのまにか冷静さを取り戻し、てきぱきと指示を送りはじめた。それに対して、樹はまだ混乱していた。吊り広告の段階でこの騒ぎだ。明日、週刊誌が発売されたら、どんなことが起こってしまうのだろう。それに今日は「KNOCK THE ROCK」のコーナーのオンエア日でもある。こんな状態の中でまともに進行できるのか。SNS画面の向こうにいる億単位の人間が突然に自分の前に押し寄せてきたように思えて身体がすくんでしまい、なかなか受話器が取れない。

「大路さんっ!!」

はっとして顔をあげると、麻衣子が怒りを帯びた顔でこちらを見ていた。

「今更びびってどうするんですか！　もう非常事態なんですよ!!　大路さんは担当ディレクターなんだから何が何でも瑠々を守らなきゃいけないでしょう!?　しっかりしてくださいっ!!」

「……ご、ごめん」

そうだ、何呆けてるんだよ俺。樹は左右の頬を両手で強く二度叩いた。

「今夜は泊まり込みだな……」

「出前のチラシ、あとで上から持ってきます」

「叙々亭の焼肉A弁当、おごるよ」

「じゃあ、これから『リークス』の担当者とっつかまえます！」

麻衣子はすこしおどけたように敬礼をするとすぐに真顔に戻り、スマートフォンの番号を押した。

遠藤は大阪、髙橋は福岡と広島にそれぞれ出張中ということで、直接話ができたのはそれからおよそ十分後だった。遠藤は版元の現文舎にプロモーター時代からの知り合いがいるとのことで、その伝手《つて》で記事を今日中に入手すると言った。福岡から広島へ移動中の新幹線から電話をかけてきた髙橋からは具体的な対処や指示は出てこなかったが、

「瑠々が事件に関与しているというわけではないんですから」

髙橋は励ますように、そう何度も繰り返した。

濱中と連絡が取れたのは、それから二時間半後だった。制作会議で携帯電話の電源を切っていたためであったが、濱中はすでに中吊り広告のことを知っていた。そのことを含めた制作会議だったという。嫌な予感がした。

「すまねえが、コーナーは休止だ」

聞いたことのない、沈んだ声だった。

「ど……どういうことですか」

「状況が落ち着くまでの間、無期限休止だ」

「無期限休止って……でも、事件が起こったのは瑠々のせいじゃないんですよ!!　ガセかもしれないのに、なんで!!」

「判っている!!」

思わず荒げた声に、倍以上の声で濱中が返してきた。

「だけど……判ってくれないか」

口惜しさがにじむ声に、樹はもう何も言うことができなかった。

民放局はスポンサーありきだ。「KNOCK THE ROCK」は三社スポンサーを抱えている。いくら濱中が反論をしても、一社でもスポンサーが「NO」と言えば、それに従わなければならない。思えば、濱中は編成会議もすっとばし、スポンサーへの根回しもしないまま、即決したその日の夜に樹のコーナーをオンエアした。強引に決めたぶん、今回のスポンサーの意向に素直に従ったのだろう。昔、濱中は番組内の特集のことについて局の上層部と喧嘩し、退局した。以前の濱中ならば、スポンサーと一戦交えることも厭《いと》わなかっただろう。だが、あの時とは置かれている立場が変わり、背負うものが増えた。濱中はプロデューサーとして、出演者や番組スタッフ、構成作家たちを守らなければならない。「判ってくれないか」のひと言に、濱中を取り巻く現実が凝縮されているように思えた。

「……判りました」

「ありがとう……」

一瞬こもった声色に、礼を言いながら頭を下げたのが判った。

「でも諦めんじゃねえぞ、イッキ！」

「え」

「瑠々を探すことだよ‼　お前が諦めたら、すべて終わりなんだからな‼」

「……ハマヤッさん」

これまで協力してくれた、梨梨花や構成作家の桜井、エンジニアの斉藤、激励してくれたハガキの文面が思い浮かび、涙が出そうになったがぐっとこらえた。

「番組としては当分協力できなくなったが、オレ個人としてはいつでも、いくらでも、相談にのってやる。一度乗りかかった、いやもう、乗ってしまった泥船だ。どこまでもつきあってやっから」

やっぱり我慢できず、頬を涙がつたった。PCを挟んで向かい合わせに座っている麻衣子から顔が見えてしまうけれど、堪えられなかった。

「ありがとうございます……」

言いたいことはまだ山ほどあった。でも、樹にはもうこれが精一杯だった。

結局、「週刊リークス」の編集部は、担当者が出払っているとのことで記事について詳細を確認することはできなかった。時間が経つにつれ、メールや電話で各CDショップから対処についての問い合わせが入るようになり、徐々にあわただしくなってきた。

「とにかく、ショップには記事内容についての確証が取れるまで静観しておいてくださいと、メールを送っておきました」

「ありがとう」

「早く記事の内容が知りたいですね」

「……うん」

時計を見ると、十七時を過ぎていた。公式ＳＮＳが閉鎖された影響で、インターネットの掲示板では瑠々や『ひとごろしのうた』に関してたくさんのスレッドが立っていた。その数、二十四個。今回の記事について新しく立ったと思われるスレッドは十五個だった。

「この掲示板に関しては、打つ手がないです。削除依頼しても、すぐに対応してくれそうな感じではないし」

麻衣子の声から張りがなくなっていた。電話やメールの対応、ネットの検索や処理に追われ、食事もろくに取れず、トイレにもなかなか行けないほどだ。そうなってしまうのも仕方ない。スレッド一覧表をよく見てみると、瑠々のスレッドに付随するように樹やＥＺについてのスレッドまで立っていた。内容は解散の理由や汐里と別れた原因など、今更話題にしても仕方のないものばかりだった。

遠藤からのメールが入ったのは十八時すぎだった。

樹は添付されているファイルを早速開くと、記事を拡大した。記事本文と一緒に以前と同じ梨梨花が投稿したＳＮＳの写真と、それに加えてＣＤショップでの試聴コーナーの写真が掲載されていた。

〈『ひとごろしのうた』の怪奇！　被疑者2名と被害者1名が「その時」聴いていた!?

寝静まった頃合いを見計らい、祖父母の頭めがけてバットを振り下ろしたのは岐阜市内に住む小学6年生の女子だった。その事件から18日後、JR静岡駅前と構内を歩く通行人に出刃包丁を振り回し、2人を死亡させ、3人に重軽傷を負わせたのは19歳の予備校生だった。そして、7日後の土曜日深夜、JR大宮駅から歩いて5、6分ほどにある歩道橋階段から38歳の男性が知人の女に突き落とされ、死亡した。岐阜と静岡の被疑者と大宮の被害者がそれぞれ所持していた携帯音楽プレイヤーに、あの「正体不明の謎の歌姫」の歌がダウンロードされていたことが警察関係者への取材で明らかになった。『ひとごろしのうた』という、なんとも過激なタイトルと、歌っている「瑠々」という少女の年齢、出身地等が一切不明、レコード会社がFMラジオ番組を使って彼女を「指名手配」する、という話題性もあり、この歌は発売後6週目にしてインディーズチャートの第1位を獲得した。岐阜の被疑者である小学6年生女子は認知症の祖父からの暴力に悩み、静岡の被疑者である予備校生はエリート一家の中で孤立し、大宮の被害者の38歳男性は、妻との不仲で悩んでいることを友人に漏らしていた。悩み苦しみ、もがく3人の心に『ひとごろしのうた』はどう響いたのだろう。人を殺《あや》めよ、という直接的表現の歌詞ではないが、心の中に宿る魔がこの歌が持つ「何か」にはまってしまったかもしれない。この一件により、「瑠々」はこのまま姿を現さない可能性が考えられる。才能あふれるシンガーが世にいう「一発屋」になってしまうかもしれないが、今はそれよりも『ひとごろしのうた』による「第4

のひとごろし」が生まれないことを祈るばかりだ。〉

「なによこれ……、全然ガセネタ系じゃない……」

不快感を丸出しにした麻衣子の声に同意するように樹は深く頷いた。『ひとごろしのうた』は三十万以上もダウンロードされた歌である。それがたまたま、犯人と被害者の携帯プレイヤーに入っていただけの話ではないか。まるで瑠々の歌そのものが殺人を犯した、命を奪ったかのように想像させるタイトルにまんまと釣られてしまった。一ページにも満たない、ほんの四段ほどの記事のために一日のほとんどを振り回されていたのかと思った途端、疲れがどっと押し寄せてきた。

「とにかく明日はなんとしてでも、担当者を捕まえなきゃいけませんね。こんな記事、営業妨害、名誉棄損だってガツンと言ってやりましょうよ！」

鼻息の荒い麻衣子にちょっと引きつつも、また頷く。

「でも、警察関係者から聞いたっていうのが……」

ガセの確率が高いかもしれないとはいえ、樹はそこが引っかかっていた。

「そんなのホントかどうかわかりませんよ。それ以前に『警察関係者』って曖昧な言い方が気に入らねえって感じ。それって刑事のこと⁉ それともお巡りさんのことっ⁉ ああもう、はっきり言えっちゅーのっ‼」

麻衣子は相当頭に来ているらしく、話しているうちに言葉遣いが荒くなっていた。確かに、ネタ元は「警察関係者」とはしているが、それが刑事からなのか署の広報課からなのか明確にしていない。加えて、記事を書いたのは編集部の人間なのか、フリーランスのライターなのか。それによってネタ元との関係も違ってくる。だが、今ここでそんなことを考えても埒《らち》が明かない。

「俺、明日、直接担当者に会いに行ってくるよ」

「えっ、現文舎にですか⁉ 今日みたいに警戒されて居留守使われるかもしれませんよ‼」

「そうなるかもしれないけど、電話やメールだけじゃ気が済まないし」

すると、麻衣子がふふっ、と笑った。

「……なんか、ヘンかな？」

麻衣子は慌てて、違うというふうに手を左右に振った。

「熱《あつ》さ……薄い厚いのほうじゃない、熱さ。これを伝えるのには、やっぱり電話とかメールじゃまだちょっと力不足ってことですよね。ドラマや映画の中で登場人物たちが携帯やメールでさんざんやりとりしてても、クライマックスのシーンでは主人公が街中を走ってる、そんな感じなのかなって思いました」

喩え方はさておき、大意は合っている。制作ディレクターの中にはラインを使って、担当アーティストとの打ち合わせを済ませる者もいる。アーティストが地方在住の場合ならば交通費や宿泊費等の経費節減ということも含めて、致し方ないことではあるが、最先端のデジタルツールを手にしていたとしても、結局は人間と人間、顔と顔を突き合わせてモノを言わないと気持ちは伝わらないと樹は思う。たとえ、相手に気持ちが伝わらず時間の無駄で終わってしまったとしても、この考えを変える気はない。

「とにかく明日、現文舎に行ってくる」

「頑張ってくださいっ！」と声が返ってくると思いきや、麻衣子の顔がなぜか沈んでいた。

「明日……」

いつも元気の良い大きな声が、か細い。

「明日になったら……瑠々……記事読んじゃうんですよね……」

ああ、そうか。明日になれば、全国の本屋やコンビニの書棚に「週刊リークス」が並べられてしまう。いや、それよりもすでにSNSやインターネットの掲示板の書き込みを読んでしまっている可能性がある。樹は今、瑠々がどういう気持ちでいるのかを思った。間違いなく、つらく悲しい気持ちでいることだろう。そんな瑠々に対して、何もできないでいるこの状況がもどかしく、心が張り裂けてしまいそうになった。

外線の着信音が鳴った。

「はい、『６９５５』です。お疲れ様です。少々お待ちください」

麻衣子は保留ボタンを押すと同時に、「遠藤部長です」と緊張した声で告げた。樹はすぐ受話器を取った。

「お疲れ様です、大路です。お忙しいところメールを……」

話を続けようとする声が突然止まった。

相槌を打つこともなく、樹はしばらく話を聞くと、受話器を静かに置いた。

「大路さん？」黙ったままの樹に麻衣子がせかすように声をかけた。

「タワーズレコードが」樹は一拍置いた。

自分の声が震えているような感じがした。気のせいかもしれないが、どちらにせよ呼びかけに応じて返した声色ではなかった。

「CD……全店舗から撤去するって」

間を置いたのではなく、言葉が継げずにいたのだ。この最悪な展開に。

その夜のうちに、タワーズレコードをはじめ、新月堂《しんげつどう》、山《やま》の手《て》楽器《がっき》、HMB《エイチエムビー》ジャパンなどの大手レコード店から瑠々のCDを撤去したいという申し出が次々と入って来た。急きょ、出張先から戻ってきた遠藤は古くから懇意にしていたタワーズレコードの社長に掛け合った。なんとかタワーズレコードだけでも全店舗撤去を回避させようと説得に出たが、小六少女が祖父母を殺害、予備校生の無差別殺傷という二つの事件が及ぼした社会的影響の大きさもあって、撤回させることはできなかった。

「ひどい。瑠々はなにもしていないのに」

麻衣子は涙をぬぐった。麻衣子の言う通りだ。これじゃまるで濡れ衣だ。瑠々の歌を聴いた日から積み上げてきた様々なことが、たった四段の記事のせいで一瞬にして崩れ落ちた。瑠々のアーティスト生命を奪いかねないこの事態に、樹は怒りとともに恐ろしさをも感じていた。瑠々の歌が直接事件に関与しているわけではないのに、犯人と被害者が聴いていたかもしれないという「想像」だけで、「諸悪の根源」とされてしまう。確証を取る以前に、それがあっと言う間に広がってしまう。誰も止めようとしない、なにを言っても誰も聞かない閉塞されたこの状況。今日まで瑠々に送られていた喝采が、すべて悪意にすり変わったことへの恐ろしさを。

麻衣子を終電前に帰宅させ、樹はそのまま会社にとどまった。終業時間以降の業務連絡などはスマートフォンのメールに入るので会社に居続ける必要もなかったが、家に帰り、今日一日の出来事を思い浮かべながら、やれやれと缶ビールを飲む、という気分にはとてもなれなかった。ほとんど一日中、神経が高ぶっていたせいか、疲れているはずなのに全然眠くない。なんやかんやで昼食を食べていないが、出前で取った夕食の焼肉弁当も手つかずのままだ。

深夜三時過ぎに遠藤からメールが入った。タワーズレコードの後に新月堂とＨＭＢジャパンに掛け合ってみたが、結果は変わらなかったという。ヒットチャートの上位にランクインするトップ・アーティストを多く抱えるEWIレコードの邦楽制作宣伝部部長が直接掛け合っても、世評には勝てなかったということだ。明日の午前に山の手楽器に行く、とメールにはあったが結果は同じだろう。おそらく遠藤もそう思っているだろう。それでもわずかな可能性に賭けて動いてくれる遠藤の気持ちが今の樹には唯一の救いだった。

走り去るバイクのエンジン音が聞こえた。深夜の外堀通りは行きかう車もなく、外の静寂が樹のいる会議室まで広がる。あと、二時間もすれば始発電車が走る。そのころには駅のキオスクに「週刊リークス」が並べられる。コンビニでは日付が変わるころに書棚に陳列されているかもしれない。

いずれにせよ瑠々を取り巻くすべてのことが今日から、変わる。

いつのまにか眠ってしまったらしいが、机に突っ伏したままの体勢だったせいで首まわりと腰のあたりが痛い。時計を見ると、七時を過ぎていた。樹は近くのコンビニへと向かった。外に出るなり、きん、とした空気の冷たさに朝を感じる。だが、そんな外気の冷たさも寝不足でぼんやりした頭には何も効き目がない。おかげでジャンパーを着てくるのを忘れていたことをコンビニのドアを抜けたところで気付いた。とはいえ、今さら徒歩五分もない場所に走っていくのもおかしく、そのまま店内に入っていった。そしてまっすぐに雑誌売り場へと向かった。

「本日発売！」と赤く太い文字で札がかけられた後ろには「週刊リークス」が七冊並べられていた。すでに何冊かは買われたのかもしれない。一冊を手に取ると、歯磨きセットと髭剃り、そして缶コーヒーと一緒に購入した。

店を出て、すぐにレジ袋から「週刊リークス」を取り出す。赤いビキニのグラビアアイドルが「MERRY CHRISTMAS&A HAPPY NEW YEAR」と書かれたメッセージカードを胸の谷間に置いて微笑んでいる表紙。巻頭は「特選グラビア」と題してそのグラビアアイドルの写真が四ページ掲載、第一特集の首相の政治方針への痛烈批判が五ページ、そして、第二特集が十四ページにわたり、瑠々のほかに政治家や芸能人、スポーツ選手などのスキャンダルや噂にまつわる記事が三十四本取り上げられている。ぱらぱらと他のページをめくると、見覚えのある顔があった。『今週の微笑女《びしょうじょ》』というタイトルの後半のグラビア記事に、あの「幸村凛奈」が掲載されていた。

ホテルのバーでキールを呷《あお》る飯村聡の姿が思い浮かんだ。たしかあの時、凛奈は次回開催される美少女コンテストの優勝者に内定していると言っていた。

白いノースリーブのタートルネックセーターに赤いチェックのプリーツスカートを穿《は》き、サンタクロースの恰好をしたテディベアのぬいぐるみを持って微笑む凛奈の横に「初めまして！シンガーソングライターの凛奈です♪　来年3月にデビューします！」と丸文字フォントの見出しが添えられている。美少女コンテスト優勝者という肩書が見当たらないところを見ると、どうやら凛奈をアイドルではなく、ミュージシャンとして売り出す方向にシフトチェンジしたようだ。だが、シンガーソングライターという肩書を出しているということは、「ゴーストライター」になる人物が出来た、ということだ。きっと、飯村聡が大手プロダクションならではの圧力をかけて、取り決めたに違いない。凛奈のためにひとつの才能が利用され、潰されていくのかと思うと、苦々しい思いが心を覆う。

それにしても、一時は瑠々の偽物としてデビューを目論んでいた凛奈と同じ号に掲載されるとは、妙な因縁だと思った。

ファイヤー・プロダクションはマスコミとの癒着が強い、と言った濱中の言葉が過《よぎ》った。もし、これがシンガーソングライターとしてデビューする凛奈の邪魔になるからと、瑠々を蹴落とすための「やらせ記事」だったとしたら――。

「……まさか、な」

いくらなんでも、実際に起きた殺人事件を盛り込んでまでの細工をしたとは思えないし、それ以前に常識的にそれは有りえないだろう。だが、飯村聡は「常識的に有りえない」要請を提示してきた。暴力団との繋がりがあると長く噂されている事務所ゆえに、そんな細工をすることも無きにしも非ずなような気もする。

それらをひっくるめて、すべての真相を今日なんとしてでも明らかにしなければ。樹はページを閉じると、「週刊リークス」の表紙をじっと見つめた。たわわな胸の谷間に置かれているカードに書かれた「MERRY CHRISTMAS&A HAPPY NEW YEAR」の文字に息が大きく漏れた。

「……まったく、とんだクリスマスプレゼントだよな」

樹は足早に会社へと向かった。長い一日がまた、始まる。


始業時間が何時かはわからないが、マスコミ関係はだいたい十時くらいだろう、と樹はにらみ、九時四十五分に現文舎のある神田に着いた。

駅から五分くらいの距離にある現文舎のビルは想像していたよりは小さかったが、長きにわたり幅広いジャンルの出版物を手掛ける大手出版会社の貫禄が漂う。

自動ドアを抜けて、受付に向かう。この時間帯の訪問客が珍しいのか、カウンターにいた受付係の女性は樹を見るなり少し不思議そうな顔をした。

「おはようございます」

受付係はすぐに笑顔に切り替えて挨拶すると、頭を下げた。樹も笑顔を浮かべ「おはようございます」と返した。頭をあげた女性の視線が顎にいった。使い慣れない髭剃りのせいで作った擦り傷に、きっとまだ血がにじんでいるのだろう。絆創膏を貼ってこなかったことを後悔した。

壁時計を見ると、あと五分ほどで十時になる。

一階ロビーには出社してきた社員たちで行列ができ始めた。エレベーターが各階で止まるのでなかなか一階に来ないせいである。樹は社員たちを見回した。皆、それぞれに視線が合うも、すぐに外す。でも、この中に一人くらいは「週刊リークス」編集部の人間がいるはずだ。樹は頭の中でギターを構えると、勢いよく手を振り下ろした。

「おはようございます！　僕はEWIレコードの邦楽制作宣伝部制作班の大路樹と申します！」

ロビーに響き渡る声に、そこにいた全員の顔が一斉に樹へ向き、ざわめき始めた。だが、みな、異端を見るように険しい表情を浮かべている。まるで人気バンドの前座に予告もなく登場したド新人のような気分、完全アウェイのステージだ。樹は頭の中にあるマーシャルのアンプのボリュームをフルにすると、再び勢いよく弦に手を振り下ろした。

「この中に『週刊リークス』の編集長さんはいらっしゃいますか⁉」

ざわめいていたロビーが、しん、と静まり返った。

「……って言っても出てくるわけないですよね。でも、『週刊リークス』の編集長さんに言おうと思っていたことを、みなさんにも言いたいと思います。もし、あなた方が愛情と熱意をこめて作った本や雑誌が、心当たりのまったくない、いわれのない記事のせいで全国の書店から一斉撤去されたら、どんな気持ちになりますか。幸いなことに僕はミュージシャンだった頃、そういう目に合わずに済みました。だから、今回のことが余計にショックで、悔しいのかもしれません」

そう、自分は悔しいのだ。樹はこの時、初めて自覚した。そして、悔しいと言葉にした瞬間、それは心の中に溢れだして、次の言葉を少し詰まらせた。

「……僕が愛情と熱意を込めて作った瑠々の『ひとごろしのうた』のCDは本日をもって、全国の主要レコード店から撤去されることになりました」

今朝発売されたどのスポーツ新聞芸能欄にも載っていないニュースに、ロビーが再びざわめき始めた。すると、止まっていた社員たちの足がにわかに動き始めた。エレベーターが到着したのだ。みな、樹の前を無言のまま、速足で歩いていく。

樹の言葉に誰ひとりも反応することはなかった。

「お騒がせしました……」

立ち去っていくいくつもの背中に樹は一礼をすると、ディパックを肩にかけてガラス扉を開けた。

気持ち的には一日ねばるつもりだったが、マスコミ対応やCD撤収もある。今日のところは退散しよう。溜池に戻ろうと、神田駅に向かった。銀座線乗り場への階段を下りながらパスケースを出そうとしたが、しまってあると思っていたところになく、樹は改札前から離れた。ディパックをごそごそとしていると、トンと肩を叩かれた。

肩越しに見ると、大学生くらいの年頃の青年が後ろに立っていた。青年は無言で首から下げているパスケースを見せた。中にはIDカードが入っており、顔写真とともに、『『ゼッケン』編集部・藤田峻《ふじたしゅん》」と部署と名前が印刷されていた。「ゼッケン」は現文舎が発行している隔週のスポーツ誌である。

「リークスは『ゼッケン』の隣なんです。だから、編集部の人たちのスケジュールボードが見えます」

前置きもなしにいきなり話し始めるので、一瞬「?」が頭に浮かんだが、すぐに藤田がなにを言おうとしているのかが判った。気の弱そうな顔つきだがこう見えて案外大胆な性格なのかもしれない。聞く側のこちらが逆にハラハラしてしまう。樹は思わず左右を確かめた。

「大丈夫です。編集部の人たちはまだ来ません。あの人たちはだいたい十二時すぎてからで、編集長は一時か二時くらいですから。でも、高村さん、あ、編集長の名前ですけど。高村さんは立ち寄りとか打ち合わせがあって、今日は五時半くらいになります」

だから、その頃に現文舎に行けば「週刊リークス」編集長の「高村」に会えるということだ。

「あ……ありがとう……」

思ってもみなかった情報提供に、樹はまだ呆然としていた。

「いいえ、じゃあ僕はこれで」

藤田はすぐに踵《きびす》を返した。

「ちょ、ちょっと待って！」

樹は藤田の腕を摑んだ。

「なんで……なんで、教えてくれたんですか」

「瑠々の歌が好きだったからです」

答えはすぐに返ってきた。

「だから……さっき、びっくりして……」

CDが全国のレコード店から撤去されることを指しているのだろう。藤田はうつむいた。

「僕はリークスの人間じゃないけど、瑠々になんか……すごく……申し訳ないことをしちゃったから……それで、です。じゃ」

藤田は小走りに横断歩道を渡っていった。信号を渡り切り、大きな歩幅で歩いていく。角を曲がるまで、一度も振り向かなかった。

藤田の行動はロビーでの自分の言葉を聞いたからじゃない、と思った。

歌の力、音楽の力がそうさせたのだ。

「ありがとうございました」

姿のなくなった曲がり角に向かって、樹は改めて礼を言った。

会社に戻ると、案の定、麻衣子がメディアやCDショップへの対応に追われていた。マスコミ各社には文書通達のみ、個別対応は無しというスタンスを取り、CD撤去が決定したタワーズレコード、新月堂、山の手楽器、HMBジャパンの全店舗へはメールを送信し、年末年始商戦で忙しい中を撤去作業で迷惑をかけてしまうことを詫びた。

その後、遠藤と出張先から戻って来た高橋に現状報告をし、麻衣子を含めて今後についての打ち合わせをしているうちに、夕方になっていた。

「これから現文舎ですか？」

会議室のドアを閉めて振り向くと、遠藤が心配げな顔でまだ立っていた。

「編集長の高村さんとは面識はありませんが、上層部にいる石田さんが昔、日本中央新聞社の生活文化芸能部にいた頃によく世話になりました。私が連絡を取るから、石田さんに話をするっていうのはどうでしょうか」

「お気遣い、ありがとうございます」

しかし、樹は首を振った。

「でも、今回は現場の人間と話をさせてください」

遠藤は頷きながら「わかりました」と言った。さきほどまで心配げに見つめていた顔は、力強い声に安堵したかのような表情を浮かべていた。

『今年7回目の完売御礼!!』

現文舎のロビーに入ると、受付カウンター後ろに大きく張り出された紙が目に飛び込んできた。朝来た時にはなかった貼り紙のその横には「週刊リークス」の吊り広告がある。

今日発売された「年末年始特別号」はその年末年始を待つこともなく売り切れ、となったようだ。

出版業界も音楽業界と同じく、不況の中にある。その中での「完売御礼」は業界は違えど喜ぶべきところなのだが、全くそんな気分などなれるわけがない。

まるでその貼り紙に殴りかかりにでも行くように、樹は受付カウンターにまっすぐに向かった。樹を見るなりカウンター内の受付係が笑顔を浮かべて会釈した。女性は交代していた。朝来た時の係の女性より五、六歳くらい上か。もしかしたら、朝の出来事が伝わっているかもしれないが、とにかく、「気味が悪い男」ではないことを印象づけなければ。

「こんにちは」

アーティスト時代を思い出し、樹はその頃の笑顔を係の女性に向けた。アイドル路線で売っていたわけではないが、音楽誌だけでなく一般誌でも取材を受けることがあったので、

「好感をもたれる笑顔」を作ることには多少慣れている。

「いらっしゃいませ」

重ねるように笑顔を浮かべて女性が会釈した。

「フリーライターの田中と申します。十七時三十分に『週刊リークス』編集長の高村さんとお約束をしているのですが、ちょっと早く来すぎてしまったのでこちらで待たせていただいてもいいですか」

すでに「大路樹」と名乗って少々騒いでしまったこともあり、咄嗟に偽名を名乗ってしまった。

「かしこまりました。では、そちらに御掛けになってお待ちくださいませ」

「ありがとうございます」

樹は頭を下げると、扉に背を向けて静かに腰を下ろした。壁時計に目をやると、あと二十分ほどで十七時半になるところだった。係の女性にも目をやると、守衛室に連絡を取るような気配もなく、時折やって来る来客の応対をしている。

あと十数分したら、あの扉を開けて高村がやって来る。だが、樹は高村の顔を知らない。インターネットでいくら検索をかけても、高村の顔写真は一切、掲載されていなかった。芸能界や政財界のスキャンダルを主に扱うだけに、それなりに警戒はしているからだろう。だからここで待っていても、素通りされてしまう可能性がある。ここは受付の女性の「仕事力」に賭けてみるしかない。

樹は受付ロビーに飾られている畳一畳ほどの絵画を見つめた。正確に言えば、額縁のガラスに反射して映る扉のほうだ。背を向けている状態で、自動ドアから出入りする人の様子を窺うにはこれしかないからである。テーブルに置いたスマートフォンの時計に時々目をやりつつ、樹の視線は額縁のガラスから離れなかった。

時計はなかなか十七時三十分を表示しない。一分経つのでさえも長く感じる。よくよく考えてみれば、帰社時間は十七時三十分としていても、あくまでもそれは予定である。取材や打ち合わせが長びいて二、三時間遅れる可能性だってある。年に七回完売するほどの人気週刊誌の編集長ならば、有りえないこともない。

予想通り、帰社予定時間を十分過ぎても高村は現れなかった。途中、社員らしき女性が三人、男性が四人帰社した。もしかしたら、あの中に高村がいたかもしれない。そう思った途端に急に焦り始めた。ただでさえ気持ちが落ち着かないのにそこに焦りが加わると、収拾がつかなくなる。ディパックから缶コーヒーを取り出し、プルトップを開けた。トイレに行きたくなるからと思い、飲むのを控えていたが、とにかく気持ちを落ち着かせなければ。

「すみません」

頭上から声がした。見上げれば、受付係の女性が済まなそうな顔をしていた。

「お待たせしてしまっているようですが、お時間は大丈夫ですか」

樹は慌てて「大丈夫です」と笑顔で言った。プルトップを開けた音で、待たせてしまっていることに気付いたみたいだが、おかげで高村はまだ帰社していないことが判った。樹はほっとして、思わず大きく息を吐いた。

缶コーヒーを飲んでいると、「高村さん」という声が聞こえた。

「お約束のお客様がお待ちになってます」

貴女に賭けて良かった。樹は心の底からそう思った。

樹はゆっくりと立ち上がり、正面を向いた。

「初めまして。EWIレコードの大路樹と申します」

銀縁の丸メガネの奥にある目が樹を見下ろす。その顔に突然アポなしでやってきた訪問者に驚く様子はない。短く刈り上げた髪。週刊誌の編集に携《たずさ》わっているにもかかわらず、マメにカットをしなければならない髪型にしているのは珍しい。手に持っている海外ブランドのスーツケースは日本で買うと六桁はくだらない値段だ。長身ですらりとした体形に黒のカシミヤコートがよく映える。樹の前にいたのは想像していたよりも若く、スタイリッシュな男だった。

「打ち合わせがあるので五分くらいしか時間が取れませんが、それでもよろしければ」

こちらの意を察し、高村はすぐに樹の向かい側に座った。振り切るようにエレベーターに乗らなかったのは自分の仕事に自信を持っているからだろう。樹は深く一礼し、高村の前に名刺を置いた。

「では、早速ですが。今週号に掲載された記事についてお伺いします。犯人と被害者が事件の起きた時に瑠々の歌を聴いていたというのは本当なんですか」

感情の高ぶりを抑えることも含んで、ゆっくりと話した。

「記事に書いてある通りです」

そっけなく返ってきた回答にカチンときたが、ここで怒れば今日一日が無駄になる。心の中で「落ち着け、落ち着け」と何度も繰り返しながら、樹は言葉をつないだ。

「記事の出どころについてですが」

「それも記事に書いてある通りです」

「記事を書かれたのは編集部の方ですか、ライターですか」

「それは申し上げられません」

「なぜですか」

「企業秘密と同じだからです」

「話を聞いたという警察関係者っていうのは刑事さんなんでしょうか」

「記事の取材内容については、申し訳ありませんが言うことはできません。ですが、我々は提供されたネタを常に細かくチェックし、裏取りもしておりますので、掲載された記事はすべて慎重に取材し、調査した結果を踏まえてのものです」

それはまるで抗議に来た相手への対応マニュアルのような言葉だった。言い終わると、長居は無用とばかりに高村は即座に腰を上げた。

「ちょっと待ってください！」

行こうとする高村に樹はスマートフォンを掲げた。

「五分になるまで、まだあと三分四十六秒あります」

ニッ、と笑ってみせたが、高村の表情は変わらない。

「何を聞かれましても、同じですよ」

そして、淡々とした声も変わらない。

「それでも僕は同じ質問を繰り返します。瑠々の担当ディレクターですから」

樹はまた笑った。だがこれは第二ラウンドの開始の合図だ。

高村はめんどくさそうに、また腰を下ろした。樹はディパックからクリアファイルを取り出し、中に挟んでいた紙を広げた。そこにはタワーズレコード、新月堂、山の手楽器、HMBジャパンの全店舗リストが記されていた。

「本日をもちまして、ここに書いてあるすべての店舗から瑠々のCDが撤去されました」

すでに情報は伝わっているのかもしれないが、あえてもう一度伝えた。高村はまったく驚くような素振りを見せなかった。

「それについてはレコード店の判断であり、我々とは関係がないと思われますが」

「でも、その原因を作ったのはリークスの記事なんです」

「それでは営業妨害、名誉棄損で訴えるなりなんなり、お好きにしてください。ですが、我々の記事にはウソ、偽りは一切ございません」

高村の態度は全く変わらない。まるでびくともしない、というのを体現しているようだ。こんなやりとりはもう慣れっこなのだろう。スクープを売りにしている週刊誌である以上、抗議や訴訟にいちいちビクついていたらキリがない。

高村との問答もこれ以上キリがないように思えてきた。放たれるマニュアルのような言葉は次第に気持ちを萎《な》えさせていく威力があるような気がした。

高村は壁時計をちらりと見た。樹もスマートフォンの時計を見た。いつのまにか残り時間は一分を切っていた。

「もうよろしいですか。スタッフが待っていますので」

高村はさっと頭を下げ、腰を上げた。樹はテーブルの上に置かれたままの自分の名刺に視線を落としたまま、高村の姿を追うことはしなかった。ちょっと間を置き、再び視線を上げると、エレベーターホールに高村の姿はなかった。樹は立ち上がり、受付係の女性に一礼すると、ドアを抜けて通りに出た。

結局、何ひとつ得ることはできなかった。

いくら高村が確証済の記事だと言い張っても、樹にとってはただの安易なスキャンダリズムにまみれた記事だ。そんなものに瑠々の歌を汚され、瑠々を傷つけてしまったことの口惜しさが再び湧き上がるが、気分は完全に沈んでいた。

そんな自分にはおかまいなしに路面店からは、テレビやラジオから毎年お決まりのあのクリスマスソングが聴こえてくる。それにかぶさるようにして、居酒屋店員の呼び込み声。サンタの恰好をしてケーキとチキンを売るコンビニ店員の張り上げる声。大通りを走り抜けていくタクシーや大型トラックの音、道行く人々の話し声、笑い声。電車の到着を告げるアナウンス。駅に近づくにつれ、聴こえてくる音がどんどん増えていく。

ふいに、樹の足が止まった。吹いてきた冷たい風に乗って、瑠々の歌声が聴こえてきたからだ。微かではあるが、確かに『ひとごろしのうた』だ。ただ、どこの店から聴こえてくるのかはわからない。駅前の人込みの中にただ立ちつくす樹を、時折通行人が不思議そうに見つめていく。

どうやら有線放送は「自粛」することはしなかったようだ。ほとんどのレコード店からCDが撤去されている状況なのに、誰かが電話かインターネットを使って『ひとごろしのうた』をリクエストしてくれたのだ。

撤去したことへの抗議なのか、それとも面白半分なのか。理由はどうあれ、それがたったひとりだけだったとしても、こうして瑠々の歌を求めてくれる人が存在している。

だから、このままで終わるわけにはいかない。終わってはいけないのだ。

どこかにいる瑠々のためにも、そして音楽制作に携わるひとりの人間としても、『ひところしのうた』の潔白を証明しなければ。

樹は改札を抜け、階段を駆け下りた。さっきまで重たかった足どりがいつのまにか軽やかになっている。それはきっと、歌の力だ。どんな励ましの言葉よりも、歌はいつも自分の背中を押してくれる——あの頃のように。

一週間後。

仕事納めを明日に控え、それに加えて晦日《みそか》にはレコード大賞、大晦日には紅白、そして年越しライブや歌番組に出演する歌手やアーティストがいるためもあり、社内はいつも以上に慌ただしかった。そんな中、樹と麻衣子だけがマスクをつけ、大掃除に勤《いそ》しんでいた。

瑠々のCDはほとんどのレコード店から撤去されてしまったが、一部の書籍・雑貨店がまだ取り扱っていることもあり、レーベル自体は存続することになった。しかし、ADSNルームの人手が足りないという若林からの要請で、麻衣子は年内をもって「６９５５」の業務から離れ、新年あけてからは、樹は第一邦楽制作宣伝部・制作班に戻ることになった。なので、今まで事務室として間借りしていた中二階の小会議室から撤退することになった。

樹と麻衣子は黙ったまま、PCに繋がれているコードをすべて外し、机に置いていたものと一緒に段ボール箱に入れた。小さな事務室の片づけ作業は、ほんの十五分足らずで終わってしまった。

「お疲れ様でした」

麻衣子はマスクを外すと、スポーツドリンクを飲んだ。樹も「お疲れさま」と返すと、マスクを取り、缶コーヒーのプルトップを開けた。ふたりはひと口、ふた口飲みながら、すっかり片付いてしまった会議室を見渡した。短い期間ではあったが、この会議室にもそれなりの思い出がある。いつも饒舌な麻衣子がほとんどしゃべらないのは、自分と同じように寂しさを感じているからだろうと樹は思った。

「新聞社にメールを送ったんだ」

なんの前置きもなしにいきなり話が始まったので、最初はきょとんとしていた麻衣子だったが、すぐに身体ごと樹のほうに向きを変えた。

「で、なにか連絡ありましたかっ？」

首を振る樹を見て麻衣子は露骨なまでにがっかりした顔をした。樹は思わず噴き出した。

「な、なにがおかしいんですかっ」

「ああ、ごめんごめん。でも今更だけど、郷田さんて判りやすいなーって」

するると麻衣子は、これまた露骨なまでに不快な表情をした。

「人のこと言えた義理じゃないですよ。大路さんもか、な、り、判りやすいです」

ムッとしたのか「か、な、り」を今時のアクセントで強調する。

「そんなことより、事件のことは……」

「自力で調べていくしかないけど、やれるとこまでやろうとは思っている。瑠々を探すことも含めて」

「……そうですか」

一週間前。樹は現文舎から戻ると、全国紙五紙の編集局や社会部の事件担当記者宛に事件の詳細を求めるメールを送った。年末も押し迫り、それでなくても夜討ち朝駆けの記者たちがすぐに返信することはなかなか難しいと思ってはいたが、案の定、いまだにどこの新聞社からも返事は返ってこない。

「だけど、不思議とへこんでないんだよ。俺」

そう言って笑ってみせると、麻衣子は戸惑った顔をした。内心ではきっと強がりを言っていると思っているのだろう。

「強がりじゃないよ」

そう思われてしまうのがいやで、樹は声に出して言った。

「どんなに時間がかかっても、瑠々の潔白を証明してみせる。俺、推理ものって苦手なんだけど、そこは執念深さで乗り切ろうかな、と」

麻衣子が、あはは、と笑った。やっといつもの顔になった。樹は右手を差し出した。

「だからまた、一緒に仕事をしよう」

「……はい。その時はまたよろしくお願いします」

差し出した右手を麻衣子は両手で包み込んだ。下唇をかみしめ、何かをこらえている。それから両手を大きく上下に三回振ると、ぱっと離した。すぐに後ろを向いたのはぬぐったしぐさで判った。


年が明けた。

樹の実家は千葉にあるが、バンド活動を大反対した父親といまだに仲違いしているため、ここ十年以上、戻っていない。適当に作ったお雑煮を食べた後、母親の携帯へ電話を掛ける。新年のあいさつのあと、近況や、兄嫁の愚痴をさんざん聞かされて、最後に「お父さんといい加減に仲直りしなさい」「仕事は大丈夫なの」「結婚はどうするの」と文句を言われて電話を切るのが、正月の恒例となっている。それからテレビを見ながらだらだらと過ごす流れになるのだが、今年は集めた記事を読まなければいけないこともあり、テレビもつけず、酒も飲まずに作業に没頭した。それでも、インターネットのニュースサイトや新聞販売局などで集めた新聞、週刊誌の記事をそれぞれの事件別にパソコンのファイルにふりわけるだけで、二時間以上かかってしまった。

事件が及ぼした社会的影響力の大きさは、全国紙の一面や三面を飾った数やページ数で判る。小学六年生の女子が起こした岐阜の事件は朝夕刊の一面四回、三面八回、週刊誌他掲載ページは二十五枚、JR静岡駅での予備校生による無差別殺傷事件は一面六回、三面七回。週刊誌等は二十八ページ。大宮での歩道橋突き落とし事件は一面なし、三面二回。週刊誌等の掲載ページはなし。ファイルへの振り分けが終わると、樹は事件が起こった場所がある地方紙のファイルを開けた。そしてまず、小学六年生の女子による祖父母撲殺事件の記事から読み始めた。

『「小6女子児童 祖父母を撲殺か　岐阜市内」20日午前1時35分頃、岐阜市梅町3丁目より「祖父母が血だらけになっている」と110番があった。岐阜県警署員らが駆け付けたところ、岩城《いわき》源三郎《げんざぶろう》さん（85）、妻・ヨリさん（82）が自宅寝室で血を流して倒れていた。頭と顔から多量の出血があったため、病院へ搬送したが、2人の死亡が確認された。死因は頭蓋骨と脳の破損による失血死。発表によると、現場には血のついたバットを持った孫の小学六年生の女子児童（12）が立っており、事件に関与しているとして保護した。女子児童は父（38）、妹（8）、殺害された祖父母の5人家族で、父親は愛知県豊田市に単身赴

任中。同署は孫が殺害した可能性があるとみて調べている。』（11月21日『岐阜日日新聞』夕刊一面記事より）

『「おじいちゃんが暴力をふるうから　小6女子供述」20日未明、同居する祖父母をバットで撲殺した女子児童（12）の殺害動機が、認知症を患う祖父の妄想からくる暴力が原因だと供述していることが、岐阜県警への取材で判った。介護する祖母に対してだけでなく、自分や妹までにも暴力が及んできたことで、妹を守るために祖父を殺害することを計画。犯行に使ったバットは前日に小学校の体育倉庫から持ってきたこと、祖母に対して殺意はなかったが、犯行時、祖父をかばったために殺害してしまったことが新たに判った。女子児童は近く、精神鑑定を受ける予定。』（11月21日『岐阜新報』夕刊一面記事より）

週刊誌の記事では、この事件に絡めて認知症による暴力行為が及ぼす家庭内介護の悲劇と介護をする家族の限界、介護施設の不足、弱者を救えない現代社会に生きる子供たちが抱える心の闇などが綴られていた。

樹は次にJR静岡駅前で起きた予備校生による無差別殺傷事件の記事を読んだ。

『「血にまみれた駅前　日曜日の惨劇　2人死亡　3人重軽傷」7日午前10時45分ごろ、静岡県静岡市青葉区黒門町50番地のJR静岡駅北口前で、「刃物を振りかざして暴れている男がいる」と110番通報があった。北口に併設されている商業施設「エスパティ」出入り口前で、30～40代の母親と中学2年生の娘、駅前歩道で男性2人、横断歩道前で30代男性1人が男に次々と切りつけられ、駅前歩道を歩いていた同市に住む村岡賢三さん（72）が左わき腹を刺されて死亡し、村岡さんと同じく、駅前歩道を歩いていた同市に住む田中光明さん（42）が胸を刺され、死亡した。商業施設入り口前を歩いていた母娘と横断歩道前にいた男性は重軽傷を負った。男は静岡駅駅員と警備員に取り押さえられ、殺人未遂容疑で現行犯逮捕された。静岡県警によると、逮捕されたのは同市駿河区に住む予備校生（19）。調べに対し、「間違いなく自分がやりました」と供述し、凶器の刃物については、自宅近くのホームセンターで買ったもので、自宅の部屋に隠し持っていたという。駅北口の商業施設「エスパティ」では11月30日よりクリスマス・セールを開始し、事件当日の7日は人気お笑いタレントがトークイベントに出演することもあり、普段より多くの客でにぎわっていたが、事件によりイベントは中止され、施設は時間を早めて営業を取りやめた。JR静岡駅は現場検証が終わるまで北口を閉鎖する予定。』（12月8日『静岡日報』朝刊一面より）

『「凶器は5年前に買った　静岡駅前無差別殺傷」響く奇声と悲鳴に駅前は騒然とした」クリスマスを前に賑わう駅前で19歳の予備校生が刃物を振りかざし、行きかう人々を無差別に襲った。7日午前10時45分ごろ、JR静岡駅北口前で男性2人が刺されて死亡、女性2名男性1名が重軽傷を負った事件で、亡くなった村岡賢三さん（72）の左わき腹には背中を貫通するほどの深い刺し傷があったことが県警への取材で判った。村岡さんが襲われた後、4人が次々と切り付けられていたという目撃証言もあり、容疑者の予備校生（19）が強い殺意を持って無差別に襲ったとみて調べている。死亡した村岡さんは今年3月に初孫が誕生し、初めてのクリスマスを迎える孫にプレゼントを買いに来て事件に遭遇した。村岡さんと同じく、駅前歩道で襲われた田中光明さん（42）はサッカーの試合を観戦するために藤野枝市へ向かう途中だった。目撃者の証言によると、田中さんは予備校生に背後から突き飛ばされて倒れ、馬乗りになって刺されたという。田中さんは胸を包丁でひと突きにされたとみられ、搬送先の病院で亡くなった。県警は予備校生を殺人や殺人未遂などの疑いで静岡地検に送検する予定。捜査当局は、犯行当時に奇声を上げていたということから刑事責任能力の有無を調べるための鑑定留置の請求も視野に慎重に調べを進める。県警によると、犯行に使った柳刃包丁（刃渡り22センチ）は5年前、自宅近くのホームセンターで購入。「父と母と兄のせいで自分の人生がつまらないものになった。自分が殺人犯になれば、家族のこれからの人生がめちゃくちゃになる。家族を一生苦しめるために人を殺した」と供述しているという。警察関係者への取材によると、父は銀行員、母は小学校の副校長、兄は東京都内の国立大学に通っており、予備校生は兄と同じ大学への進学を目指していた。県警はさらに動機を詳しく調べる。』（12月9日『しずおか新聞』夕刊三面より）

記事を読んでいるうちに、深夜のテレビニュースで見た事件発生直後の駅構内を撮影した動画、その中で犯人が発したと思われる「奇声」が脳裏に蘇る。

人は殺意を抱いた瞬間に「人間」ではなくなる。人間ではなくなった「ヒトのかたちをした物」が言葉の代わりとして発したのが、あの「奇声」のように思えた。

週刊誌には、死亡した被害者二名の人となりが表れたエピソードとともに、容疑者の父の勤務先の銀行名、母が副校長を務める小学校の名前、そして兄が通う大学と学部名が公表され、両親ともに国立大卒で、兄も国立大生というエリート一家の中で、容疑者の予備校生が長年劣等感に苛《さいな》まれていたという親戚たちの証言から構成された記事が掲載されていた。

忘れていた「痛み」が蘇る。

振り払うように樹は「大宮での歩道橋階段突き落とし事件」のファイルを開けた。

『「深夜の歩道橋階段で突き落とし　知人女性を事情聴取」13日深夜11時ごろ、さいたま市大宮区宮本町2丁目の歩道橋階段下に男性が倒れているのを通行人が見つけ、大宮警察署に通報した。発表によると、男性は横浜市井波区高山町に住む自営業・加瀬俊彦さん(38)と判明。加瀬さんは歩道橋の階段上から落ちたとみられ、首の骨を折っており、搬送先の病院で死亡が確認された。県警は、同日、倒れていた加瀬さんのそばにいた知人の女性を任意で同行し、調べを進めている。』(12月14日『さいたま新聞』朝刊三面より)

『「知人女性犯行を否認　歩道橋階段突き落とし」　13日深夜、JR大宮駅近くの歩道橋の階段から自営業の加瀬俊彦さん（38）が突き落とされ死亡した事件で、当時、加瀬さんと一緒にいた飲食店勤務の知人女性を任意で同行し、事情聴取をしていたが、女性は「気がついたら加瀬さんが倒れていた。突き落とした覚えはない」と供述していることが捜査関係者への取材で判った。事件前、加瀬さんが知人女性と一緒に大宮駅付近のイタリアンレストランにいたことが目撃されているが、知人女性は酒を飲んでいたが加瀬さんは飲んでいなかったと店員が証言している。県警は、レストランを出て歩道橋に上った間に二人に何らかのトラブルがあったとみて、引き続き、事情聴取を行う。』（12月15日『さいたま新聞』朝刊三面より）

その後、捜査に進展はないようで、大宮の記事はこの二つで終わっている。立て続けに記事を読んだせいか重苦しい気分になり、樹はパソコンの電源を落とし、テレビをつけた。大きな笑い声とともに派手なセットの中で晴れ着のアイドルやタレントたちが画面に映る。芸人のギャグに出演者やスタッフがいちいち大げさなリアクションをつけて笑い声を上げている。樹は笑えなかった。ギャグが面白くないというよりも、思っている以上に気分が重たくなっており、まったく笑う気になれない。樹はリモコンを取ると、別のチャンネルに変えた。だが、ここもお笑い番組だった。また変えた。次のチャンネルもお笑いだった。チャンネルを変えても変えても似たり寄ったりの番組に腹が立ち始め、スイッチを切った。

煙草に火を点け、煙を吐き出す。長年吸っている煙草なのに、なぜか今、ものすごく不味く感じる。煙草を消し、ソファに横になると天井を見つめた。

犯人と被害者が瑠々の歌を聴いていたとされる三つの事件。大宮の事件は事故の可能性もありうるが、他の二つは未成年が引き起こした。子どもにとって、目の前にある世界は家と学校だけだ。その狭い世界の中で家族との問題に悩み、苦しみ、もがく毎日のなかで縋《すが》ったのが、瑠々の歌だったのか。そして、本当に二人は瑠々の歌を聴きながら人を殺《あや》めたのか——。

起きあがり、再びパソコンを立ち上げる。そして、「岐阜日日新聞」と「岐阜新報」、「しずおか新聞」と「静岡日報」、「さいたま新聞」の各サイトを開いた。問い合わせ先として代表電話番号を明記していたのは「しずおか新聞」、「岐阜新報」と「岐阜日日新聞」、メーリングフォームを掲載していたのは「静岡日報」と「さいたま新聞」で、電話番号は短縮に入れ、メーリングフォームは、各事件を取材した担当記者に会いたいことを記述し、送信した。

まだ記事になっていない情報を聞くためであるが、返答は「NO」だろう。運よく会うことができたとしても、「週刊リークス」の編集長と同じ対応をされるかもしれない。だとしても、何もしないでいるよりはましだ。

受付は月曜日から土曜日までで日曜・祝日は受け付けていない。正月休みが恨めしいと思ったのは、人生の中でこれが初めてだ。四日は日曜日なので、仕事初めは五日か六日と考えられる。逸《はや》る気持ちを抱えたまま、数日間を過ごすのはつらいものがあるが、こればかりは仕方がない。

気分を変えようと、窓を開けた。新年最初の日は曇り空に覆われていた。ベランダに出ると、近所の神社に初詣に向かう親子連れが数組歩いているのが見えた。両親と少し距離を取って歩く中学生らしき男の子と、父親と母親に手を引かれて晴れ着を着て嬉しそうに歩く小学生くらいの女の子に、会ったこともない岐阜と静岡の犯人がなぜだか重なる。事件を起こした三人とその家族は、この正月をどんな気持ちで迎えているのだろう。罪の深さを、命の儚《はかな》さを、そして二度と戻ることのない「日常」という存在の重みを、これまで以上に感じているのかもしれない。それは被害者家族も同じだろう。

その夜、樹は新年の挨拶がてら濱中に電話を入れた。「KNOCK THE ROCK」での瑠々のコーナーが無期限停止になった連絡を受けて以来ばたばたとしていたせいで、結局、濱中と話さずじまいで年を越してしまった。

「おう、イッキかぁー。あけまりれおめれろぉ」

濱中はちょうど秋田にある実家に帰省中でかなり酒を飲んでいるらしく、ろれつが回っていない。酒癖は悪くないが、いつ肝臓を壊してもおかしくないくらいに飲む量が多い。

「あけましておめでとうございます。今年もよろしくお願いします」

「そんなことはろうでもいいからぁ、シモキタに飲みにいこうれぇ。おまえ、弦太《げんた》さんにぜんぜん会ってないらろ。こんろ、いこうれぇー」

はい、と返事をする間もなく、電話は突然切れた。やれやれと思いながらも、濱中らしさに怒る気にもならない。

下北沢《シモキタ》には、アマチュア時代とデビューまもないころによく出演していたライブハウスがあった。練習スタジオも併設されており何度か利用していたのだが、そのライブハウスもこの三月で閉店になると聞いた。それが音楽業界の不況のせいなのか、それとも再開発による地価高騰の影響なのかははっきりとは判らないが、ミュージシャンであった自分をかたどって来たものが、こうして消え去ってしまうのは何とも言えない寂しさと哀しさを感じる。

茶沢通り沿いに一軒の老舗バーがある。「KNOCK THE ROCK」の「ロック・バトル」で優勝したお祝いに濱中に連れていってもらってからは、ゆっくり酒を飲みたいときは必ず訪れていた店だ。カウンターの後ろには、ボトルキープの酒ではなく、洋楽ロックのLPがぎっしりと収納されている。マスターの弦太がその日の気分でセレクトしたLPを聴き、顔なじみの客とロック談義をしながら飲む酒は、本当に美味かった。

だがバンドを解散してからは店に行くことはなくなり、かなりご無沙汰してしまっている。ソファにまた横たわり目をつぶると、薄暗い照明の中でカウンターに佇《たたず》む弦太の姿と店内にほのかに漂う酒の匂いが蘇る。記事を読むだけとはいえど、やはり疲れたのか、樹はそのまま眠りに落ちた。

一月五日。

ほとんど寝正月と言っていいくらいの、正月休みがやっと明けた。

出社すると、エレベーターで麻衣子と乗り合わせた。マスクをつけて、苦しそうな顔をしている。聞けば、正月休みに入った途端に風邪をひいてしまい、休み中はほとんど寝ていたという。げほげほと苦しそうに咳をしながら麻衣子は四階で降りていった。

約八か月ぶりに降りた五階・第一邦楽制作宣伝部は、雑然としたフロアの雰囲気は変わっていなかったが、昨年十月の人事で制作班のメンバーが一名、デジタル・マーケティング部の主任に異動、そして、担当していたテクノ系アーティストが手掛けたアニメ番組の主題歌が大ヒットした浅野万里江は、第二邦楽制作宣伝部制作班に異動し女性アイドルグループを担当することになり、ADSNルームのチーフだった若林真治が万里江の担当アーティストを引き継ぐことになった。

「今年も……引き続き……よろしくお願いします……」

樹が少し笑顔を浮かべて挨拶すると、若林は「ご縁がありますねー」と笑った。だが、すぐにその笑みを消した。ADSNルームにいた時から、醸し出す威圧的な雰囲気のせいで若林に対して若干苦手意識を抱いていた。自ら志願してADSNルームに入ったものの、瑠々に掛かりきりになり、他の新人発掘業務がおざなりになってしまったので、若林の方も自分に対して良い感情は抱いてはいないはずだ。新年早々、緊張感が漲《みなぎ》る。

その後、一階のロビーに降りて、代表取締役と役員たちの新年の挨拶を聞いた後、社員全員で徒歩十分のところにある神社へ出向き、「ヒット祈願」をするのが仕事初めの日の例年行事だ。

なんやかんやで初詣に行きそびれていたのでちょうどよかったが、今はそれよりも新聞社に電話をかけたい。スマートフォンの時計を見ると、十一時を過ぎていた。新聞社の電話受付も今日から始まっているはずだ。メールの返信があるとすれば、これもたぶん今日以降になるだろう。

樹はお参りを済ませると、帰路につく社員たちのあいだを抜けて、路地裏に入った。なにもこそこそすることはないとは思ったが、若林が見たら、自分に対してますますいい感情は持たないだろう。登録しておいた電話番号の短縮を、まずは「岐阜日日新聞」から押してみる。

呼び出し音が二回鳴り、新聞社名を告げる声が聞こえた。女性だ。と、思ったら自動音声だった。音声ガイダンス終了後にボイスメールを残すというもので、直接応対してくれるものではなかった。それは「しずおか新聞」も同じで、直接電話で応対したのは「岐阜新報」だった。電話に出たのは、男性だった。樹は自分の名前はもちろんのこと、会社名、瑠々の担当ディレクターであることを伝え、「週刊リークス」に掲載された記事が真実であるかどうかを知りたいため、担当記者と会いたいことを伝えた。だが、応対した男性からは、この電話は業務向上のためのものであり、個別対応するものではないということを言われ、通話は三分も経たないうちに切られてしまった。全国紙とは違って、地方紙は親密に応対してくれるという勝手な思いがあっけなく覆《くつがえ》されてしまった。

とぼとぼと会社に戻り、業務をしながら時折着信をチェックしてはみたが、ボイスメッセージを残した「岐阜日日新聞」と「しずおか新聞」からは結局その日は何も返事がなく、正月休み中にメール送信した「静岡日報」と「さいたま新聞」からもいまだに何も連絡はない。

万事休す、とはこのことか。

「飲みにでもいくか……」

下北沢の店へ濱中を誘おうとも思ったが、なんとなく今日はひとりで飲みたい気分だったので地元の東高円寺にした。仕事初めということもあり差し迫った仕事もないので、定時で会社を出た。住み始めて十年以上は経っているので馴染の店は何軒かあるが、明日も仕事があることを考え駅前にあるチェーン店系列の居酒屋に入った。

店に入った途端、威勢の良い声とともに店員にカウンターへ案内される。新年会なのか、店内は客の笑い声が大きく響き渡っていた。枝豆に焼き鳥四本とビール一杯の「お疲れさまセット」を頼んで、ぼんやりと頬杖をついた。

オーダーされた品々を繰り返す店員の大きな声と座敷席からの笑い声に紛れて、有線放送が微かに聴こえてきた。焼き鳥を食べながら瑠々の歌が聞こえてくるのをしばらく待っていたが、ビールを二杯飲んでもまだかからなかったので、店を出た。駅前の喧騒の中で耳をそば立ててみたが、瑠々の歌はどこからも聞こえてこなかった。

ほんの数週間前にインディーズチャートの第一位に輝いた『ひとごろしのうた』は、CDが撤収された後、あっという間にチャート圏外に消えてしまった。

こうやって少しずつ少しずつ、忘れられていくのだろうか。真実がつかめないまま、瑠々が姿を現さないまま、時間が経ち、月日が流れ、すべてが終わっていくのか。

真実が知りたい、ただそれだけなのに。難しいことを言っているわけではないのに。いや、真実を知ることこそが、この世で一番難しいことなのかもしれない。でなければ、こんなに苦労することもないだろう。

「あぁぜんぶゆめだったらいいのに」

突然、『ひとごろしのうた』の最初のフレーズが口をついて出てきた。八方ふさがりになり、なんとなく気分が落ち込んでいるから、自然と歌が出てきたのかもしれない。樹は自宅に向かいながら、時折ハミングを入れつつ歌った。

自宅マンションは駅から徒歩五分にあるので、到着する前に歌い終わってしまった。エントランスに入る前にUターンして近所のコンビニでミネラルウォーターを買うと、自宅前の公園のベンチに座ってもう一度歌ってみた。

その途中で、メールの着信音が鳴った。濱中からの呼び出しかと思い、スマートフォンを取り出す。

「えっ」

思わず声が上がった。

(Re：静岡駅前無差別殺傷事件関係の記事について　静岡日報編集局生活部　河野《こうの》優《まさる》)

何度見ても、「静岡日報編集局生活部　河野優」と書かれている。目の錯覚でも幻覚でもない、待ちに待った新聞社からの返事がやっと来たのだ。少し興奮気味なのか、夜風に冷たさを感じない。そのメールには、記事内容を含め、話したいことがあるので是非会いたいという旨が書かれていた。

気持ち的には明日にでも会いたいが先方の都合もあるだろうし、こちらも仕事初め早々に会社を休むわけにはいかない。ちょうど今週末は三連休になるので、そこで予定を組みたいと樹が返信するとすぐに、月曜日の十六時に東京駅八重洲中央口の改札で待っているという返事が来た。

てっきり静岡で会うのかと思っていたが、出張か何かで東京に来ているのか。改札に着いたら連絡をするようにと、携帯電話の番号が書かれていた。よくよく考えてみれば、初対面にもかかわらず駅の改札で待ちあわせるのも不思議である。しかし今は、一歩進んだと考えよう。樹は夜空を仰いだ。オリオン座が今夜はひときわ輝いて見えた。


年が明けてからの三つの事件についての報道は、かなり少なくなっていた。新聞や週刊誌は次々と起こる事件やスキャンダルを追いかけて、全国紙の第一面に何度も登場した事件にさえもう見向きもしない。そんなこともあり、新聞記者である河野との対面は、一連の記事についての真相を知る上で重要なカギとなる、と樹は思った。

瑠々についての情報は、いまだに何一つ手掛かりになるようなものは寄せられない。瑠々のCDが店舗から撤去された当時は『KNOCK THE ROCK』宛に、抗議のハガキが約三百通ほど送られてきたが、これも年が明けるとほとんどなくなっていった。

そんな状況であっても、樹は瑠々を探すことを諦めなかった。『ひとごろしのうた』が存在していることが、瑠々の実在を証明しているからである。長期戦になることはとうに覚悟している。

果たして、河野優とはどんな男なのだろう。

樹はメールをもう一度読んでみた。だが、要件のみの簡潔な文章からは自分よりも若いのかどうかは判らない。だが、メールのやり取りをするよりも、いきなり直接対面することを選ぶところにどことなく大胆さを感じる。「ゼッケン」編集部の藤田を思い出した。河野も似たような雰囲気があるかもしれない。

木曜日。階上へ向かうエレベーターで遠藤と乗り合わせた。

「お疲れさまです」

声をかけると、遠藤は笑顔を浮かべながら小さく頭を下げた。

「6《ロク》月21《ニーイチ》日発売の企画ものをやるそうですね」

夏の恋をテーマにした二枚組のコンピレーションＣＤの制作を樹が担当することが一昨日決まった。瑠々はインディーズレーベル「６９５５」での制作だったので、この企画ものＣＤがＥＷＩレコードでの初めての制作担当となる。

「はい。おかげさまでいろいろ忙しくしています」

遠藤の席がある第一邦楽制作宣伝部のフロアに戻り、顔を合わせることは多くなったが、話をする機会はＡＤＳＮルームにいた頃のほうが多かった。思えば、こうして間近で言葉を交わすのは久しぶりである。だが、今日はどことなく顔色が悪いのが気になった。

ふと、河野優と会うことをまだ遠藤に伝えていないことに気が付いた。忙しさにかまけてしまい、すっかり頭から抜け落ちてしまっていた。慌てて言い出そうとしたが、他にも乗り合わせている者がいるのでためらってしまった。すると、エレベーターの扉が開いた。

「体に気を付けて、頑張ってください」

五階で降りる樹に遠藤は笑顔を向けた。七階の邦楽統括本部室に行くのだろう。遠藤は執行役員も兼務しているのでなにか大きな会議があるのかもしれない。河野とのことはあとでメールを送ればいいか。樹はエレベーターを降りると、閉まる扉に頭を下げた。

遠藤が健康上の理由により一月三十一日をもって退社することを聞いたのは、その日四つ目の打ち合わせの後だった。

遠藤の突然の退社に社内全体はもちろんのこと、第一邦楽制作宣伝部、そして樹自身も大きなショックを受けた。各フロアにその件が通達された後、遠藤からメールが送信されてきた。昨年の秋ごろから体調不良が続いていたので精密検査を受けたところ、長期の入院治療が必要だと医師から通告されたそうだ。急きょ退社することで周囲に大きく迷惑をかけてしまうことについての申し訳ない気持ちが綴られている文面に、仕方がないこととはいえど寂しさが募る。

遠藤の後任は第二邦楽制作宣伝部長である安永光雄《やすながみつお》が兼任することになった。第二は演歌やアイドルのセクションで、安永は入社以来、演歌セクションで営業部、宣伝部、そして制作部と叩きあげられてきた「生粋の演歌組」である。ゆえに、第一が手掛けるロックやJポップには少々疎《うと》いのではないかと危惧する声がフロアのあちこちで上がった。

「厳しくなりそうですねー」

PCで購入請求の伝票を打ち込んでいると、横から若林の声が聞こえてきた。顔を向けた樹を見ることもせず、若林はじっとPC画面を見つめたままでいる。画面には制作班に送られてきた遠藤のメールの文面が映っていた。

「あの……安永さんってどんな方なんですか」

姿は何度か、ADSNルームにいたときにフロアで見かけたことがある。すらりとした長身の遠藤とは真反対の、小柄で腹の大きく出たずんぐりとした体形をしており、声がやたらに大きく響く男だった。

声を潜めて尋ねる樹を見やることもなく、若林はまだ画面を見つめている。

「あの人、バイトから入って来たんですよねー。今はそういう採用はしてないんだけど、昔、山の手楽器の銀座店でまだ新人だった『坂田《さかた》ふゆ美《み》』のカセットテープ、一日で九百本売ったことがあって、その業績を買われて入社したんですよねー。だから、売り上げとか数字には結構うるさいらしいですよー」

演歌はCDだけでなく、年配のユーザーのためにカセットテープでの販売もしている。今から三十年以上前とはいえ、銀座のど真ん中に店舗を構える山の手楽器で新人演歌歌手のカセットテープを一日で九百本売るなど、まさしく驚異的な出来事である。あの大きく響く声でカセットテープを売りさばく姿が容易に想像できた。そして、そんな安永から売り上げ枚数についてこってり絞られている自分の姿も。

「そ、そうなんですか……」

樹はすっかり萎縮してしまった。

「遠藤さんはアーティスト性重視でそういうところ甘い部分があったけど、安永さんは売上げ第一主義の人だから、かなりシビアだっていう話ですよー」

若林はまだPCの画面を見つめたままでいる。

「上が変われば、やり方も多少変わりますよー。大路さんは元ミュージシャンだからよく判らないでしょうが、こういうことって会社組織ではよくある話ですからねー」

「……はあ」

「ま、お互い頑張りましょうってことですかねー」

若林は立ち上がり、鞄をたすき掛けにすると「お疲れさまでしたー」と言ってフロアを後にした。結局、最後まで樹とは視線を合わせなかった。

今まで感じたことがない不安と嫌な予感が重く心に覆いかぶさる。

それは、バンド時代からの理解者がいなくなってしまうことの心細さからくる不安と、この会社における瑠々の立ち位置までもが今までと変わってしまいそうな予感だった。

重たい気持ちを抱えたまま、三連休が始まった。と言っても何をするでもなく、なんとなく二日間をやり過ごして、ようやく約束の日を迎えた。

ついつい気がせいてしまい、待ち合わせの東京駅の八重洲口に二十分も早くついてしまった。でも、遅れるよりはマシだろう。駅構内は三連休の最終日だけあって、新幹線や在来線の乗降客でごった返していた。

いくらなんでもまだ来ていないだろうと思いながら、樹は改札口そばの壁にもたれて辺りを見回した。頭の中では「ゼッケン」編集部の藤田のようなイメージがついてしまっているので、ついつい同じような雰囲気の男性に目がいってしまう。

それにしても人が多い。切れ目がまったくない。自分の周りを取り囲む全方角から人が次から次へと歩いてくる。駅の構内というよりも、渋谷や新宿の街なかにいるようだ。やはり初対面同士の待ち合わせには、ちょっと不向きな場所である。

行きかう人々をぼんやりと眺めているうちに、約束の時間の五分前になった。もう電話をしてもいい頃合いだろう。樹は登録しておいた河野の電話番号を押した。

コールが一回、二回、そして三回鳴っても応答がない。電車で移動中かもしれないと思い、いったん通話ボタンを切ろうとした時、微かに歌が聞こえてきた。携帯電話の着メロのようだ。

『I Want To Hold Your Hand』——「抱きしめたい」。ビートルズ五枚目のシングル、そして日本でのデビューシングルのこの曲は、樹が生まれて初めてコピーした記念すべき曲でもある。中学一年の夏休み、従兄からもらったアコースティック・ギターを抱えて宿題そっちのけで教本を見ながら数えきれないほど練習した。そのおかげで即興演奏もでき、歌詞カードを見なくてもそらで歌うことができる。バンド時代のライブでもアンコールで何度か演奏したこともあった。

着メロはまだ鳴り続けている。構内がうるさすぎて持ち主がまだ気付いていないのか、それとも……と思った時、樹は気配を感じた。前後左右から歩いてくる人の群れの中から、確実に自分に向かって近付いてくる人間の気配を。

ジョンとポールの歌声はいつのまにか雑踏の中に消えていた。

樹の視界に、黒のパンツスーツにベージュのトレンチコートを羽織った女性が入って来た。人波から浮き出てくるように、キャリーケースを引きながらこちらに向かって歩いてくる。彼女の視線は樹にまっすぐ向けられていた。

「初めまして、静岡日報編集局生活部の河野優と申します」

肩まで伸びたまっすぐな髪。年齢的には新卒か、それとも三年目くらいか。はきはきした声とシャープに整えられた眉に、意志が強そうな印象を受けた。樹は差し出された名刺を受け取るなり、名刺と「コウノマサル」の顔を交互に見た。そんなことをされるのはもう慣れているようで、河野は笑顔を湛えていた。だが、若林と同じく、目が笑っていない。

やはり不快なのだ。

「すっ、すいません。つい……」

樹は慌てて頭を下げた。

「あ、あの、よく判りましたね、僕が」

急いで違う話題を振りつつ、樹は河野に名刺を渡した。

「ファンでしたから」

「えっ」

「……姉がファンでしたから」

「あ、そうでしたか。ありがとうございます。お姉さんによろしくお伝えください」

姉に絡めたEZについての思い出話が来るかなと思いきや、河野はそっけなく「はい」とだけ言い、話はそこで終わった。

「じゃあ、立ち話もなんですから、どこか」

「ここで結構です」

すでに先に歩き出していたので、急ブレーキがかかったように前のめりになってしまった。

「え、でも……ここじゃ落ちついて話が」

「誰にも聞かれたくないんです」

河野の顔が真剣な、というよりも何か思いつめているように見えた。新聞の一面に何度も登場し、二人の犠牲者と三名の重傷者が出ている事件だけに慎重になっているのかもしれないが、だったらメールのやり取りだけで良かったように思える。会ったばかりだから仕方ないが、なんとなくペースがつかみづらい。表情を変えず、動こうともしない河野を見て、樹は困ったように頭を掻いた。

「……判りました。じゃあ、ここで」

「すみません」

河野はぺこりと頭を下げ、すぐに上げた。

「実は、大路さんにお願いがあるんです」

でも、それはどちらかというと自分のほうである。メールでもそう伝えたはずだが。

「私にも、協力してほしいんです」

河野の目つきが変わった。

「協力？」

「瑠々の歌のことを絡めて、一連の事件をもう一度取材してまとめた記事を社会部の編集局長にプレゼンしようと思っています。だから、大路さんの要請にも協力しますが、私に、私の将来のために協力してほしいんです」

春。

ビートルズが解散した。

そして、秋には三島由紀夫が腹を切った。

その頃の俺たち──「時限爆弾」はといえば、制作した二枚の自主制作盤がまったく売れずのどんづまり状態だった。

バンドがそんな状態なので、高田と溝口が一昨年くらいから学生運動なんぞに首を突っ込みはじめた。おかげで、曲作りやライブ活動がますますできない有様だ。

サルトルの実存主義から始まって、国家権力、安保闘争、ベトナム反戦、大学当局、全共闘。

学生集会から帰って来た二人は、熱病にでもかかったような赤い顔で興奮しながら議論を交わす。

だけど俺にとってはそんなことは別世界の話。俺は音楽さえできれば、世の中で何が起こっていようが別に構わない。それ以前に、頭の中は音楽のことでいっぱいだ。主義やら革命やらなど、入る隙間も余地もない。

もうすぐ新しい年がやって来る。

家出同然で上京して早や五年が経つ。無我夢中で曲を作ってきたけれど、これ、といった核心的な曲《もの》が何ひとつ作られていないことに気付いた。何かが、足りないのだ。そこまで判っているのに、それが何だか判らない。イライラが募る毎日。

バイト帰り、いつものように御茶ノ水の楽器屋に立ち寄ると、ショウウインドウに昨日までなかったギターが飾られていた。ウインドウにくぎ付けになったままの俺の後ろで店長の声がした。

「それさ、去年製造されたやつ」

六九年型レスポール・カスタム——。

五四年に上級機種として誕生した黒いボディのこのギターは、最上位機種を備えただけでなく佇まいのその美しさから「ブラック・ビューティー」と言われている。五六年製、六八年製も出ていたけど、すぐに売れてしまっていた。だから、このモデルを試し弾きするのは今日が初めてになる。
逸る心でアンプにつなぐ。もちろん、ボリュームは10。
勢いをつけて弦を弾き下ろすと、その瞬間、ダイナマイトが爆発した。
脳天がぶっ飛んで、身体もバラバラになったような激しい衝撃。
そうだ、これだ。やっとわかった。俺はずっと、これが欲しかったんだ。
まさしく天啓とも呼ぶべき、この音が。

（三）

そういうわけだったか。

連絡を受けてから今日に至るまでの高揚した気持ちがすっと音を立てて冷めていく。それと反比例するように、腹立たしさが湧き上がってきた。

「それは瑠々や事件のことを自分のために利用するっていうことですよね」

さきほどまでと違う樹の、やや強めの声色に河野は少し顔をこわばらせた。だが、それはすぐに消え、ひらきなおるように樹を見据えた。

「否定はしません。ですが、この記事を新聞記者としての私の、調査報道の始まりにしたいんです」

「……調査報道？」

耳慣れない言葉に思わず聞き返した。

「捜査当局からの発表をただ羅列するのではなく、報道機関や記者自身が集めた情報や行った調査で記事を作り上げて発表することです。リークスの記事も調査報道ではあります。

でも私は、ただ被疑者が所持していた携帯プレイヤーの中に彼女の歌があったということだけで、共犯者扱いされてしまった歌の潔白と未だに姿を現さない瑠々についても追跡しようと思ったので、大路さんに連絡を取ったんです」

最終的に着地点は違うとしても、河野と自分は同じ方向を向いている。今まで孤軍奮闘してきたが、これは突破口になるかもしれないと樹は思った。

「……わかりました」

樹の言葉に安堵したのか、河野の表情がわずかに緩んだ。

河野は土、日曜日版で週末のブランチ用レシピを紹介したり、子供向けに時事ネタを解説する記事やクロスワード・パズルなどのコーナーの編集を担当しているそうだ。

その子供向けの時事ネタ解説コーナーで瑠々のCDが店舗から撤去されたことを取り上げようとしたところ、その原因となった殺人事件のことまで絡まなければならず、子供向け記事には刺激が強すぎるということで編集会議で却下されてしまったという。

「それで、読者からの関心が今なに一番向けられているのかをもう一度調べようと思って、ここ一、二か月間に送られてきた問い合わせメールを読んでいたら、大路さんからのメールを見つけたんです」

「なるほど……それで連絡をくれたわけですね」

河野は頷くと、

「でも、よく考えてみると、そんなコーナーで収まるような内容じゃないですよね。それでもっと掘り下げて記事にして、社会部のほうで取り上げてもらおうと思ったんです。で、早速なんですが」

声のトーンがやや低くなった。

「私は容疑者や関係者との接触を試みますので、大路さんは瑠々の調査に集中してください。ですが、事件のほうで大路さんに協力していただきたい部分が出てくるかもしれませんので、その時はよろしくお願いします」

「判りました」

確かに、事件に関する調査は河野が適任だ。彼女に任せたほうが断然いいに決まっている。だが、ラジオのコーナーが無期限休止になって以来、瑠々の情報は全く寄せられていない状態だ。これについては、新たに策を練らなければならない。

今度、濱中と会う時に相談したほうがいいかなと思い巡らしていると、

「実は今日、岐阜の女子児童に手紙を渡しました。担当の弁護士を通じてですが」

まるで友達に手紙を送ったかのようなさらりとした口ぶりに、樹はたじろいでしまった。

「な、なんて書いたんですか」

「あの時、瑠々の歌を聴いていたのは本当なの？　って書きました」

「いきなりサビからですか」

茶化すように聞こえたのか、河野の表情がきつくなった。

「好きな食べ物はなに？　なんて聞いてもしょうがないじゃないですか」

その子は「人殺し」なんだから。

言わなかった言葉が聞こえたように思えた。しかし、手紙とは言え、「人殺しをした子ども」にどう接していいのかさっぱり判らない。もし自分だったら、瑠々のことを聞きたくてもペンをとることすらできないだろう。

河野は樹をちらりと見ると、急に声を潜めた。

「彼女と他の被疑者は今、専門家三名による精神鑑定を受けていると聞きました。二、三か月間ほど鑑定を行いますが、責任能力があると判断されれば、起訴されることになるでしょう。大宮の被疑者は依然として犯行を否認していますが、岐阜の女子児童のほうは凶器をあらかじめ用意していたことで、重い決定が下されるかもしれません」

急に声を潜めた理由は、行楽帰りの人々であふれかえるこの場所に、あまりにそぐわない内容だったからだ。

河野は視線を落とし、腕時計を見た。

「すみません、そろそろ新幹線に乗らないといけないので」

樹は改めて河野の全身を見た。トレンチコートと黒のパンツスーツにキャリーケースというイで立ちを見ると、東京へ出張で来ていたことが想像される。

「わかりました。じゃあ、連絡は主にメールということになりますね」

「はい。よろしくお願いします」

そう言って頭を下げようとする河野を、樹は「待って」と手で遮《さえぎ》った。

「河野さんは、瑠々の歌が好きですか」

瞬間、なんでそんなことを今聞くのか、とでも言うように河野の眉間にわずかに皺が寄った。どうやらヘンな質問をしてしまったようだ。樹は慌てた。

「いや、あの……一応、担当ディレクターなんでちょっと気になって……急いでるところ、すみません」

取り繕うように苦笑いを浮かべながら、頭のうしろを掻いた。

河野はもう一度、腕時計に目をやった。

「大路さんには申し訳ありませんが、私、音楽にはあまり興味がないので」

予想外の答えが返ってきた。

「……あ、そうで……すか」

「それでは、失礼いたします」

樹を気に留める様子もなく、さっ、と頭を下げるとキャリーケースの取っ手を掴み、河野はすたすたと歩いていく。速い足取りに、ベージュのトレンチコートはあっという間に人の群れの中に消え去っていった。

時間にして三十分もない、初顔合わせだった。

改札口から見る外はとっくに日が暮れて、駅前に乗り入れてくるタクシーや観光バスのライトがまぶしく目に飛び込んでくる。樹は渡された名刺をもう一度見た。

ちょっと気の強そうな女性だが、これからなんとか協力しあっていかなければ。それにしても、音楽に興味がないという人間に会うのはこれが初めてだ。早い足取りで人込みに消えた後ろ姿を思い出しながら、丸ノ内線ホームへと向かった。

翌日。

朝八時二十四分送信で、河野からのメールが届いていた。岐阜の事件での女子児童側の弁護士に連絡を取り、家庭裁判所での決定後に面会を申しこんでいるという旨が書かれていた。今後、樹から協力が得られることで勢いづいたのか、行動が早い。

連休が明けてまたいつも通りの日々が始まったが、今までになく気持ちが軽くなったような気がする。これまで停滞していたことが、ゆっくりではあるが動き始めている。真実にたどり着くにはまだほど遠いが、孤軍奮闘してきた今までを思うと大きな一歩である。

遅くなってしまったが、遠藤と濱中に進捗状況のメールを送信した。

「ある新聞社の記者から協力を受けられるようになった」とし、新聞社名と河野の名前は伏せた。事態がすべて明らかになり、河野の記事が発表されるときに明かそうと思ったからだ。

二人からはすぐに返信が来た。濱中からは進展祝いに飲みにいこうぜと、遠藤からは今日の昼食を一緒にと誘われた。濱中とは後日、日程調整することにし、遠藤にはＯＫの返信をした。

遠藤が指定したのは、会社近くにある担々麺が美味しいと評判の中華料理店だった。人気店なので十二時を過ぎると、あっという間に列ができる。

ＥＷＩレコードは他の会社よりもほんの少し近い場所にあるおかげで、樹と遠藤は列に並ぶことなくすぐに席につくことができた。

中辛で、とオーダーした遠藤に樹はつい心配げな顔を向けてしまった。

「悪いのはここじゃないから」

遠藤は胃のあたりをぽん、と軽く叩くと笑った。まもなく、オーダーした担々麺が運ばれてきた。テーブルに用意されている紙エプロンを付け、箸を割ると、ずるずると音を立てて食べ始めた。混雑する店なので、食べ終わるとみなすぐに席を立つ。客が入れ代わり立ち代わりする中で、「美味い」と「熱い」しか言葉を交わさず、ものの十分もしないうちに完食すると、遠藤は伝票を持って立ち上がった。

店を出ると、辛さで温まった身体に冷たい外気が心地良く、樹と遠藤はゆっくりと歩いた。

「進展が見られそうで、良かったですね」

返信されたメールと同じ言葉ではあったが、遠藤としてはその一言に尽きるのだろう。

樹は「はい」と言って笑顔を向けた。

「早くいい報告ができ……」

何か大きな塊が喉をふさいだ。言いたいことを忘れてしまったかのように立ちすくむ樹を、遠藤は不思議そうに見つめた。

「す、すみません……なんでか……わかんないんですけど」

声が出た途端、頬にするり、と涙が伝った。ああ、俺はこの人がいなくなることが本当に寂しいんだ。その思いがまた心を締め付ける。そんな樹の気持ちを察したのか、遠藤は樹の背中を二回軽くたたいた。

「六月のCD、楽しみにしていますからね。大路君は自分の音楽だけでなく、人が創りだした音で音楽を創り上げていくことができる、素晴らしい才能を持っているんですから」

その柔らかな声で今までどんなに励まされてきただろう。バンドやソロ時代には厳しく意見をされたこともあり、反発したこともあった。それでも、陰日向となって見守ってくれた。ディレクターにならないかと遠藤が声をかけてくれたから、瑠々に出逢えた。そして、瑠々のCDを発表できたのも、遠藤の後押しがあったからこそだ。

「今まで本当に、お世話になりました」

樹は頭を下げた。

「こちらこそ、ありがとうございました」遠藤は深く、長く、頭を下げた。

いい報告をしたい、と心から思った。

それから二週間後、遠藤は退社した。


しばらくのあいだ、河野からの連絡は何もなかった。

正月に電話で話したきり会っていない濱中は、昼十二時から夕方四時までの帯番組を四月から担当することになり、なかなか会う時間が取れなくなった。樹もコンピレーションCDに収録する選曲や、楽曲の権利を持っている音楽出版社や原盤会社への承諾取りなどに追われていたが、時間の合間をぬって瑠々のファンサイトやSNS、インターネット掲示板を閲覧して、瑠々の情報につながる書き込みを探した。

CD撤去以降、活動が停止している状態なので、SNSもファンサイトも多くは更新が止まってしまっていた。インターネットの掲示板でも以前ほどの書き込みの量はないが、瑠々の正体に関する憶測がいくつか挙げられていた。

相変わらず「死亡説」が強く、次に「新種のヴォーカルアンドロイド説」、そして「帰国子女説」が新たに浮上していた。

「帰国子女説」については、『ひとごろしのうた』の歌詞がほとんどひらがなだったから、ということから発したようだが、それは楽曲の世界観を表現したものであるので瑠々の出自には関係はないだろうとの書き込みと、「ボストンにある＊＊＊＊＊ハイスクールにいた」「東京の＊＊＊インターナショナルスクールでクラスメイトだった」など校名を挙げる書き込みの二手に意見が分かれていた。具体的に名前を挙げられたことで多少信憑性はあるかもしれないが、直接学校に問い合わせたところで教えてはくれないだろう。

根強い「死亡説」についてはさておき、「新種のヴォーカルアンドロイド説」については、樹も考えたことがあった。ソフトウエアの技術が高度に進化し、ほとんど人間の歌声にちかいヴォーカルを作成できることから、その可能性は無きにしも非ずというところだが、また何度か聴いているうちに、一番目のサビと二番目のサビの高音の部分が若干、単位で喩えるならば、ほんの〇・〇一ミリ程度、微妙に高さが違うところに気付いた。もし、瑠々がヴォーカルアンドロイドであれば、このわずかな差異は出るはずがない。

とはいえ、核心となる情報はいまだに何一つない。ひとつとは言わない、欠片でもいいから身元につながる情報がほしい。表舞台に出ることがいやで姿を隠し続けているのなら、せめて、自分にだけは会ってほしいと樹は思った。そして、樹には瑠々と同じくらいに会いたい人間がいた。『ひとごろしのうた』で六九年型レスポール・カスタムを奏でるギタリストだ。

静岡の事件の審判が静岡地検にて三月初旬に行われるというニュースを知ったのは、深夜のテレビニュース番組からだった。

犯人が未成年者である場合、家裁で審判が執り行われるが、今回の場合は死亡者二名、重軽傷者三名という凶悪かつ、社会的に大きな衝撃を与えた事件だったということで、静岡家裁から静岡地検に送致という「逆送」で成人と同じ手続きを取った。そして、静岡地検は犯人を起訴した。約二か月間行われた精神鑑定も、「幻覚や妄想があったものの、責任能力については問題がない」との判断で、この事件は裁判員裁判で審判されることとなった。

そのニュースの中で、犯人の弁護側が審判を静岡地検から東京地検に変更するよう求める書面を最高裁に提出した、という動きも伝えられた。

「静岡県民には裁かれたくない」という理由を述べた犯人のコメントを弁護人が苦笑いを交えながら読み上げた映像が流れ、静岡の事件についての報道は終わった。

樹はもっと詳細を知りたいと思い、河野へメールを送った。五分後に返信が来た。東京駅で会って以来、音信がなかったことについての詫びはなく、ニュースや新聞で取り上げられるような事柄についてはいちいち連絡はしない、との簡潔な文面だった。なんだか素っ気ないが、言われてみればそれもそうだ。自分が知りたいのは事件の真相ではなく、犯人と瑠々の歌との関わりなのだ。だが、裁判では瑠々の歌について触れられることはないだろう。

翌日、樹は出勤途中に赤坂見附駅のキオスクで朝刊を購入した。すぐに紙面をひろげて記事を探すと、三面の右下に公判開始の記事が小さく掲載されていた。

正月休みに読んだ記事に「家族を一生苦しめたいから」と犯行動機が書かれていたのを思い出した。二人を殺害していることから、彼は極刑か無期懲役になるだろう。とすれば、不謹慎ではあるが彼の願いは成就する。しかし、その歪んだ感情のために犠牲になった人々がいる。そして「日常」を奪われてしまった家族がいる。わずか一段の記事にそんな無慈悲さを嘆く言葉は一言もない。樹はやりきれなさを感じた。

幻覚。妄想。心の奥底に潜む闇が、犯人にそれを見せたのだろう。

目の前を行き交う人々が、どんな悩みを持ち、何に苦しんでいるのかなど判りはしない。だが、ふとしたきっかけで人は闇に飲み込まれてしまう。自分を含めて皆、そんな危うさの中で毎日を生きているのだ。

結局、裁判は三月六日に静岡地裁で行われることになったと、一週間後、河野からメールが届いた。最高裁に書面を出していたところまでは報道されていたが、その結果についてはニュース番組でも全国紙でも取り上げてはいなかった。静岡駅構内と併設されている商業施設前という身近な場所で起こった非常に凄惨な事件ということで県民の関心は高く、傍聴席はかなりの倍率で争奪戦が繰り広げられるだろう、とメールの文面は終わっていた。河野のメールはまた簡潔だった。

仕事関係のメール文面の冒頭によくある、「お世話になっております」もなければ、「今週は寒いですね」とか、「もうすぐ桜の季節ですね」などという季節の挨拶もない。ただ、用件のみ。しかも、二、三行程度で終わる。あまりのそっけなさに、河野が女性であることを一瞬忘れそうになる。だが、このそっけなさはこちらに余計な気遣いをさせない河野なりの「気遣い」なのかもしれないとも思った。

樹は自宅に戻ると、ソファに身体を横たえた。

「三月六日か……」

卓上カレンダーを見た。深夜のニュース番組では天気予報のコーナーで「桜の開花予想日」を伝えている。三月六日の時点では、日本のどこにもまだ桜は咲いていない。

それからというもの、樹は新聞を毎日買うようになった。岐阜と大宮の事件について、その後の展開を知るためである。だが、まだ精神鑑定が終わっていないのか、新しい情報はまったく掲載されない。キオスクの横でひと通り新聞を読むと、深くため息をつくのも習慣になってしまった。

そんな日々を何度も何度も繰り返しているうちに、三月六日がやってきた。

その日、樹は朝から落ち着かないでいた。

正確に言えば、公判日が決まった時から落ち着かないでいた。瑠々の歌が絡んでいるかもしれない事件の、初めての裁判があと数時間後に行われると思うだけで落ち着かない。

樹はチャンネルサーフィンをしながら早朝からニュース番組や朝のワイドショーを見ていたが、どの番組も今日が裁判の初日であることすら取り上げてはくれなかった。

あれから河野からの連絡はないが、今日は傍聴席を求める列に並んでいるのか。気になり電車の中で何度もメールをチェックしてしまう。

今日は六月リリースのコンピレーションCDのジャケットや歌詞カード、雑誌用広告を手掛けるデザイナーを決める打ち合わせがあるのだが、気持ちがほとんど公判のほうに向いてしまっている。しかし、このCDはEWIレコードでの制作ディレクターとして初めての仕事になるので疎《おろそ》かにはできない。

「会社についたら、仕事に集中だ」

溜池山王駅のホームに降りるなり、両手で左右の頬をぱちん、と叩いた。

河野からの連絡が入ったのは、樹が自宅に戻った九時過ぎだった。しかも、今回はメールではなく、電話での連絡だった。東京駅で渡された名刺に書いてあった携帯電話の登録をついうっかり忘れてしまい、三回も着信拒否をしてしまったようだ。

「すみません……」

なんとなく気まずくなり、樹の声も自然に小さくなってしまった。

「いいえ、別に。こちらこそこんな夜分に申し訳ありません。それで今日の裁判なんですが」

「あっ」

テレビの画面に静岡地裁が映し出された。

「今、ニュースで行列が」

地裁前に並ぶ人々が上空から俯瞰で映し出されたので半ば興奮気味に言ってしまったが、すぐ後で、河野の話を途中で遮ってしまったことに気付く。

「……すみません」

「いいえ、別に」

ほんのさっき交わした言葉がまた繰り返される。河野のムッとしたような顔が浮かぶ。

テレビに目をやると、画面は犯行当時の模様が収められた動画に切り替わっていた。

犯人の予備校生が片手に刃物を持ち、奇声をあげながら駅前を走っていく姿。ほんの五秒もない映像に、再び戦慄を覚える。

「実は並んだんですが、傍聴することはできませんでした」

動画と、その後すぐに「犯行については後悔していないと主張」の字幕が映し出された。

「そうですか……」

そういえば、冒頭でアナウンサーが地裁前に約千五百人並んでいたと言っていた。

「でも、面会は申し込みました」

「誰にですか」

「被疑者です」

驚いて、えっ、という言葉も出なかった。

「今は公判中ですが、本人の意思次第で面会も可能だそうです。それに、警察の留置施設のほうが鑑別所よりも面会しやすいと聞いたので」

昔、刑事ドラマでよく見た「犯人との面会シーン」が思い浮かんだ。あんな感じで河野と犯人が対峙するのか。ドラマの中のシーンが急にリアルに感じられたが、もちろんあんまり楽しい気分にはならない。

「それで面会日がいつになるかはわかりませんが、その時は大路さんも同行お願いします。それでは、失礼し……」

「ちょ、ちょ、ちょっ、ちょっ、ちょっと待って！　い、今、なんて」

慌てるあまり、声が上擦《うわず》った。

「……なにか？」

「ど、同行って……僕もですか」

「そうですよ。ちゃんと聞こえているじゃないですか」

なぜそんなことを聞いてくるのかが河野には理解できないらしく、声が苛立《いらだ》っているように思えた。

「犯人に直接、歌のことを聞けるチャンスなんですよ。私は私で聞きたいことがありますし、面会時間もそう長くはないと思うので、役割分担通りに歌のことについては大路さんにお任せしたいのですが」

「わ、わかりました……」

役割分担通りに、と言われてしまうと、もう頷くしかない。とは言え、相手は凶悪事件の犯人である。聞くことは決まってはいても、人を殺した人間を目の前にしてどんな顔をしてどう話を進めていいのか。そして何よりも、怖い。人殺しをした人間に直接会うなんて、やっぱり怖い。

「でも……公判中だし、面会は無理なんじゃないですか」

すっかり怖気づいてしまい、樹はついそんな言葉を漏らしてしまった。

「なに言ってるんですか」

声のトーンが低い。しまった、と思ったがもう遅かった。

「大路さんは真実を知りたくないんですか」

語尾が震えているように聞こえた。怒りに震えているのか。樹はまた後悔した。

「もちろん、知りたいです。でも、ちょっとびっくりしたんで、つい」

まだ会えるかどうかも決まってないのに今からこんなにびびりまくって、ずいぶん情けない男だと思っているに違いない。

「こちらこそ、驚かせてしまったようで申し訳ありませんでした」

河野の声のトーンが先ほどとは違う。怒りが収まったように感じた。

「明日、弁護人に瑠々の担当ディレクターも一緒ですと伝えます。被疑者が瑠々の熱烈なファンなら即座に飛びつくでしょう。では日時が決まり次第、ご連絡します」

すでに面会が確約されたかのように自信満々に言うと、河野は通話を切った。

それから三日後。

会社帰りの電車の中で、岐阜の女子児童からの返事が来たというメールが入った。もちろん、担当弁護人を通じてのものではあるが、手紙はメールに添付されていた。

メール本文には、返事の内容は書かれてはいなかった。樹は途中の四谷三丁目駅でいったん降りたが、すぐにファイルを開くことができなかった。犯行時に瑠々の歌を聴いていたということが書かれていたらと思うと、気後《きおく》れしてなかなか指が動かない。

(「大路さんは真実を知りたくないんですか」)

先日の、低いトーンの声が蘇る。ふう、と大きく息を吐き、覚悟を決めて添付ファイルをクリックした。

『こんにちは。お手紙ありがとうございました。』

赤いリボンをつけたクマのイラストがちりばめられた便箋に鉛筆書きされた、丸い文字がスマートフォンの画面に映し出された。

『私は、るるちゃんの歌が大すきです。るるちゃんの歌は毎日聞いていました。早くるるちゃんの新しい歌が聞きたいです。これからもお仕事がんばってください。るるちゃんの大ファン[redacted]より』

マジックペンで塗り潰された名前が、女子児童が「犯罪者」であるという現実を否応なしに突きつけてくる。

手紙には、犯行時に瑠々の歌を聴いていたかどうかはひと言も書かれていなかった。答えを求めるためにもう一度、手紙を書いた方がいいのか。樹は考えた。赤と銀色の車両が幾度も樹の前で停車し、そして発車していった。

「血のついたバット」「死因は頭蓋骨と脳の破損による失血死」「殺人容疑で緊急逮捕」「おじいちゃんが暴力をふるうから　小6女子供述」「妹を守るために祖父を殺害することを計画」——。

正月休みに読んだ新聞記事の見出しが次々と頭の中を過《よぎ》っていく。

荒《すさ》んだ毎日の中で、女子児童は瑠々の歌を聴いていた。瑠々の歌を聴いている時だけが、現実から離れることができる安らぎの時だったのか。瑠々の歌を愛し、大切に思う気持ちが短い文面から感じ取れる。ならば、これほど大事に思う瑠々の歌を殺人現場へ「道連れ」にするとは思えない。いや、逆に「大事に思う」ものだったからこそ、ずっと一緒にと持っていた可能性もある。

赤いリボンのクマの便箋。鉛筆書きの丸い文字。黒く塗りつぶされた名前。「あの時」瑠々の歌を聴いていたかどうかの質問に、全く触れないでいる内容。

もし、仮に聴いていたとしても、彼女自身は「その時」のことを覚えていないかもしれない。殺すつもりがなかった祖母に手をかけてしまったほど、無我夢中でバットを振り下ろしてしまった女子児童の当時の精神状態を想像してみると、そう思えた。

だが手紙の最後に、「これからもお仕事がんばってください」と女子児童は書いた。結びの挨拶を書くということから女子児童の思慮深さがうかがえ、今現在の精神状態は安定していることが考えられる。

ならば、もう一度同じ質問を尋ねてみてもいいかと思ったが、返って来る言葉は同じように思えた。「あの時」のことはおそらく、女子児童の心の中で黒く塗りつぶされているのだろう。手紙に書かれた名前のように。

電車がホームに入って来た。走行風に髪が大きく嬲《なぶ》られる。樹はファイルを閉じると、まだ混み合う車内に乗り込んだ。

静岡での無差別殺傷事件の裁判員裁判は、被告が起訴事実を全面的に認めていることもあり、公判は四回、約三週間で終わった。

逮捕時から犯行について全く反省も謝罪もなく、ただ家族を困らせたかったという犯行動機の被告に対して、第三回公判期日で検察側は死刑を求刑。懲役二十五年を主張する弁護側の最終弁論、そして裁判官と裁判員の評議を経て、第四回公判期日で無期懲役の判決が下った。しかし、検察側は判決を不服とし、即日控訴した。

その翌朝、樹は新聞に掲載されていた「判決要旨」を読んだ。二人の命を奪い、三人に重軽傷を負わせたにもかかわらず、極刑が下されなかったことについては昨夜からニュース番組やSNS、インターネットの掲示板で議論が交わされていた。

「判決要旨」の中の「量刑理由の概要」には「自己中心的で身勝手極まりない犯行。突然、命を奪われた被害者、重傷を負わされた被害者が受けた恐怖や苦しみは計り知れない。遺族や被害者家族が極刑を望むのも当然である」としながらも、「幼いころから兄と比べられるばかりで、何をしても認められず、両親から充分な愛情を受けられないまま成長した被告の長年の苦しみや悲しみも最大限考慮し、無期懲役を科すのが相当」と記述されていた。

会社に着いて一時間ほど経った後、河野から電話が入った。河野が電話をかけてくるということは緊急かつ重大な連絡があるということだ。何か進展があったに違いない。樹は仕事を中断すると、非常階段の踊り場に急いだ。

「すみません、お仕事中に」

「いいえ、大丈夫です。それより」

いつもと違い、急かす樹に応じるように、河野はすぐに本題に入った。

「静岡の弁護士よりさっき連絡が入りまして、面会が可能になりました」

咄嗟に刑事ドラマの場面が浮かんだ。だが、そんな呑気《のんき》なことを考えられたのは、その一瞬だけだった。


面会日のその日は朝から雨が降っていた。

歩道や水たまりに散った桜の花びらを見て、いつのまにか春がやってきていたことに気付かされる。季節を感じることもなく、忙しさに追われることは今に始まったことではないが、時折、置いてけぼりを食らったように寂しく感じることがある。

樹は有休をとり、朝八時発の新幹線に乗った。新幹線に乗るのは、バンドのスタジアム・ツアー以来になるので、七、八年ぶりだ。あの時はグリーン車で、今日は普通車。座席のほとんどは出張へ向かうサラリーマンたちが占めている。

二人掛けの席の窓側に樹が腰を下ろしたすぐに、四十代後半のサラリーマンらしき男性が隣に座った。男はちらりと窓横のフックにかけてあるネイビーブルーのスプリングコートに目をやると、経済新聞を広げた。

どこかに観光にでも行くとでも思われているんだろう、と樹は思った。黒やグレーのスーツがひしめく車両に、ネイビーブルーのコートは明らかに浮いている。

樹はホームの売店で買ったサンドイッチをほおばった。やっぱり今日も味を感じない。

緊張していることは自覚していた。生まれて初めて行く、「拘留所」。生まれて初めて会う、「殺人犯」。河野から連絡を受けてから今日まで、浅い眠りの日が続いた。それと並行するように食も進まず、それでも食べようと口に入れてはみるが、日が経つにつれて味を感じなくなっていた。

ライブ直前の緊張とはまったく別ものの、この緊張にどう対処していいかわからないまま、今日の「この日」を迎えてしまった。気分転換にと思い、買った週刊マンガ誌も読む気にはなれない。乗車時間があまり長くないので居眠りもできず、手持無沙汰に自動ドアの上にある電光掲示板を眺める。時事ニュースに続き、各地の天気予報が表示された。静岡は「雨」とだけ記されていた。どうやら終日、雨のようだ。

途中、雨脚が強くなり、窓に大粒の雨だれを滴らせていたが、静岡に着くころにはやや小降りになっていた。待ち合わせは駅の改札口ではなく、県警の受付というところがなんとなく河野らしく思えた。

改札を出て、県警に向かう足がふいに止まった。振り向くと、北口と表示してあった。

駅に併設されている十階建てのビルには「エスパティ」とオレンジ色のロゴマークが印されている。新聞記事で何度も読んだ文字が姿かたちになって、待ち合わせ場所へと急ぐ自分の前に立ちはだかったように思えた。

事件から四か月。かつての「事件現場」は、以前と変わらぬであろう人々の往来があった。人間は忘れる生きものである、と何かで読んだことがある。樹は目を閉じて、しばし手を合わせた。顔を上げると、エスパティの一階にある雑貨店の女性店員がガラス越しにこちらを見ているのに気付いた。女性は小さく頭を下げると、客の応対に戻っていった。

道を赤黒く染めた血はもうない。だが、その血は人々の心の一番奥深いところに、沁み込んでいる。

駅から徒歩十分にある静岡県警に着いたのは、待ち合わせ時間十分前だった。学生時代は遅刻ばかりしていたが、ミュージシャンとしてプロデビューしてからは「挨拶」と「時間厳守」の二つが徹底された。挨拶がちゃんとできない、時間を守らない人間などだれも信用しないと担当ディレクターだった仲村に厳しく言われていたおかげで、遅刻は全くしなくなった。

緊張していることをさとられないように、余裕の構えで待っていようと思いきや、すでに河野は到着していた。ベージュのトレンチコートを手に持ち、黒のパンツスーツ姿。髪をひとつに束ねている以外は、たぶん東京駅で会った時と同じ格好である。

「おはようございます」

河野の表情はいつも通りで、緊張しているような雰囲気はない。さすが新聞記者だなと感心しながらもその反面、どんどん緊張度が加速している自分が情けなく思う。河野に判らないように、樹はゆっくりと息を吐いた。

「河野さん、すみません」

声がした方向を見ると、白髪の小柄な老人が小走りで近寄って来た。

「私たちも今来たところですから。あ、大路さん、紹介します。こちらは弁護士の降田さん、降田《ふるた》忠男《ただお》さんです」

河野の言葉が終わると同時に、降田は頭を下げ、名刺を両手を添えて樹に差し出した。樹は受け取ると、降田と同じように名刺を差し出した。降田は受けとった名刺をキラキラと目を輝かせて見入っていた。

「EWIといえば、坂田ふゆ美ちゃんのレコード会社ですよね！　僕、デビューした時から彼女の大ファンなんですよ。こないだ文化会館でやったリサイタルにも行ってきました」

にこにこと人懐こそうな表情だけを見ると、弁護士という職業についているようには見えない。親戚に一人はいるような気の良いおじさんという感じだ。

「そうなんですか。じゃあ、今度新曲が出たら見本盤お送りします」

「あ、いいえいいえ、結構ですよ！　なんだか催促したみたいな感じになってすいません。その代わり、ふゆ美ちゃんにこれからもいい歌たくさん歌ってくださいとお伝えください」

ぺこり、と頭を下げたあと、降田の表情が変わっていた。

「じゃあ、参りますか」

降田はそう言うと、受付カウンターで入構手続きを始めた。途切れていた緊張感が再び高まる。樹は横にいる河野に目をやった。河野の表情は全く変わっていなかった。

面会時間は約二十分間。樹、河野、降田の他、警察官が一名立ち会う。降田によると、被疑者の両親は事件後、仕事を辞め、親戚縁者のいない土地へ引っ越し、兄は大学を休学し、精神科へ通院しているという。そのため、着替えなどの差し入れは降田が請け負っているそうだ。

「じゃあ、御両親は面会には」

河野の言葉に、降田は黙って首を横に振った。

「彼は……特に気にしていないようですがね……」

自業自得だと思いながらも、なんとも言えぬ寂しさがこみあげてきた。樹たちを乗せたエレベーターは地下三階で止まった。

人の気配もなく、物音ひとつも聞こえないフロアは、ある種の不気味さを感じさせる。降田を先頭にして、樹と河野は縦一列に廊下を歩いた。

案内されたのは、フロア奥から二番目の部屋だった。ドアを開けると、すでに警官が待機していた。降田は警官に会釈をし、中に入っていく。樹と河野も会釈をし、その後に続いた。

部屋の広さは六帖くらいで想像していたよりも広い。部屋を分断するように、刑事ドラマでよく見たアクリルシートがある。物珍しさからきょろきょろする樹を見て、河野が小さく咳払いをした。バツが悪そうに頭を下げた樹を見て降田は微笑むが、すぐに笑みを消し、腕時計に目をやった。

「……そろそろ来ると思います」

その声のすぐ後、複数の靴音が廊下から聞こえ、間もなくしてドアが開いた。

すると、なぜか急に部屋の中の空気がひんやりとし始めた。外は花冷えの雨ではあるが、外気の冷たさではない。これは、人を殺《あや》めた者が纏《まと》う「気」のようなものなのか。

今まで感じたことがない異様な雰囲気に樹は視線を上げられないままでいた。腰縄が解かれ、カチャカチャと手錠を外す音が聞こえてきた。

ギシリ、と折りたたみ椅子に座った音がした後、樹はゆっくりと視線を上げた。

瞬間、目と目が合い、どきり、と音を立てて心臓が大きく動いたのが判った。

「こんにちは」

ぼそり、とまるで独り言のような声。

シートを隔てたほんの目の前に、青白い顔をした青年がいた。

スポーツ刈りの髪。顔かたちは全体的にこれといったような特徴がないが、おとなしそうな印象を受けた。

動画では顔がもう少しふっくらとしていたように見えたが、今は頬の肉が削げ落ちて、ダンガリーシャツの肩の部分がぶかぶかだ。十キロ近く痩せてしまったのかもしれない。まだ十代にもかかわらず、髪の毛には若干ではあるが白髪が混じっていた。

「……こ……んにちは」

狭い空間での殺人犯との対面に、緊張感が嫌でも増してくる。

明らかに緊張している樹に対して、青年は表情が動かない。横に座っていた河野がバッグからノートとペンを取り出しながら、青年に話しかけた。

「静岡日報の河野優と申します。早速ですけど、質問してもいいですか」

二十分という限られた時間の中で、ひと言でも多く彼の言葉を聞きだしたいのだろう。河野はノートを広げると、次々に青年に質問をぶつけた。子どもの頃のこと、初恋、得意なスポーツ、学校での思い出、遠足、運動会、部活、修学旅行、よく読んでいた本、好きなテレビ番組や映画——。

犯行に関しての質問はいっさいなく、ほとんどが思い出話や趣味嗜好に関するものだった。

青年は時々、間を置きながらも、河野の質問に敬語を使ってすべて答えていた。しかし、その答えはまるで彼には「思い出」というものがないのでは、と思わせてしまうほどの簡潔なものだった。とは言え、犯罪者に対してそぐわない表現ではあるが、その態度は真摯なものだった。受け答えするその姿を見ているうちに、彼が凶行に及んだ人間であることをふっと忘れてしまいそうになる。ぼそぼそと話す、少し聞きとりづらい声を河野は文字にしてノートにペンをすべらせて刻んでいく。

面会時間があと十分を切ったところで、

「じゃあ、私の質問はこれでおしまいです」

次、どうぞと河野は軽く会釈をして樹を促した。

「あ、ああ……はい」

いきなり振られて内心慌てたが、それをごまかすように樹は咳払いをした。そんな樹を見ても、青年は無表情だった。

「あの……EWIレコードの大路樹と申します。君は瑠」

「オレ、正直、この人と話がしたくて、面会にオッケーしたんだけど」

さっきまでぼそぼそと話していた声が突然、大きくなって樹の声にかぶさって来た。

「だってさ、毎日つまんねーんだもん。おまわりさんに話しかけてもダンマリ決め込んじゃってるしさぁ、降田さんは用事済んだらさっさと帰っちゃうし。鑑定受けてたときは、鑑定士さんと毎日話ができたけどさ」

青年は椅子ごと身を乗り出してきた。後ろに控えていた警官が慌てて制止しようとしたが、降田が「大丈夫ですから」というと、また元の立ち位置に戻った。

目をそらせないほどの近さにある殺人犯の顔にどうしていいかわからず、樹はただ見つめ返すしかできないでいた。顔のこわばりが自分でも判る。

「ねえ、瑠々ってまだ見つかってないの？」

「えっ」

逆に質問されて驚く樹を気にすることもなく、青年は言葉を続けた。

「瑠々の極秘情報とかでもいいけど、タレントの誰と誰がつきあってるとか別れたとかさ、いろいろ教えてよ。どうせオレは無期か死刑なんだから、秘密が漏れる心配はないんだし。ね、なんか知ってるでしょ、芸能界のウラ情報」

先ほどまでとはまったく違う、ギャップがありすぎる態度。横にいる河野の顔は見えないが、唖然としていることだろう。

「ちょっと待ちなさい。そういうことは、大路さんのお話が終わってから聞けばいいでしょう」

黙ったままでいる樹に、降田が助け舟を出した。

「はーい」

青年は露骨につまらなそうな顔をすると、乗り出していた身体を補助いすに深く沈めた。まるで担任から注意をされてふてくされる生徒のようだ。樹は改めて青年に語り掛けた。

「僕からの質問はひとつだけです」

青年の視線は樹から逸れて、右手人差し指にできているささくれに集中していた。

「君があの時、瑠々の歌を聴いていたかどうか。僕はそれだけが知りたい」

ささくれを剝がす指の動きが止まった。

「あの時って？」

しらばっくれているのか、それとも本当にわからないのか。でも、言うしかない。樹は青年をじっと見据えると、

「……静岡駅北口で君が通行人に向かって刃物を振り回していた時」

記憶を呼び起こさせるように、ゆっくりと言った。あー、と半ば気が抜けたような声がした。青年は再び、ささくれを剝がし始めた。

しばらく無言の時が続いた。青年はまだささくれを剝がし続けている。剝がしながら、あの時の出来事を思い返しているのかどうかはわからない。

「あと三分です」と、後ろから警官の声が聞こえた。青年の爪の脇にあったささくれが剝

がれて、そこから血が滲み始めた。

「聴いてたかなあ」

瞬間、落胆した樹の顔が面白かったのか、青年は薄笑いした。

「でも、聴いてなかったかもしれないなあ……あ、聴いてたかもなあ……やっぱり聴いてなかったかもなあ……」

一拍ほど間を置きながら「聴いた」「聴いてなかった」を交互に繰り返す。からかうようなその態度に、樹はだんだんと腹が立ち始めた。しかし、限られた時間を無駄にはできない。今は怒りを抑えようと思った時、バン！　と机をたたく音が横から聞こえた。

「大人をからかうのもいい加減にしなさい」

机をたたいたのは河野だった。

「この人は瑠々の担当ディレクターとして、ずっと頑張っている人なの。そんな人に対して、バカにしたような言動や行為は自分を余計に貶《おとし》めますよ」

怖《こえ》え、と青年が呟いた。河野の表情は見えないが、なんとなく想像はできる。樹はそれよりも河野が自分のことを「ずっと頑張っている人」と言ったことに驚いていた。知り合ってまだそんなに月日は経っていないのに、そんなふうに見てくれていたことが驚きだった。

「で、どっちなんですか。聴いていたんですか？　聴いてなかったんですか？」

河野の問いに青年は「うーん……」と唸ると、そのまま黙り込んでしまった。樹は青年に気付かれないように腕時計を見た。時間はあと二分。答えを聞けないまま、時間切れになってしまうことだけは絶対避けたい。だが、こうしている間にも時間はどんどん経っていく。樹は焦り始めた。

「あの歌さあ、タイトルがすごくいいと思ったんだよね」

突然、青年が話し始めた。

「『ひとごろしのうた』だなんて、もう直球。ド直球すぎて。オレのための歌かと思ったよ。あと、二番目の歌詞が好きだな」

いきなりの展開に驚きながらも、樹はなんとか話をつなげてみようとした。

「……なんで、二番目の歌詞が好きなんだい」

「んー、共感するところがちょっとあるから」

樹がもう少し詳細に訊こうとすると、青年が立ち上がった。

「**いたかったでしょう　とげがささったまま　こころが赤いなみだながしてる**」

いきなり歌い始めた青年に警官が近づき、座るように促す。だが、青年は大きく首を横に振って拒絶した。降田が頭を下げると、警官は元の立ち位置に戻った。

青年は再び歌い始めた。

「**こぼれたしずく　ぬぐってあげる　こごえた身体　だきしめてあげる**

このぬくもりを　かんじてよ　とおいきおく　おもいだして
いつもそばにいたのに　たすけてあげられなくて　ごめんね　ごめんね
ああ　ぜんぶ　ぜんぶ　ゆめだったらいいのに　ゆめだったらいいのに
だって　ゆめは　めがさめたら　めがさめたら　それで　おしまい」

動画の中で不気味な奇声を発した人物とは思えないほどの、優しさと繊細さを感じる歌声だった。

力を入れるところ、抜くところが瑠々の歌い方とほとんど同じで、何度も何度も歌を聴き込んでいたことがよく判る。青年は歌い終わると、静かに椅子に腰を下ろした。

久々に歌ったことで少し気分が晴れたのか、さきほどまでの表情からやや硬さが消えたように見えた。青年も緊張していたのかもしれない。すると突然、青年が話し始めた。

「最初は、親を殺してから、東京の兄さんを殺そうと思ってた。でも、あの人たちを殺した時点で捕まっちゃうと自分の考えていた復讐と違うと思ってやめた」

それは自分が読んだ新聞記事にはどこにも書いていなかった言葉だ。樹が気づいたと同時に、河野がノートに書き留め始めた。

「それで、駅前にいた人たちを襲ったの……」

「うん」青年は事も無げに言った。

エリート家族の中で青年が長年、劣等感に苛《さいな》まれていたと書かれた記事を樹は思い出していた。

両親や兄のせいで生まれた劣等感のために自分の人生がつまらなくなった、家族を一生苦しめるために人を殺した——記事を読んだときに感じた胸の奥の痛みがまた、蘇って来た。それは、自分も同じように悩み苦しんだことがあった記憶からの「痛み」だった。

「僕も君と同じように兄貴といつも比べられていたよ」

青年が「えっ」と言うように、樹を見た。

「兄貴とは四つ違いで、勉強もスポーツも何もかも出来が良くてさ、両親は、特に母親は兄貴に夢中だった。有名私立中学受験のために小学四年生から家庭教師つけて、塾にも通わせてた。だけど僕には全然見向きもしてくれなかった」

「へえ」

そっけなく返しながらも、青年に特に拒絶するような様子は見られなかった。自分の話に興味を持ったように思えた。家庭環境はかなり違うが、ちょっとだけ共感を持ってくれたのかもしれない。

「僕がたまーにテストでいい点取っても、兄貴が百点取ってくるから全然誉めてくれないんだよ。そんな感じだからだんだんつまんなくなってね、そのうち勉強するのやめたんだ。なんのために自分が勉強してるのか全然わかんなくなってさ」

あはは、と声を上げて青年が笑った。「それ、わかる」と言うと、

「勉強してる時ってさ、一日のいろんな時間の過ごし方の中で唯一、自分と向き合ってる時間だと思うんだ。オレ、いつも何のために勉強してるんだろうって思いながら勉強してたなあ」

記憶を思い起こすような言葉つきに、もう二度と戻ることのない彼の「日常」を思った。彼にとってそれは苦しく、辛い思いしかないかもしれないが。

「じゃあさ、なんで殺さなかったの」

質問の内容としては異様ではあるが、その答えは考えるまでもなかった。

「あるギターに出逢ったから」

樹の頭の中で、久々にあの音——六九年型レスポール・カスタムが轟音を響かせた。

「あのギターがあったから自分は生きていくことができた。もちろん、辛いことや苦しいことはあったけど、それでもじぶんの人生に絶望しなかった」

「ふーん……」

青年はつまらなそうに言うと、乗り出していた身体をひっこめた。今度は逆に樹が身体を乗り出した。

「僕にギターがあったように、君にも、お兄さんにはできない、だけど君にはできる何かがあったはずだよ！」

「人殺し、とか？」

「……」

言葉に詰まった樹を見て、青年は薄く笑った。

「正直、それしかないよ。っていうか、オレにしかできないことがあるって、今ごろ言われてもねえ」

抑揚のない声。樹ははっ、とした。

確かにそうだ。彼にとってこれからの人生は、下された判決に準じていくだけのものでしかない。遅すぎた慰めだ。樹は唇をかんだ。

青年は警官に両手を差し出し、手錠をかけるように促した。腕時計を見ると、二十分を少し過ぎていた。

「あ、そうだ」

腰縄をまかれながら、青年が何かを思い出したようにつぶやいた。

「さっきの質問」

樹は咄嗟に顔をあげた。

「正直、あんまりよく覚えてないんだよね。聴いていたことは覚えてるけど、駅に着くまでだったかもしれないし」

「……そう……か」

さきほどの「聴いていたかもしれない」「聴かなかったかもしれない」をくり返してい

たのは、からかっていたわけではなかったのだ。

「なんか答えになってなくて、すみません」

青年はちょこんと頭を下げた。彼の申し訳ないという気持ちが伝わって来た。

「でも、今日は会ってくれてありがとう」

樹は立ち上がり、深く頭を下げた。河野は座ったままで頭を下げていた。

「ありがとうなんて言われたの、初めてかもしんない」

青年は照れくさそうに言った。はじめて見る柔らかな表情《かお》。だが、

「人殺しに頭さげることなんかないよ」

その声は硬かった。

「さよなら」

樹と河野を交互に見た後、青年は言った。それは、自分たちへ向けてではないように樹には聞こえた。

ドアがぱたん、と閉められた。その後、しばらく聞こえていた靴音は突然、消えた。

青年は「たったひとりだけの世界」へと帰っていった。

控訴審は夏頃になるだろう、と別れ際に降田は言った。

受付前で降田と別れた後、身体が妙に重たく感じた。あきらかに緊張疲れだ。

「大路さん」

後ろを歩いていた河野が話しかけてきた。

「お茶でも飲みませんか」

樹は後ろを振り向いて、黙ったまま河野を見つめた。今まで自分に対して「事務的」な対応をしてきた河野からそんな言葉をかけられるとは思わなかったからだ。

「もちろん、お時間がありましたら……ですけど」

河野は慌てて言葉を継ぎ足した。

「いや、時間はだいじょうぶです。ちょっと煙草も吸いたいし」

「すみません、私、煙草嫌いなんで」

「苦手」とは言わず、「嫌い」と言ってしまうところが河野らしく思えた。煙草は吸いたかったが、ここ静岡は河野のシマだ。堪《こら》えよう。

自動ドアを抜けると、まだ雨が降っていた。東京から持ってきたビニール傘を開くと、樹は河野の後に続いた。薄いピンクの小花がちりばめられた河野の傘の絵柄になぜだかほっとしたような気持ちになった。

県警から歩いて十分弱ほどの距離にあるその小さな喫茶店は、コーヒーチェーン店が居並ぶ昨今においては、ちょっと「浮いている」店構えであった。

木製の引きドアや木枠の窓など、良く言えば「アンティーク」な雰囲気ではあるが、ドアも窓枠も壁も塗装がほとんど剝がれている状態なので「オンボロ」と言ったほうが正しいかもしれない。

年季が相当入った外装の迫力に押され、入ることを一瞬ためらってしまうようなそんな喫茶店『トレモロ』に、河野は躊躇することなくドアノブを引いた。樹はあわてて傘をたたみ、ドア前にある傘立てに入れた。

「いらっしゃい」

カウンター越しに、マスターと思われる七十代くらいの男性が二人に軽く会釈をした。あいにくの天気のせいで客はひとりもいない。

あまり広くない店内はきょろきょろ見回すまでもなく、内装がひと目で把握できた。テーブル席が三つ。それぞれ小ぶりのステンドグラスの照明スタンドが飾られ、ラフスケッチにカラーインクで着色した果物の絵が壁にかけてあった。

角が黒ずんでいる赤い革張りの椅子に樹と河野が腰かけると、

「ユウちゃん、いつもの？」

マスターが声をかけた。河野は常連客のようである。ここでは「優《まさる》」ではなく、「優《ゆう》」と呼ばれているようだ。

「この人にも同じのをお願いします」

河野が笑顔を浮かべて返すと、マスターはホーローポットに水を入れた。ポットを一口ガスコンロの上に置いてツマミを左に回す。そして、後ろにある棚からコーヒー豆を取り出し、手動の木製コーヒーミルに入れると、ガリッガリッと音を立てて豆を挽き始めた。手の届くところに必要なものが置いてあるので、無駄のない流れるような動作ができる。年季が相当入っているのは、店構えだけではないのだ。

ＢＧＭもテレビもない店内に、マスターがコーヒーを淹《い》れる音だけが聞こえる。特に親しくもない人間同士が向かい合わせに座っている、というある種の「気まずさ」と疲れで思考回路が停止してしまったのか、樹と河野はしばし言葉を交わさないでいた。しばらくすると、香ばしい薫りが店内に漂い始めた。

「はい、おまちどうさま」

マスターがコーヒーを運んできた。白いカップから湯気とともに薫りがふんわりと漂う。

「いただきます」

「ごゆっくりどうぞ」

一口飲むと、ブラックなのにほのかな甘みを感じた。と同時に、さきほどまで身体が重たく感じるほどの疲労感が魔法にかかったように消えていく。銘柄にはあまり詳しくはないが、なんのブレンドだろう。仕事中にコーヒーをよく飲むが、こんなことは初めてだ。

「うまい……」

樹の言葉に安心したように、河野がコーヒーカップに口を付けた。樹はもう一口飲むと、椅子の背にゆっくりと寄りかかった。

「さすがに緊張しました」

「私もです」

樹にはその言葉が意外に思えた。青年に面会する前も、その最中も、緊張しているような雰囲気が河野からは感じられなかった。でも、「そうですね」ではなく、「私もです」と返したのは本当に緊張していたからだろう、と思った。

「この店、いつも来てるんですか」

「ええ、はい」

やや声に張りがないように思えた。疲れて今はあんまり話したくないのかもしれない。樹はそれ以上話しかけるのをやめた。

コーヒーをひと口、ふた口飲みながら、時折、窓の外に目をやってしばらくぼんやりとしていると、

「ここは隠れ家みたいなものです」

ふいに聞こえた声。今までとは違い、気のせいか柔らかな響きがあった。

「何か考え事をしたかったり、逆に考え事なんかしたくなかったりする時に来ます」

「そうですか……コーヒーはうまいし、リラックスするにはいいところですね」

河野は小さく頷いた。オーダーを聞いたら必要以上に話しかけないマスター。小ぶりな店構えではあるが、ほどよい距離感が保たれているように感じた。樹は下北沢のバーを思い出した。

「彼にもこういう場所があったら……って今、思いました」

河野がかすかに頷いた。

「……そうですね。どこか自分自身を解放できる場所や趣味のようなものがあれば、状況は変わらなくても、多少は心に余裕が持てたような気がします」

樹の脳裏に、青年の歌声が過った。

何度も何度も聴き込んだことが判る歌声。たぶん彼にとって、瑠々の歌が自身を解放できるものだったのだ。両親と兄への憎悪に暮れる毎日の中で、瑠々の歌声は一体どんなふうに彼の心に響いていたのだろう。あの歌に救いを求めていたのだろうか。それとも、積み重なった歪んだ感情をまた重ねるように募らせていったのか。だが、その答えを聞くことはもう、ない。

樹はコーヒーをまたひと口含んだ。少し冷めたコーヒーは甘みが消えて、酸味と苦味を強く感じた。

「実は俺、彼に怒鳴りつけてやるつもりだったんです。お前は瑠々の人生までめちゃくちゃにしたんだって」

河野は驚いたのか、目を大きく見開いた。

「あ、すいません。なんか驚かしちゃって」

樹が慌てて謝ると、河野は首を横にふった。

「でも、お気持ちは判ります。彼女の歌自体はなんにも関係ないんですから。瑠々もあの事件の被害者ですよ」

「被害者……か」

樹はまた椅子にもたれた。

「今までそんなふうには思ってなかったけど、河野さんに言われて、彼を怒鳴りつけたくなった気持ちの根源が判りました。でも、結局言えなかった……結局なんだかんだ文句言っても小心者なんですよ、俺」

深く息をついた樹を、河野は見つめた。

「きっとそれは、瑠々が望んでいることじゃないからだと思います」

「瑠々が望んでいることじゃない」

思わず繰り返していた。河野は今度は深く頷いた。

「ずっと瑠々のことを考えている大路さんだから、そんな気がしました」

河野にしては「らしくない」言葉だった。もっとも、「らしくない」と言うほど親密な間柄ではないけれど、樹はそう感じた。なんの確証もない言葉だが、それでも担当ディレクターとしては嬉しく思えた。

再び、無言の時が流れた。美味いコーヒーでリラックスできたおかげか、なにも言わない、なにもしないでいることに樹はあまり焦りを感じなくなってきた。河野も雨に濡れる街並みをただ見つめていた。

突然、ビートルズの『抱きしめたい』のイントロが聞こえてきた。

同時に、河野の身体が大きく跳ね、横に置いていたカバンから掘り起こすようにして急いでスマートフォンを取り出した。

「はい、河野です。お疲れ様です」

電話で聞きなれたいつもの声になっていた。河野はスマートフォンを耳に当てたまま、店の外に出て行った。

「ユウちゃんのお友達ですか？」

マスターがカップを下げがてら、樹に尋ねた。説明すると長くなるので、樹は「はい」と頷いた。

「あの子がここに人を連れてくるの、今日が初めてですよ」

マスターはにこにこと笑いながらカウンターに戻ると、またカップを持って来た。香ばしい薫りがまた漂う。カップにはコーヒーが注がれていた。

「サービスです」

カップを置くと、マスターはすぐにカウンターに戻った。それと入れ替わるようにして、河野が席に戻って来た。

「すみませんでした」

伏し目がちに頭を下げる河野に「だいじょうぶですか」と樹が声をかけると、河野は伝票を手に取っていた。

「社に戻ります。午前半休とっていたんですが、急に打ち合わせが早まってしまって」

カバンを肩にかけながら河野は樹のカップを見た。

「大路さんはゆっくりしていってください。今日は有難うございました」

そう言って深くお辞儀をした河野に、樹も慌てて頭を下げる。会計を済ませると、河野は振り返って樹を見た。

「また何かありましたら連絡します」

席に戻ってから三分もしないうちに、河野は店を出ていってしまった。閉められたドアをぽかんと見つめる樹を見て、マスターが苦笑いをした。

「彼氏より仕事なんですよ、今のユウちゃんは。許してあげてくださいね」

「かっ、かっ、彼氏じゃないですよ、僕は!!」

サービスのコーヒーの「真意」が判った。だが、こういう時、否定すればするほど「照れ隠しをしている」と勘違いされる場合がある。樹は気持ちを落ち着かせようと、コーヒーを飲んだ。飲みながら窓の外に目をやると、信号待ちする河野の後ろ姿が見えた。カバンを頭に乗せて傘替わりにしている。

樹は立ち上がると、河野が座っていた椅子を覗き込むようにして見た。傘は見当たらない。ドアをあけて傘立てを見た。ビニール傘が三本。そのうちの一本は静岡に向かう前にコンビニで買った樹のもので、あとの二本はいつから置いてあるかわからないくらいに傘の柄が錆びていた。薄いピンクの小花が描かれていた河野の傘は見当たらない。

「すみません、すぐに戻ります」

ドアを開けてマスターにそう言った後、樹はビニール傘を片手に河野の後を追った。

河野は信号を渡った側のビルの脇で雨宿りをしていた。雨脚が急に強くなったせいで、足止めをくらっていたようだ。河野は走って来る樹を見るなり、驚いた顔をした。

「なんで」

口の動きからしてたぶん、河野はそう言っただろう。すっかり濡れ鼠になってしまった樹を驚きと呆れが半分ずつ混ざったような目で見つめると、河野はカバンからハンカチを取り出した。ハンカチを差し出した河野の手と、ビニール傘を持った樹の手が交差する。

「なんで」今度はちゃんと声が聞こえた。

「これ、使ってください」

「なんで」とまた河野が言いそうになったので、樹は河野の顔の真ん前に傘を差しだした。

「コーヒーご馳走になったお礼です」

「でも」

「それと、面会をセッティングしてくれたお礼です」

「いえ、でも」

「あと、問い合わせメールに返信してくれたお礼です」

それでも河野は頑なまでに受け取ろうとしない。樹は河野の手からハンカチを取ると、その手で傘の柄を握らせた。

「じゃあ、そこの信号まで」

樹は河野に持たせた傘を開くと、エスコートするように背中に手を添えながら歩き出した。傘からはみ出た右肩と腕を雨が濡らしていく。河野の肩が濡れていないかどうかを見たとき、河野が自分を見ていることに気付いた。

樹も反射的ではあるが、河野を見つめ返した。途端に速まる心臓の鼓動に、「なんで」と今度は樹が言いそうになった。

青信号が点滅し始めた。

樹は傘の柄を河野に握らせると、横断歩道を走りだした。樹が渡り切った瞬間、信号は赤に変わった。

「大路さん！」

河野は声を張り上げた。その表情はまだ困惑したままだ。何かを言っているのが口の動きで判るが、行きかうトラックやバスの走行音のせいで動きも声もかき消されてしまい、良く判らない。

樹は大きく手を振ると、『トレモロ』に向かって走り出した。春になったとはいえ、雨はまだ冷たく感じる。店に戻ったら、もう一杯コーヒーを飲もう。

角を曲がる前に振り向くと、河野の姿はもうなかった。


岐阜家庭裁判所が、女子児童を医療少年院への送致とする保護処分の決定を出したというニュースを、樹は帰りの新幹線の電光掲示板で知った。

東京に近づくにつれ、田畑が続く風景に少しずつ高さのある建物が増えていく。徐々に雨はやみ始め、薄い曇が空を覆いはじめた。車窓から景色を眺めながら、樹は改めて三つの事件について考えた。

岐阜は十二歳、静岡は十九歳、この二つの事件の犯人は未成年者で、それぞれの犯行動機には「家庭環境」が大きく絡んでいる。

家族との隔たりからくる孤独感、募る憎悪、学校と家庭だけの狭い世界。次第に心のコントロールを失い、追い詰められ、そしてふたりは罪を犯した。

大宮の事件は、被害者と一緒にいた知人女性が犯行を否認し続けているので、まだ犯人とは断定されてはいない。それ以前に、事件に対しての報道が少なく、捜査状況、犯行動機、容疑者についての情報などがまったくわからないままだ。事件発生からすでに三か月以上経っている。犯行を否認し続けているとはいえ、何か進展くらいあるはずだ。

樹はスマートフォンを取り出した。事件のその後について検索すると、証拠不十分ということで二回目の拘留請求は却下され、容疑者の女性はすでに釈放。そして警察側は公判請求せず、女性は不起訴となったことがニュースサイトに掲載されていた。

釈放された時期については不明ではあるが、検索した刑事事件専門の弁護士のサイトによると拘留期間は十日間ということなので、年明け早々には釈放されていたということになる。「さいたま新聞」から返信が来なかった理由がなんとなく判った。

新聞の掲載があまりなかったことと、岐阜と静岡の事件に気を取られすぎていたことが盲点となってしまったが、事件発生当初から一貫して犯行を否認していたその女性の身の潔白が認められたことに樹はホッとした。

この女性に会うことはできるのだろうか——。

岐阜と静岡の事件と違い、瑠々の歌は被害者が聴いていたとされている。この女性を通じてそれを確かめたい。それでも、慎重に慎重を重ねるくらいの気持ちで行わなければ、その女性の心の傷を余計に深めることになってしまう。

さて、どうしよう。樹は目を瞑った。

いくつか方法を考えたうえで、河野に相談してみようか。頭の中でいろいろと考えを巡らせていくうちに、いつのまにか眠りに落ちていた。

それから特に動きのないまま、一週間が終わろうとしていた夜。

ＥＷＩレコードの本社ビル八階にある二つのレコーディングスタジオのうちのひとつ「第3スタジオ」が約半年間の改装補修工事を終え、樹を含めた邦楽制作ディレクターやレコーディング・エンジニア、マスタリング・エンジニアたちにいち早く披露された。

今から四十年ほど前に、最上階の二階層相当部分に設計された二つのレコーディングスタジオは当時、最新の技術を結集させた日本最高のスタジオとして話題を集めた。特に、「第3スタジオ」は床のフローリングには天然木を使用し、音の反響を高めるために壁には煉瓦を入れた。そんな「3スタ」では国内外のミュージシャンたちのレコーディングが数多く行われ、幅広いジャンルの作品を生み出した。

樹自身もバンド時代、一枚目から四枚目までＣＤのレコーディングで利用したことがあるので、「3スタ」は思い出深い場所である。

「なにしろこの工事は遠藤さんの肝いりだったからなあ」

今回の工事で一・五メートル加え、七メートルの高さになった天井を見上げながら、長《は》谷部《せべ》がつぶやいた。長谷部は制作部でハードロック系を担当している。ちょうど今、去年ADSNルームのオーディションで麻衣子が選出した、四人組女性ロックバンドのデビューCDのレコーディングの真っ最中である。

長谷部の言葉を聞いて、樹はスタジオを見回した。工事担当者の説明によると、機材においては最新鋭のミキシングコンソールを導入し、常設のアナログアウトボード機材も大幅に拡充させたという。そして、今まで第2スタジオでしかできなかった同じコントロールルームでのリズム録りからミックスまでの作業を、「3スタ」でも可能にし、マスタリングルームも完備した。

「しかし、この音楽業界不況時において、かなり挑戦的な改修工事でしたよね」

「遠藤さんだったから上を説得できたんだよ。誰かさんじゃあ、説得はおろか、金がもったいないって工事なんかさせないよ」

「ほんと、ほんと。二言目には『予算がない』だもんな」

「三言目には『前例がない』。四言目には『数字は嘘をつかない』」

「ないないづくしで何ができるかっつーの」

ディレクターたちの視線は自然と部長の安永光雄に向けられた。そんな話がされているのも知らずに安永は受付横で来客たちに笑顔を浮かべ、大きな声で挨拶をしている。

演歌畑から異動してきた安永と制作ディレクターたちとの軋轢《あつれき》は、多少樹の耳にも聞こえていたが、実際、こうして直に話を聞いてみると、誰ひとり安永の考えや、やり方を受け入れていないのが判る。樹はまだコンピレーションCDの担当なので、あまり安永と話す機会はないが、アーティスト担当になった時のことを考えると、ちょっと気が重い。

「改修工事が無事に終われたのも、瑠々のおかげですよー」

意味が判らず、樹は若林を見た。

「瑠々は前年度の邦楽部門トップセールスだったじゃないですかー。だから、瑠々がこのスタジオを作ってくれたようなもんですよー。そのうち、『瑠々スタ』とかって呼ばれるんじゃないんですかー」

笑顔を交えながら若林はそう言うが、半分嫌味のように思え、樹はあまり嬉しく感じなかった。

「ひどーい、若林君。あなたが今担当してる『ヱキゾテクニカ』も多少なりとも貢献してますけど」

万里江が若林の背中を強く叩いた。痛みに顔をゆがませた若林を見て、周りにいた制作ディレクターたちが一斉に笑った。

樹はそっとその場を離れた。再びスタジオを見回しながら、遠藤のことを思った。最新鋭の機材と最高の制作環境を備えたこのスタジオは、病気療養のために第一線から身を引かざるを得なかった遠藤の、自分たちへのはなむけのように思えた。

「イッキ」

懐かしい声が背後から聞こえた。

「な、仲村さん！」

振り向くと、バンド時代の担当ディレクター・仲村高広がにっこりと笑みを浮かべて佇《たたず》んでいた。こうして会うのは解散以来だ。今は「ヴィクトリア・エンタテインメント」の邦楽制作グループのゼネラルマネージャーをしている仲村は、少し白髪が増えたが童顔な顔つきも体形も当時とあまり変わっていない。懐かしい思い出があるスタジオの中で会ったせいか、なんだか昔に逆戻りしたような気分になった。

「今度、うちのアーティストでも使わせてもらおうと思って、カワさんと一緒に潜入してしまいました」

「えっ、カワさん来てるんですか！」

フロアにひしめく人の中から懐かしい顔が近づいてきた。丸顔に丸眼鏡、丸々とした身体。ゆるキャラのような愛嬌のある風貌をしているが、名盤と言われるレコードやCDのスタッフクレジットには必ず彼の名前がある――レコーディング・エンジニアの川田《かわだ》保《たもつ》が手を振りながら樹と仲村のところにやって来た。

「いやあ、久しぶりだねえ、イッキ君。元気そうで何よりだよ」

「こちらこそ、お久しぶりです。たしか今、ロンドンに住んでらっしゃるんですよね」

「そうそう。もう四年くらい経つかなあ。でも、このスタジオ見たくなって飛んできちゃったよ、飛行機で。あははは、当たり前か」

笑う顔に懐かしさがこみあげる。徹夜続きのレコーディングで息が詰まりそうになった時、こうして冗談を言ってよく和《なご》ませてくれたことを思い出した。

川田は樹のバンドのデビュー曲から最後にリリースしたCDまでのエンジニアを務めてくれた。ソロCDも手掛けて欲しかったが、新しく担当となったディレクターの意向により別のエンジニアになってしまった。それから疎遠になってしまったので、川田に会うのも仲村と同じくらい久しぶりになる。

「今更ですが、いろいろとお世話になったにもかかわらず、挨拶が遅れてすみません」

樹は名刺を差し出した。

「イッキ君もついにギョーカイ人だねえ」

「まさか同業者になるとは思わなかったよ」

仲村と川田はニコニコしながら名刺を受け取った。

「瑠々を担当してるんだよね。僕、CD買ったよ」

川田はカバンの中から瑠々のCDを取り出して樹に見せた。

「あ、ありがとうございます！」

樹は川田に深く頭を下げた。

「僕はイッキが直々に見本盤を届けてくれるのを待ってたんだけどねえ」

おどけ半分にふてくされた顔の仲村にも樹は深く頭を下げる。

「ほんと、すみません。不義理してしまって」

「いいよ、気にしなくて。それより、早く瑠々が現れてくれるといいね」

「……そうですね……」

少し沈んだ表情の樹の肩を仲村はぽん、と叩いた。

「頑張れよ、応援してるからな。じゃ」

仲村はそう言うと小さく手を振りながら、樹から離れていった。仲村の背中はあっと言う間に人込みに消えていった。せっかく久しぶりに会えたのに。やっぱり、離れている時間が長いと昔と同じようにはいかないということか。さっきまで嬉しさに弾んでいた心がしぼんでいく。

「イッキ君」

呼ばれて、樹は川田のほうを向いた。

「仲村君はね、スタジオじゃなくてイッキ君に会いに来たんだよ。彼が照れ屋さんだったの、忘れちゃった？」

今度は川田が樹の肩を叩いた。

「彼はEZが解散して担当を離れて、そのあとすぐにヴィクトリアに行ったことをすごく気にしていた」

当時のことが鮮やかによみがえった。仲村からEWIを辞めると聞かされたとき、「捨てられた」と思った。バンドは解散しても、仲村と音楽を創りたいと思っていただけに、ひどく落胆した。でも、RYOもKAZZも自分も、そして仲村も、それぞれに創りたい音楽があるように、それぞれの人生がある。それを邪魔する権利など、誰にもない。だから、別れた。

「でも、僕と会うと、他の話をしていてもいつのまにかEZの話になってしまう。それほど、彼にとって君たちはいつまでも忘れることができない、大切な存在だったんだ。RYOやKAZZのバンドのライブも関係者席じゃなくてチケット買って、こっそり観に行ってるそうだよ。イッキ君のこともずっと心配してた。遠藤さんを通じていろいろ事情は聞いていたみたいだけどね。ディレクターになったこと、すごく喜んでいたよ。イッキ君の音楽センスを生かすことができる適職だって」

川田ははっきりとは言わなかったが、もしかすると、制作ディレクターにと自分を遠藤に推したのは仲村だったのかもしれない。ちょっとだけ滲んだ涙を見られないように、樹は天井を仰いだ。

「でも実は僕も、イッキ君に会いに来たんだけど」

川田が突然、樹のシャツの袖を引っ張り、フロアの隅に引き込んだ。

「確認しておきたいことがあってね」

川田の声色が変わった。ミキシングコンソールに向かいながら、アシスタントエンジニアに指示する時の声に近い。

「それって、『ひとごろしのうた』についてですか？」

川田は大きく頷いた。

「イッキ君は耳がいいから、もう気が付いているかもしれないけど」

先日、気が付いた「一番目のサビと二番目のサビの高音部分が微妙に高さが違うこと」かもしれない。

尋ねてみると川田は「んー」と唸った。どうやらちょっと違うようである。

「え、じゃあ何ですか」

川田の表情が嬉々としている。少し興奮しているようにも見えた。

「『ひとごろしのうた』の一番と二番、それぞれ別の人が歌ってること。気が付かなかった？」

「それぞれ……別の人？」

驚きに声がうわずった。川田はさらに声を潜めた。

「僕が思うにね、瑠々はたぶんヴォーカルユニットだよ」

レコーディング・エンジニアとして三十年以上のキャリアを持つ川田の「耳」がそう判断したということは、ほぼ事実に間違いない。だが、ギターやマイクの種類も聞き分けられる自身の耳にも自信を持っていた樹としては、敗北感を感じるほどの衝撃だった。

「どうして気が付かなかったんだろう……」

何度も何度も、それこそ数えきれないほど聴いていたのに。樹の心の中でその言葉が幾度となく繰り返された。

「イッキ君がさっき言っていた、サビの部分の高音についてだけど。僕もまずそこに引っかかった。それで、気が付いたんだ」

「でも……俺はどうして気が付かなかったんだろう」

ただ、今はその言葉しか出てこない。樹は何度も首を傾げた。

「イッキ君には瑠々が『ひとり』だっていう思い込みがある。それも気が付かなかった原因じゃないかな。僕は思い込みや他の情報がない分、まっさらな状態であの歌を聴いた。ただそれだけの差だよ。気付かなかった自分を責めちゃだめだよ」

予想以上に衝撃を受けている樹を見て、川田が慰めのような言葉をかける。それでも樹の心は穏やかではなかった。

今、樹の心の半分を占めているのは「思い込み」という言葉である。瑠々の歌に出逢ってから抱いていた「思い込み」——例えば、瑠々が「少女」であること、瑠々が「日本にいること」、そして、瑠々が「生きている」こと。瑠々の正体を突き止めるのならば、一度それらをみんな捨てたほうがいいのかもしれない。

「じゃあ、なんで『それ』をそのままにしているんでしょうか」

樹は、心のもう半分を占めている疑問を川田に問うた。

「高音の部分の高さの微妙な差。一番と二番を別々の人間が歌っていること。川田さんのような、聴く人が聴けば気付いてしまうことをソフトで修正せずに、なんでそのままにしてオーディションに応募したんでしょうか」

川田はしばらく考え込んだ。樹と川田の周りをフロアのざわめきが覆う。スタジオのスピーカーから流れてくるビートルズやストーンズも、今の樹にとってはざわめきの一部でしかない。曲が終わろうとする時、川田の口がやっと開いた。

「そこになにかしらの意味があるから……じゃないかな」

内覧会が終わった後、樹はひとりスタジオに残り、『ひとごろしのうた』を聴いた。一・五サラウンドのモニタースピーカーで聴く瑠々の歌声。しかし、川田のように確信が持てないのは、捨てようとしても頭の中にこびりついて離れない「思い込み」のせいだ。

もし瑠々が、川田の言う「ヴォーカルユニット」ならば、姉妹、もしくは一卵性双生児ということが考えられる。他人同士ではよほど骨格が似ていない限り、ここまで歌声が同じになることはないだろう。

姉妹か双子。仮にそうだとしても、いまだに姿を現さない理由がまったくわからない。たとえば姉妹のどちらかが、もしくは二人とも亡くなっているとしたら、肉親や親戚縁者が連絡をよこすはずだ。

瑠々の歌に出逢って、もうすぐ一年になる。ここまで姿を現さないでいるのは、それなりの理由があるのだろう。でも、これだけは教えてほしい。生きているのか、死んでいるのか。それだけでもいいから、知りたい。

「瑠々」

祈るように、樹は名を呼んだ。


六月二十一日発売の「夏の恋」をテーマにしたコンピレーションCDのタイトルが『SUMMER TIME LOVE SONGS《サマータイムラブソングス》』に決まった。

五月に入るとすぐに、CDジャケットや帯、インナーの歌詞カードやクレジットの入稿、それが終わると、約三週間後には下版、それから十日後にはCDマスターを納品し、発売日の一週間前には製品納期という、いよいよリリースに向けて大詰めの作業が展開される。

今回のコンピレーションCDは二枚組編成で、八〇年代から現在までの邦楽曲で取りそろえた。選曲が肝となるCDゆえ、二百枚近くCDをリストアップし、その中から篩《ふるい》にかけて四十曲にしぼりこみ、さらに三十曲、そして二十四曲を選出した。

そのうち、他社レーベルの楽曲を十一曲収録しているので、各レコード会社の契約部との交渉という作業が加わった。原盤利用料の割合がレーベル各社ごとに違うということで交渉が必要になるわけだが、担当ディレクターとはいえ、さすがにこればかりは樹の手には負えない分野なので、契約部にほとんど丸投げ状態でお願いしてしまった。

まだ少し慌ただしい日々が続くが、ようやく一息つけるめどがつきそうなので濱中にメールを送った。なかなか時間が合わず会うことができないでいたが、メールでは連絡を取り合っていた。それでも、話したいことがたくさんある。

久々に下北沢で飲もうと週末の約束を濱中と取り交わした日の夕方、樹は急に課長の高橋里美に会議室に来るようにとメールが入った。

呼び出されたそこは、中二階の会議室。『6955』レーベルの事務室として間借りしていたところだ。ドアを開けると、部長の安永と高橋がすでに着席していた。

「お疲れさまです」

なぜか神妙な表情の二人を不思議に思いつつも、樹はテーブルをはさんだ向かい側の席に座った。

「すみません、急に」

髙橋は頭を下げたが、隣に座る安永は微動だにしなかった。おまけに、視線はテーブルに落ちたままで樹の顔を見ようともしない。

「えっと、それで……なんですが」

いつも饒舌な髙橋がしどろもどろになっている。不安がよぎった。

なにかあったんですか、と言おうとした時。髙橋がテーブルに週刊誌を置いた。

「今週木曜日に発売になる号です」

「週刊リアル」――あの「週刊リークス」のライバル誌とされている週刊誌だ。掲載記事内容はリークスとほぼ同じ路線で、社会事件をはじめ、政財界や芸能界のスキャンダル記事や過激なヌードグラビアを売りとしている。刺激的な文言での見出しがいくつも並べられている吊り広告を通勤電車の中でよく見かける。

週刊誌を樹のほうに向けたまま、薄紫のマニキュアに彩られた指がグラビアページをめくる。そして、あるページで止まると、樹は息をのんだ。

「……ここに写っている男性は、大路さんで間違いありませんか？」

そのページの見出しには、

『ミリオンセールス元ミュージシャンと美人新聞記者、冷たい雨の中で熱い相合傘』

と、あった。そして、雨の中をビニール傘を差し、身を寄せ合うようにして歩く男と女の写真。遠方から撮った様子でややぼやけてしまっているが、それは間違いなく自分と河野優であった。口元に笑みを浮かべる自分と少しうつむき加減の河野。河野の顔の一部は黒く塗りつぶされていた。

写真は全部で三枚掲載されていた。記事自体のボリュームは二ページで、最初の一ページめにフルサイズ、二ページめは二分の一サイズの写真。記事本文は一段程度の短いものだったが、樹は読む気にもなれなかった。

樹は小さく息を吐くと、「はい」と頷いた。

「これはいつ頃のことなんですか」

安永の声がやっと聞こえた。いつもと違って、声量は幾分抑えめだ。

「四月上旬です。すみません、日にちは忘れました。でも、勤務表を見ればわかると思います。四月の有休はその日だけだったので」

日にちは忘れてはいなかった。だが、あくまでもプライベートな日の出来事であることを強調するために、樹はそう言った。それよりも、なぜこんな写真が撮られて掲載されたのか理由がまったく判らない。

「有休休暇の時のことですから、なんでその日に大路君が静岡にいたのか理由は聞きませんし、その理由を知ったところで私たちがとやかく言う権利はないんですが、お相手が、まあ、地方紙ではありますがマスコミ関係者ということで、こういった写真が撮られてしまったということでしょう」

安永の声は話が進んでいくうちに、だんだんと大きくなっていく。ドアの向こうに話の内容がすべて漏れていることだろう。

「で、どういったご関係なんですかね、この女性とは」

安永の問いかけに髙橋が咄嗟に首を横に振った。そんなことは聞かなくてもいい、髙橋はそう思ったのだろう。

安永は髙橋のほうをちらりと見ると、週刊誌を自分のほうに向けた。そして、パラパラとページをめくり、後半部分で手を止めた。髙橋が小さく咳払いをすると、安永は慌ててページを閉じた。ヌードグラビアのページでも見ていたのだろう。

「それで……」

髙橋が安永に促すように言葉を差し向けた。何かを思い出したように、二度三度小さく頷くと、今度は安永が咳払いをした。

「大路君は今はもうバンドマンではないですが、制作ディレクターとしての活動がマスコミにも何回か取り上げられてはいるので、世間からはやはり『元芸能人』として関心が集まっているのでしょう。大路君が誰と交際しようがかまいませんが、このようにあまり世間を騒がすことはしないでいただきたい」

言い終わると安永はすぐに立ち上がった。

「私からは以上です」

こちらが悪いということか。何とも言えない不快感がひろがる。

「部長」

呼び止めた声に安永が肩越しに振り向いた。

「言うまでもないことかもしれませんが、彼女は恋人ではありません」

ふうん、とでも言うような表情を浮かべると、安永は言葉を返すことなく、会議室を出て行った。深いため息が聞こえた。目をやると、髙橋が微かに笑みを浮かべていた。

「要するに特に処分はなし、ということです。でも当分は周りがうるさいとは思うけど」

「……お騒がせしてすみません」

頭を下げた樹の肩を髙橋は軽く叩いた。

「それより、早く」

頭を上げると、髙橋が電話をかけるポーズをしていた。

「彼女に、早く」

「だから、彼女じゃありませんよ。知り合いですよ」

「でも単なる知り合いに傘を貸すために、ずぶぬれになって走るかしら？」

「えっ、なんでそれ」

髙橋がにやにやしながら週刊誌を指さす。そんなことまで書いてあるのか。思わず舌打ちした。

「ま、そんなことどうでもいいから早く連絡してあげなさい」

もう一度、電話のポーズをすると、高橋は会議室を出て行った。テーブルに残された週刊誌を睨むように樹は見つめた。グラビアアイドルが表紙を飾っている「週刊リークス」と違い、「週刊リアル」はいくつもの特集記事の見出しが太いフォントで表紙に羅列されている。政治家や芸能界のスキャンダル、メイン購買層である中高年男性に合わせてか「老後の医療関係」についての記事見出しが所狭しと並ぶなかに、樹と河野の写真記事の見出しは見当たらなかった。

少しほっとしながらも、不安がよぎる。自分は口頭注意だけで終わったが、河野は処分などを受けないだろうか。それが気がかりだった。

スマートフォンを取り出し、河野の電話番号の短縮ボタンを押した。だが、何度かけても応答がない。メールを送ったが、返信がなかなか返ってこない。この記事のことをまだ知らないのかもしれないと思い、内容を箇条書きにして送ってみた。しかし、就業時間内に返信は来なかった。

その夜、自宅に戻ってからも何度か電話とメールをしてはみたが、河野からはまったく音沙汰がなかった。

気持ちが落ち着かず、樹は眠れずにいた。帰宅するといつも飲む缶ビールも、今日は一本も空けていない。連絡を待ち続ける手持ち無沙汰に煙草を吸い続けるが、気が付くと一時間でひと箱開けてしまった。さすがに煙たくなった部屋の空気を入れ替えようと、窓を開けたついでに、樹はベランダに出た。まだ少し肌寒さを感じる夜の外気を深く吸い込むと、階下を眺めた。

深夜二時近いというのに、通りにはちらほらと人が歩いている。そのだいたいは男性であるが、中には若い女性が不用心に一人で歩いている。ヒールをカツカツと響かせながら歩く後ろ姿に河野が重なる。

それにしても、だ。

今はもう「過去の人」となった自分の写真なんか撮って、一体何の得になるんだ。こんな写真見て「ファンやめます」とか「もうCD買いません」なんて言う奴なんか、残念ながら誰もいねえよ。っていうか、恋人でもなんでもない人間を巻き込むなよ。載せてる意味が全然わかんねえよ——腹立たしい思いが次から次へとこみあげてくる。

ふいに、「ある男」のことが頭を掠《かす》めた。

樹は部屋に戻ると、カバンの中から名刺ホルダーを取り出し、ファイルを急いでめくった。ページを半分過ぎたあたりで、男の名刺は見つかった。

ホテルのラウンジ・バー。カウンター真ん中のスツールに座る、グレースーツの背中。キールを呷《あお》る男——。頭の中で断片的によみがえる姿。

『株式会社ファイヤー・プロダクション　取締役兼ゼネラルプロデューサー　飯村　聡』

ファイヤーはマスコミとの癒着が強い、と濱中が以前言っていた。そうなると、何かを引き換えにして「週刊リアル」に、この写真掲載を持ちかけたことも考えられる。

樹はカバンから週刊誌を取り出した。そして一枚一枚、ページをめくりながら、掲載されているタレントや俳優の所属事務所を検索した。すると、ひとりの女優が該当した。

ページ掲載ではないが、カラー一面広告で登場しているその女優は最近、朝の連続ドラマの準主役で出演しており、人気が急上昇している。CMにも数多く出演しているので、知名度も高い。その彼女の初めての水着写真集が「週刊リアル」の版元から来週発売されるという広告ページだ。その写真集を出版するにあたり、ファイヤーから出されたいくつかの条件のひとつに今回の写真掲載があったのならば。

あの時。「幸村凛奈のゴースト」を断った時の、飯村の殺気に満ちた目を思い出した。

これは「ゴーストライター」を断った樹に対しての報復かもしれない。今から思うと、傘立てに置いていた河野の傘がなくなっていたのもおかしい。それが自分と河野のツーショットを撮るために、仕込んだカメラマンが盗んだとしたら。だが、証拠はなにもない。

明後日には週刊誌は発売される。もうどうすることもできない。

机の上のスマートフォンを見た。メールの返信は依然としてなかった。

河野からの手紙が会社に届いたのは、週刊誌が発売された翌日だった。

『前略　お電話やメールを何度もいただいておきながら、返信しなかった不義理をお許しください。週刊リアルの件については、お知らせいただいた日の午前に上司から聞かされました。当たり前ですが、あの日のことがまさか写真に撮られているとは夢にも思わず大変驚きましたが、大路さんにもご迷惑をおかけしてしまい、申し訳ありませんでした。私は今月二十日付けで総務部庶務課に異動することになりました。記者としての夢はいったん、お休みにします。でも、決してあきらめることはしません。いつか必ず、あの記事を発表します。だから、心配しないでください。お忙しい毎日が続くと思いますが体調を崩されませんよう、御自愛ください。瑠々の潔白が証明されることと、そして一日も早く彼女が姿を現してくれることを心から祈っています。

それでは、お元気で。　　　　　　　　　　　　河野　優』

可愛いイラストも花柄の模様もなにもない白い便箋に縦書きに印字された、明朝体の文字。便箋にはもう一枚、追伸が添えられていた。

『実は、私はEZのファンでした。ギターを弾くIKKIは本当に楽しそうで、特にスタジアム・ツアーのアンコールでビートルズの「抱きしめたい」を歌った時のIKKIは少年のように見えました。もうIKKIの歌を聴いたり、ギターを弾く姿を見られないのが本当に残念です。勝手なことを言ってすみません。でも、そう思ってしまうほど、ステージの上のＩＫＫＩはとても素敵で、ＥＺの歌はいつも私を元気づけてくれて、幸せな気持ちにさせてくれました。新聞記者として私情を交えてはいけないと思い、「音楽には興味がない」などと失礼なことを言って申し訳ありませんでした。短い間でしたが、大路さんと仕事ができたことは一生の思い出です。お世話になりました。そして、有難うございました。』

二枚の便箋を封筒の中に入れると、樹はしばらく封筒を見つめた。

迷惑をかけて申し訳ないと河野は書いているが、迷惑をかけたのは自分のほうだ。でも河野がそう思っている限り、彼女はもう自分に逢わないだろう。もし河野の書いた記事が発表されたとしても、おそらくこの先、ずっと。

その週末。樹は久しぶりに下北沢へ行った。

一昨年終わった駅の改修工事で、構内の様子もずいぶんと変わってしまったが、南口改札口前の待ち合わせの人の多さは相変わらずだった。人々の間をかいくぐり、坂道を下りて茶沢通りに向かう。ずいぶんと来ないうちに街なかには、携帯電話ショップやドラッグストア、居酒屋、ラーメン屋などのチェーン店ばかりが目に付くようになった。

そんな中でも何軒かはどこ吹く風とばかりに世紀を超えてもなお、営業を続けている。

樹はその店の前にしばらく佇んだ。茶沢通り沿いにある、ジャズ・バー。楕円形の看板も、外装も、なにひとつあの頃と変わっていない。このドアを開けると、紫煙の向こうからハスキーな声が自分を迎えてくれるはずだ。

「いらっしゃい」

思った通りに、マスターの弦太の声がカウンターから聞こえた。弦太は樹の顔を見るなり、笑みを浮かべた。明るさを抑えた照明のせいか、顔に刻み込まれた皺が深く映る。はっきりと年齢は聞いたことはないが、おそらく六十代後半くらいになるだろう。まだ深い時間帯ではないので、客は誰もいない。樹はテーブル席に座った。店を訪れるのは十年ぶりになるはずだが、弦太は「久しぶり」とは言わなかった。その距離感も昔と変わらずだった。濱中から十五分ほど遅れるという連絡を受けていたので、先にビールを一杯注文した。

まもなく出されたビールを飲みながら、樹は店内を見回した。天井にはこぼれ落ちそうになるくらいに古い映画のポスターが重ねあうように何枚も貼られている。カウンター脇にはレコードプレイヤーがあり、奥にあるレコード棚には相変わらずLP盤がぎっしりと詰まっている。月に一度開催するジャズ・ライブのための小さなステージとスタンドピアノ。外装と同じく、内装もまったくあのころのままである。

ビールがグラスの半分ほどになった時、スリーコード進行のギターのリフと野太いダミ声のヴォーカルが聴こえてきた。こんなバンドを組んでみたいと夢見て、それこそ擦り切れんばかりに聴いたドクター・フィールグッド。そのファースト・アルバムだ。カウンター奥にいる弦太を見ると、返事をするように小さく頷いた。ここで酒を飲むと、必ずリクエストしていたことを覚えてくれていたのだ。樹は弦太に礼を言うようにグラスを掲げた。

「おー、ウイルコ・ジョンソンのギターはやっぱシビレるねえ」

ドアを開けるなり、濱中が唸った。そして手をあげて弦太に挨拶をすると、樹の前に腰かけた。

「悪ぃな、遅れて」

「いや、大丈夫です。ウイルコが俺の相手をしてくれてましたから」

アルバイトの店員が運んできたビールを、濱中はたちまち一気に飲み干した。

「いやあぁー、音楽がいいとビールはまた格別に美味いっ」

本当にそう感じているらしく、濱中は曲に合わせてエアギターをし始めた。そんな濱中を見ていると、夏休みのバイトで買ったエレキギターを抱えながら何度もＣＤを聴き、「耳コピ」に明け暮れた高校一年の冬休みが蘇る。

「ピックなしで弾くのをマネしてたら、指が擦れて血だらけになって母親にこっぴどく叱られたっけなあ」

「ヤツにあこがれたギター少年なら、一度は通る道だ」

濱中が頷きながら言うと、続いて弦太も頷いた。

「っていうか、エレキギターはピックを使って弾くものだというのをそこで初めて知ったんですよね、俺」

「んだよ、それ。初めて聞いたぞ」

呆れたように笑いながら、濱中がオン・ザ・ロックを喉に流し込む。樹は二杯目のビールを飲み干すと、大きく伸びをした。

「あー、ギター弾きてぇ……」

ミュージシャンを卒業してからは、その気持ちを抑えてしまっていた。だが、久々に憧れのバンドのLPを聴いたせいか、そんな言葉が自然に口を衝いて出てしまった。

「だから、処分するなって言っただろ。ばーか」

濱中は小さく舌打ちすると、グラスを上げて三杯目を催促した。ギターを処分することはリペア担当にも反対された。でも、けじめをつけるためにはそうするしかなかった。その決断に後悔はないが、ギターのその後のことを思うと胸の奥が痛くなる。

空になったビールのグラスが下げられ、バーボンソーダが運ばれてきた。

「弦太さん、よく覚えてますね。俺の三杯目」

弦太は何も言わず頷いた。重くなった気持ちを取り払うように、樹はグラスを半分あけた。

「それはそうと、とんだとばっちりだったな」

ようやく濱中の口から「週刊誌」の話が出てきた。

「まあ、せっかくの酒が不味くなるからあまり言わないでおこうとは思ってはいたが、聞かないのも不自然だろ。第一、気を遣われてるなんてお前に思われたくねえしさ」

というものの、それが濱中の「気遣い」だということは樹には充分に判る。

「しかしアレはどう考えても、どこかの誰かさんが仕込んだ記事だろう」

瑠々のゴーストライター問題についてはすでに報告済であるが、やはり濱中も同じことを考えていた。樹は残っているバーボンソーダをあおった。

「くだらないですよ。自分の言うことを聞かなかった人間にこんな形で制裁を加えるなんて、くだらなすぎますよ。それに、俺以外の人まで巻き込むなんて許せません」

酔いが少し回って来たせいか強い口調になってしまった。一瞬、濱中が驚いたように樹を見つめていたが、「そうだな」と頷くと、

「悲しいことに、この業界にはそんな類がまだうようよとのさばっているんだよ」

樹は「幸村凛奈」のことを思った。ゴーストライターを得て、シンガーソングライターとしてデビューした彼女が、飯村の思うようなセールスを挙げられなかった時のことを。

今、飯村から注がれている愛情のすべてが裏返された時のことを。

気が付くと、LPの演奏は終わっていた。以前は間髪容れずに次の曲がかかっていたは

ずだが、いつまでたっても何も聴こえてこない。

「おーい、弦太さぁーん。次、ラモーンズかけてくれー」

濱中がカウンターに向かって声を上げるが、プレイヤー横にいるはずの弦太の姿がない。

「……どうしたんでしょうね」

不審に思い、樹がカウンター奥を覗くと、物置スペースになっている二畳ほどの部屋に弦太がいた。暗がりでよくわからないが段ボール箱に両手をつっこんでなにかを探している。店の中にいるということは確認したので、樹は席に戻った。店員に四杯目を頼んだところで、弦太がカウンターに戻って来た。

「お、戻って来た戻って来た。弦太さん、次、ラモーンズの」

濱中の言葉が終わらぬうちに、轟音が店内に鳴り響いた。それは耳を劈《つんざ》いて腹の奥、内臓にまで響き渡り、全身を貫かんばかりのギター——紛れもなく、六九年型レスポール・カスタムが奏でる音だ。久しぶりに耳にするその音に愛おしさがこみあげて胸が締め付けられる。スリーコードで8ビートを刻むギター、ベースとドラムのシンプルなリズム隊の3ピース・バンド。だいたいの洋楽は聴いてきたが、イントロを聴いた限りでは今まで耳にしたことがない音だ。しかし、イントロが終わって聴こえてきたのは、日本語の歌詞だった。

「……これ……日本のバンドなんですか」

樹が問うと、濱中は何かを思い出すように黙って一点を見つめている。しばらく考え込んだ後、

「うーん……オレはどちらかというと洋楽派だったから、大昔の日本のバンドはあんま詳しくねえんだよ、実は」

と言って、小さく舌を出した。

録音状態から想像すると、七〇年代あたりのバンドかもしれない。だが、それにしてはかなり洋楽ナイズされた音を出している。それだけではなく曲の持つスピード感は、今のバンドにも引けを取らないものがある、いや、それ以上に迫力がある。その要《かなめ》となっているギターの、見事なまでのリズムの取り方に樹の耳はくぎ付けになった。それはもちろんプレイヤー自身の才能でもあるが、音楽的背景の深さがうかがえる。ロック、フォーク、ブルース、ジャズだけでなく、音楽と名の付くもの、ありとあらゆるジャンルのものを聴き込んでいたに違いない。

「THE《ザ》 RED《レッド》 RUM《ラム》」

濱中の顔が上がった。声がした方向、カウンターに樹は目を向けた。弦太がアルバムのジャケットを持っていた。

『THE RED RUM #1』と殴り書きしたような書体。そして、誰もいないモノクロの街角に、男が三人立っている。三人とも大学生くらいの年齢に見える。左右にいる、

肩まで伸びた重そうな髪の男たちはポーズをとるでもなく、ただつっ立っているという感じだが、真ん中の男の髪の毛は逆立っており、赤く着色されている。目を見開きながら舌をべろりと出した挑発するような表情は、まるで七〇年代後半の音楽シーンに突如として現れたジョン・ロットンのようである。

「僕はヤツらのライブを見たことがある」

わずかに間をおいた後、弦太は言葉を繋げた。

「ヤツらはたった三人なのに、その音はめちゃくちゃ分厚くて、なんていうのかな、はらわたはもちろん、頭のてっぺんから足の裏にまで、それこそ、脳みそから身体全部を揺さぶられるように響くんだ。今から思えばあの頃にしちゃあ、かなり前衛的で攻撃的だった。奴らの圧倒的な存在感に見に来た客はみんな、ぼーっと突っ立ったままだった。今の連中みたいなノリがまだなかったころだったが、なによりも奴らからの衝撃があまりにも大きすぎて、身体が動かないんだ。そして、『あいつ』の歌詞《ことば》はまるでかまいたちに切られたみたいに、気付けば身体のどこかが血を流してるみたいな、そんな鋭さがあった」

いつもは寡黙な弦太が何かにとりつかれたように、これほどまで熱く語る様を樹も濱中も今まで見たことがなかった。しかし、弦太がそうなるのも無理はない。流れてくるどの曲にも心を揺り動かす熱いエネルギーを感じる。軽快なリズムに乗って歌われる言葉は、あまり電波に乗せられないエロティックでシニカルな内容のものばかりだ。そんな楽曲の中で、ひときわ異彩を放つ曲があった。

「これは聴いたことがある。深夜放送で結構かかっていたな」

濱中が懐かしそうに言った。

「『眠れない夜に君に出逢った』。THE RED RUMの一枚目のシングル。ヤツらが言うには最悪のデビュー曲。でもファンの間では人気が高くて、最初で最後のラブソングと言われている曲だ」

弦太の言葉は続いた。

「七一年六月にデビュー・シングルとファースト・アルバムを発表したヤツらは、その次の年の十月にはセカンド・アルバムを発売して、このころやった全国ライブハウス・ツアーはどこも満員だった。東京では新宿のライブハウスでよくやってた。終わったあとはよくこの店で飲んでたよ。気分が乗って来た時はそこでギターを弾いて、翌朝までセッションしてた」

弦太の視線がステージの上にあるピアノのほうに向けられた。

「あー、思い出した、思い出したよ。だけど、たしかいきなり解散したんですよねえ?」

濱中が問うと、途端に弦太は厳しい表情になった。

「……たった三年だ。三年間しか活動していない、まぼろしみたいなバンドだ」

心なしか、弦太の声が寂しそうに聞こえた。それと同時に、備え付けのスピーカーからプツ、プツ、という音が聴こえ始めた。一曲につき三分もない、十一曲収録のファースト・アルバムはあっというまに演奏を終えていた。

「弦太さん」

声をかけると、弦太はレコードをターンテーブルから外したまま、樹のほうを見た。

「どうして弦太さんはそのアルバムをかけたんですか」

樹の問いかけに、弦太はすぐに答えようとはしなかった。自分がこの店に通っていたころ、店内でかかる音楽は洋楽だけだった。店に通わなくなってからの十年ほどの間に弦太の趣味が変わったのかもしれないが、何の前振りもなくレコードをかけたことから何らかの意図があることを樹は察した。

「すいません、弦太さん。俺、酔っぱらってて質問の順番を間違えました」

緊張感を和らげようと、樹は笑顔をうかべた。

「THE RED RUMのギタリストの名前を教えてください」

樹がそう言うと、弦太は笑った。カウンターで見せているものとは違う、文字通りの満面の笑みだ。

「僕の耳もまだまだイケるってことか、安心したよ」

「……ど、どーゆうことだ?」

樹と弦太のやり取りを黙ってみていた濱中が、ふたりを交互に見つめる。樹は大きく、そして深く息をついた。

「ギターを弾くときのちょっとした癖……指の筋力っていうか弦を押さえる力の強弱とか、それが『ひとごろしのうた』でギターを弾いているギタリストと同じなんです。おそらく、弦太さんはどこかで瑠々の歌を聴いた時、それに気が付いて、それで今日、俺にあのアルバムを聴かせたんだと思います」

樹の言葉に弦太が大きく頷く。

「ある意味、これは賭けだった。専門的なことはよくわからないが、長年、音楽的な聴力があることは自負はしていたが、なにせ僕も七十ちかいジイさんだ。イッキがもしなんの反応も示さなかったら、『空耳』にしておこうと思っていた」

「なるほどねえ……しっかし、二人ともよく判るなあ。オレなんか全然わかんねーよ」

濱中が感心するようにつぶやくと、樹は首を横に振った。

「でも、ヴォーカルはダメですね。先日、川田保さんに瑠々はヴォーカルユニットじゃないかって言われました」

「へえ……あの大御所エンジニアがそんなこと言ったのか」

濱中が興味深げに身を乗り出した。他に客もいないので、樹は川田に言われたことと、その後レコーディングスタジオで瑠々の歌を聴いたことを話した。

「でも正直言って、よくわかりませんでした。だけど俺には瑠々に対して『思い込み』がある分、聴こえていないものがあると思うんで、川田さんの意見は否定はしません」

するると、濱中が腕組みをしながら「うーん……」と唸った。

「だけど、情報としてはやっぱり弱くないか？　いくら川田保の長年のキャリアからくる意見とはいえ、かえって混乱しないか？」

しかし、樹はそうは思わなかった。

「なんていうのかな、逆に今まで見えなかった瑠々の姿が見えたような気がして、ちょっと嬉しかった……って感じです」

「……そうか」

樹の意見に納得したのか、濱中は腕組みをほどいた。

ふいに人の気配がして樹が視線を上げると、横に弦太が立っていた。THE　RED　RUMのアルバム二枚を樹の前に差し出している。樹は受け取ると、すぐに一枚目の裏を返した。

真っ赤に染められた裏ジャケット。メンバーの写真はなく、アルバム収録曲目とメンバーの名前が手書きの文字で記されていた。

『THE　RED　RUM
ボーカル&ギター　早瀬《はやせ》慧二《けいじ》　ベース　高田《たかだ》稔《みのる》　ドラムス　溝口《みぞぐち》荘司《しょうじ》』

「早瀬……慧二」

声に出して名前を呼んだとたん、樹の胸は熱くなった。あのギターを弾いているのは、この彼だ。聴き比べなくても判る。同じレスポール・カスタムを弾いていた者同士のバイブレーションが、百パーセントと言っていいくらいの確信を生んだ。目を閉じれば、早瀬がギターを弾いている姿さえ浮かんでくる。『ひとごろしのうた』でギターを弾いているのは間違いなく、THE RED RUMのギタリスト・早瀬慧二だ。

「それ、あげるよ」

「えっ」

樹は驚いて弦太を見つめた。

「でも、これは弦太さんが大ファンの……」

樹の言葉を振り払うように、弦太は首を横に振った。

「バンドが突然解散して、正直、僕は今でも腹が立っている。だから、解散してから今日までの四十二年間、僕はヤツらのLPを一度も聴かなかった。でも今日、久しぶりに聴いて、改めてヤツらの音楽と早瀬の才能の凄さを思い知らされた」

「じゃあ、なおさら」

思いとどまらせようとする樹に、弦太は続けて首を振った。

「まさか、二一世紀になってから早瀬のギターが聴けるなんて思わなかった。だから、許してやろうと思った。でも、見ての通り、店のレコード棚はもう一枚も入る隙間もないくらいにパンパンだ。物置部屋の段ボール箱にまた放り投げられるより、イッキの部屋に置いてくれたほうがまだましかと思ってね」

「……わかりました。ありがとうございます、大事にします」

樹は頭を下げた。弦太は安心したように笑った。

「おい、ちょっとこれ見てみろ」

濱中がタブレットの画面を樹に見せた。画面にはインターネット百科事典に掲載されている「早瀬慧二」の経歴が出ていた。

〈1946年3月21日 京都府伏見区に生まれる。実家は3代続いた総合病院。（家族構成：祖父母、父、母、兄）1962年 洛南高校に入学する。成績は3年間常に学年5位以内だった。1965年1月 京大を受験後、家出同然で上京する。新宿西口にあるジャズ喫茶に入りびたり、そこで慶大生の高田稔と出会う。3月 早瀬は京大医学部に合格するも京都には戻らず、品川にあった高田の下宿に居候する。その後、高田の紹介で早大生だった溝口荘司と出会い、意気投合した3人は同年11月フォークグループ「時限爆弾」を結成する。

1966年6月 ビートルズ来日公演当日、日本武道館近辺でゲリラライブを行おうとしたが、ギターを構えた瞬間に警官に阻止されたことをのちに雑誌のインタビューで早瀬が語った。1967年3月 自主制作盤「時限爆弾設置」を発売したが、売れず。

1968年3月　2枚目の自主制作盤「時限爆弾爆発」を発売。これも売れなかった。

1970年11月　69年型レスポール・カスタムを手に入れた早瀬は「時限爆弾」を解散し、同じメンバー構成でロックバンド「THE　RED　RUM」を結成する。「時限爆弾」時代同様に、作詞・作曲は早瀬、アレンジはメンバー全員で担当。1971年6月　アルファベット・レコードよりシングル「眠れない夜に君と出逢った」でデビュー、ファーストアルバム「#1」発売。1972年10月セカンドアルバム「#2」発売。デビュー以降、ライブハウスでの活動をメインにし、着実にファンを増やしていく。音楽雑誌での露出も徐々に多くなり、東京・名古屋・大阪はホールでのライブツアーを敢行する。ただし、テレビの音楽番組には「歌詞が過激」という理由で出演できなかった。

10月　対バン・ライブで親しくなった「Mi《ミ》ka《カ》‖do《ド》」のLPが発売禁止になったことに抗議し、早瀬は当時、新宿駅東口の雑居ビルにあったライブハウスにて「発禁ナイト」と題した対バン・ライブを企画。キャパシティ300人のライブハウスに750人のファンがつめかけ、酸欠者を50人以上出す。1973年1月　サードアルバム・レコーディングのため渡英。2月　小野寺ルミ渡英。4月　ルミ帰国、謝罪会見にて芸能界引退と早瀬との結婚を発表。6月　ロンドンより帰国後、早瀬がバンド解散を発表。当初、ラストアルバムとして12月に発売を予定していたサードアルバムは急きょ発売中止となった。理由は不明。〉

生年月日の横に命日が書かれていないところを見ると、存命のようであるが、経歴はここで終わっている。

「解散してから全く音沙汰なしだ」

弦太は目を伏せた。

「じゃ、他のメンバーは……」

「高田はアメリカに行ったって聞いた。溝口のその後はわからないな。堅気《かたぎ》の仕事についたかもしれない」

ドアが開き、中年の男女が入って来た。カウンターに戻りながら「いらっしゃい」と弦太が声をかけると、にこやかにテーブル席についた。しばらく音が途切れていた空間に、女性ヴォーカルの「マイ・ファニー・バレンタイン」が流れ出した。男性は演劇関係者らしく、舞台の話を弦太にし始めた。おそらく常連客だろう。弦太は当分、話につきあわされそうな様子だ。

「しかし、まったく便利になったもんだよな。名前を入力してぽちっとすれば、あっと言う間に過去が丸わかりだ。おかげで、さっきまで全然知らなかった早瀬慧二の人生半分が判ったというわけだ」

濱中は店員が運んできたオンザロックを受け取った。

「早瀬と結婚したっていう、この『小野寺《おのでら》ルミ』って知ってますか」

画面をのぞきこむようにして濱中に尋ねると、

「あー……彼女のことは覚えてる。元アイドルだ」

瞬間、樹の身体が前のめりになった。

「じゃ、もしかするとこの人が瑠々……」

すると、濱中は、腹を抱えんばかりに大笑いをした。あまりの声の大きさに、「マイ・ファニー・バレンタイン」が一瞬かき消され、カウンターの二人が怪訝《けげん》そうな顔を濱中に向けた。濱中は笑いを抑えながら「すんません」と謝ると、また検索を始めた。

「これ、聴いてみろ」

差し出されたタブレットには投稿動画サイトが映っていた。「小野寺ルミ『はつ恋物語〜プロローグ』視聴回数58321回」。十年前にアップされたわりには、再生回数が少ない。イヤホンを装着すると、樹は再生ボタンを押した。

動画は当時の歌番組に出演したものだった。レイヤードスタイルの髪は量が多いせいで重たく見え、レースで縁取られたギャザー入りの半袖、ウエストに太く赤いベルト、くるぶしまでの丈の白いワンピース姿の「清純派アイドル・小野寺ルミ」はなんとなく野暮ったく見えた。親衛隊の声援《コール》に応えるように八重歯を出してにっこり笑顔を浮かべると、軽快なイントロに乗って体を左右に大きく動かしながら、マイクを口に当てた。

「え」

ワンフレーズもいかない、最初の一音目から音が外れている。合っている時もあるので音痴ではないと思われるが、「小野寺ルミ」は度々、フラット気味に音を外しながら「はつ恋物語〜プロローグ」を歌った。

媚びるような歌い方をしているので声質が同じかどうかは判断ができないが、「小野寺ルミ」と「瑠々」の歌唱力は、あまりにも違いすぎる。一瞬、同一人物かもしれないと、ふくらんだ期待は見事なまでにしぼんだ。いや、砕け散ったといったほうが正しいかもしれない。茫然とする樹を見て、濱中がまた笑い転げた。

「なかなかひでえもんだろ。まああの頃は、歌がヘタクソでも可愛けりゃあデビューできたんだよなあ。逆に、歌が上手いアイドルはあんまり売れなかったっていう、へんな流れがあったな」

樹はイヤホンを外すと、早瀬慧二の経歴の中の「小野寺ルミ」の部分をクリックした。知りたい情報はあっという間に目の前に現れた。

〈1955年 8月25日 長野県上村市にて生まれる。本名：久保輝美（家族構成：母、妹2人）7歳の時、家計を助けるためアイドルになることを決意する。1970年1月15歳でテレビ日本の人気オーディション番組「アイドル☆誕生！」に出場。4週勝ち抜いて第7代目チャンピオンとなり、歌手デビューが決定。当時、世田谷区成城6丁目にあったマナベ・プロダクション社長宅に住み込みながらレッスンに励む。1971年10月24日芸名を「小野寺ルミ」とし、ヴィクトリア・レコード（現：ヴィクトリア・エンタテインメント）よりシングル「はつ恋物語〜プロローグ」でデビュー。銀座山の手楽器で1日店長&ファン・クラブ結成式を行う（約1万人が集まった）。週間チャート初登場12位（最高位5位）。12月　セカンドシングル「Ｍｉｓｓレモン」初登場5位（最高位1位）。同曲でレコード大賞最優秀新人賞、全日本歌謡新人賞、六本木歌謡祭新人賞を受賞し、大晦日の紅白歌合戦に初出場を果たす。１９７2年1月　サードシングル「青い鳥をつかまえて」（最高位2位）、2月　ファーストアルバム「ガールフレンド」（初登場1位）、30万枚のセールスを出す。3月　4枚目シングル「お願い！王子様」（初登場1位）、6月　5枚目シングル「気まぐれ恋ごころ」（最高位2位）、8月　6枚目シングル「TOKYO人魚姫《マーメイド》」（初登場1位）。この頃、洋楽ロックを聴くようになる。特に、ローリング・ストーンズとＴＨＥ　ＲＥＤ　ＲＵＭが気に入り、多忙なスケジュールの中、お忍びでＴＨＥ　ＲＥＤ　ＲＵＭのライブに通うようになる。
10月　ＴＨＥ　ＲＥＤ　ＲＵＭの対バン・ライブのアンコールでストーンズの「サティスファクション」が演奏された時、客席からステージに駆け寄り、飛び入り参加する。それがきっかけとなり、ルミはバンドのギタリスト・早瀬慧二に曲を依頼する。12月に発売された7枚目シングル「夢を見させて」のＢ面「ロックンロール恋娘《ガール》」は早瀬慧二作曲の楽曲（作曲者名を早瀬慧二ではなく、ルミが好きなローリング・ストーンズのメンバーの名前を掛け合わせた「MICK RICHARDS《ミック・リチャーズ》」とした)。これがきっかけとなり、早瀬慧二とルミは親密な間柄になる。1973年2月　早瀬慧二を追って渡英。歌番組の収録、主演ドラマの顔合わせを放り出しての無責任な行動に世間の非難が集中。4月　帰国、羽田空港にて緊急謝罪会見を開く。事務所側は謝罪だけとしていたが、ルミは「引退、結婚」を発表。その後、所属事務所とレコード会社から契約不履行(契約満期まで4年だった)で起訴される。12月　事務所、レコード会社双方に違約金(推定額：約5億円)を支払い、和解。1974年1月1日　早瀬慧二と結婚。芸能界を完全引退。〉

歌唱力は散々だが、チャートの順位はいつも上位である。小野寺ルミが所属していたのは老舗の大手芸能事務所「マナベ・プロダクション」だけに、ある程度「操作」があったようにも考えられる。

そんな「事務所上げてのイチ押しアイドル」が、のちに「契約不履行で起訴」「違約金支払い」に追い込まれるのは、なんとも胸が痛い。仕事を放り投げてしまったことについては責められて当然ではあるが、早瀬慧二との恋と引き換えに支払った違約金と「芸能界完全引退」という代償はあまりにも大きい。そして、小野寺ルミの経歴もまた、ここで終わっていた。

濱中は店員にテキーラを注文した。樹はグラスが空になったが、早瀬慧二や小野寺ルミのことで頭がいっぱいになり、これ以上酒を飲む気分にはなれなかった。樹はもう一度、小野寺ルミの経歴を読んだ。酸欠者続出のステージのアンコールに飛び入りした小野寺ルミ。歌唱力はさておき、新人賞を総ナメにしたトップアイドルが突如ステージに登場し、早瀬慧二はさぞ驚いたことだろう。これがきっかけで二人は急接近し、清純派アイドルと赤い逆毛のロック・ミュージシャンとの恋が始まっただなんて、まるで、漫画やドラマのようだ。

「もし、ふたりに子どもがいたら……」

樹がそう言うと濱中がパチン、と指を鳴らした。

「それが娘だったら、瑠々かもしれねえぞ！」

だが、樹は大きくかぶりを振った。

「年が違いすぎます。すぐに子どもが生まれたとしても、今年で四十一歳ですよ！　それに瑠々の歌声はどう聴いても、十代の女の子だったし」

「じゃあ、孫とか。双子の孫」

と言いながら、濱中は「違うよな」というような顔をして首を傾げた。

それでも樹には、早瀬慧二と小野寺ルミの延長線上に瑠々がいる——そんな予感があった。

出逢ってからずっと横を向いていた瑠々が、ほんの少しだけ自分のほうを向いてくれたような気がした。

「眠れない夜に君に出逢った」（作詞・作曲　早瀬慧二　編曲　THE　RED　RUM）

まるで砂漠を歩くように　果てしなく続く　眠れない夜
羊数えても　錠剤《クスリ》飲んでも　眠れない　眠れないんだ
やつらが　俺を　押し込めようとするから
やつらが　俺を　縛り上げようとするから
助けてくれと　叫んでみても　ここは誰もいない　ひとりぼっちの夜

まるで廃墟を歩くように　果てしなく続く　眠れない夜
酒を飲んでも　女抱いても　眠れない　眠れないんだ
やつらが　俺を　追いかけてくるから
やつらが　俺を　追い詰めてくるから

許してくれと　叫んでみても　ここは誰もいない　ひとりぼっちの世界

※そして　君に出逢った　待ち合わせしてたみたいに
優しい手で　俺を抱きしめて　甘いくちづけ　くれたのさ
長い髪　白いワンピース　君は天使なの　それとも死神
迎えに来てくれたのかい　天国という名の地獄に　地獄という名の天国に
美しい君　君がこの世の最後の記憶なら　美しい君　かまいやしないさ

まるで世界の果てに　ほうりだされた　眠れない夜
夜が過ぎても　月日が経っても　眠れない　眠れないんだ
やつらが　俺を　塗りつぶそうとするから
やつらが　俺を　消し去ろうとするから
やめてくれと　叫んでみても　ここは誰もいない　ひとりぼっちの宇宙《そら》

※【繰り返し】
君を愛してる　君を愛してる　君を愛してる　それが俺の遺言
どうか　墓石に刻んでくれ　これが俺の遺言

（四）

放課後になると、先頭を切って真っ先にグラウンドへ駆け出していくのがあたしだったら、走るあたしの姿を教室の窓から眺めているのが瑠璃子、阿部瑠璃子《あべるりこ》はそんな子だった。

きっかけは中学二年になって席が隣同士になったこと。「おはよう」から始まって、天気のはなしとかからなんとなく話すようになった。笑った顔が可愛かったから「もっと笑えばいいのに」って言ったら、恥ずかしそうにもっと可愛い顔で笑った。その時の笑顔、今でも覚えてる。

いつもうつむき加減で歩いてるせいで、ちょっと猫背。一年生の三学期に京都から転校してきた瑠璃子は、あたしと二人きりで話す時、ときどき京都弁が混じる。やせっぽちで見かけは頼りなさそうだけど、周りの子が言うほど性格は暗い感じはしなかった。

今まで怒った顔なんて見たことがなくて、穏やかでおとなしい性格の瑠璃子とは真反対なあたしがなんで親友になれたのか、クラスのみんなが不思議がる。あたしだってわかんない。あたしのまわりには、だいたいあたしと似たような、勉強より運動が好きな活発なタイプの子が多かったから、よけいに不思議がられる。

瑠璃子は肉より魚だけど、あたしは魚より肉。瑠璃子は和菓子が好き、あたしはケーキのほうが好き。共通点がなにもない。ということは、争うことがないということ。だから、仲良くなれたのかなって。でも、もうそんなことどうでもいい。人を好きになるのに理由がないように、友達になるのにも理由なんてないから。

「チカ」

透き通るように澄んだ声。ああ、こんな声になりたかったなっていつも思う瑠璃子の声。

放課後の教室。白くて小さな両手があたしの練習着を差し出している。

ソフトボール部でピッチャーをやってるおかげで、練習着の、特に右わきの下がすぐに破ける。あたしのママはお裁縫が苦手だから今まで自分で縫ってたけど、ひどい縫い目を見た瑠璃子がやってくれるようになった。

「もう縫ってくれたんだ」

まるでミシンで縫ったみたいなきれいな縫い目。お昼休みに頼んだのに、いつやったんだろう。でも、半分は期待してたんだ。

「サンキュ、助かるっ」

そう言って抱きしめると、あたしの頬に真っ赤に染まった耳が当たった。すると、クラスの男連中が「レズだ、レズだ」ってわあわあ騒ぐ。

「うっさい、だまれ！」

あたしが机を蹴飛ばすと、一目散に逃げ出していった。ほんと、うちのクラスの男子はバカばっかり。くだらないことですぐに大騒ぎする。本当に男なんかくだらない。——加瀬俊彦くん以外は。

加瀬君は隣のC組にいる、陸上部員。短距離のランナーで、今度の夏休みに行われる全国陸上競技選手権大会で県の代表選手になった。人気ドラマに出てる俳優と同じ苗字なんだけど、髪型を似せているせいかなんとなく顔も似ているように見える。背が高くて、足が長い。だから、走っている姿がとてもきれい。そんな感じだから、女子の人気がものすごくて、他の中学から練習を見に来る子もいる。

加瀬君とは、ときどきグラウンドですれ違う時にあいさつする。かっこいいなとは思うけど、他の子みたいにきゃあきゃあ騒いだりとかしたくなかった。それに、F組にいるバレー部副キャプテンの佐藤千鶴《さとうちづる》とつきあってるって聞いたし。ショックを受けるよりも、あれだけかっこよければ彼女がいて当然だろうなってほうが大きかった。それよりも、今のあたしの頭の中は全国大会で優勝することでいっぱいだった。

しばらくして、ソフトボール部と陸上部の合同壮行会が一学期の終業式の後に行われた。あたしは先発のピッチャーとキャプテンを任され、ふたつの部を代表してスピーチをした。

式が終わって、教室に戻ろうとしたとき後ろから肩をたたかれた。

「大会は違うけど、おたがいがんばろうな」

初めて加瀬君に声をかけられた。間近で見る加瀬君は本当にかっこよかった。テレビに出てもいいくらいに、めちゃくちゃかっこよかった。にっこりと笑った後、くるっ、て背中をむけて渡り廊下を走っていく姿。まるでドラマのワンシーンみたいだった。

「チカ」

瑠璃子がいつのまにか横にいた。あたしは赤くなった顔を見られたくなくて、瑠璃子のほうを向かずに、渡り廊下のほうを見ながら話し始めた。さっきから胸がどきどきして、頭がまだぼーっとしてる。どきどきと赤い顔をごまかすように、どうでもいいことをべらべら話していたのは覚えてる。でも、瑠璃子は頭がいいから、あたしがごまかしでしゃべってることなんてお見通しだったのかもしれない。それとも瑠璃子も見ていたのかな。渡り廊下を走っていく加瀬君を。


それから三週間後。

加瀬君は選手権で百m走を十一・一五秒の記録を出して優勝した。だけど、ソフトボール部は決勝戦で逆転されて準優勝になった。あたしは最優秀投手に選ばれたけど、優勝しての受賞じゃなかったからあんまり嬉しくなかった。

大会が終わった翌日、部活は休みだったけどなんとなく身体を動かしたくなってグラウンドに出た。後輩相手に一時間ほど汗を流した後、水飲み場で顔を洗っていると加瀬君がやって来た。選手権後、初めて顔を合わせたから、あたしは「優勝おめでとう」って言った。加瀬君は「ありがとう」って言ってくれたけど、すぐに笑顔が消えた。

「準優勝、残念だったね」

あたしは嬉しかった。準優勝が「おめでとう」じゃないってこと、加瀬君もあたしと同じ考えだってことがその時、わかったから。そしたら、決勝戦で負けても出てこなかった涙が、ぼろぼろぼろぼろ流れてきた。この気持ちはたぶん、瑠璃子に話してもわからないと思ったから、ずっと心の奥にしまってた。しまっている時間が長くなるほど、解放された時の反動は大きい。声を上げて泣いたのなんて、いつぶりだろう。突然泣き出して加瀬君を困らせているのはわかってたけど、あたしはどうしても涙を止めることができなかった。

「あのさ……こんな時に言うのもあれなんだけどさ」

泣き続けてるあたしの肩を加瀬君はそっと抱き寄せた。あたしはちょっと、というか、かなりびっくりしたんだけど、次の言葉でもっとびっくりした。

「俺とつきあってくれないかな。……君のこと、好きなんだ」

涙が止まった。たぶん、心臓も止まってたと思う。

「選手権終わったら言おうって、そう決めてたから」

加瀬君がにっこりと笑った。それからどうやって家に帰ったのかよく覚えていない。お風呂からあがって、あたしはすぐに瑠璃子に電話をした。五分もない水飲み場での出来事を三十分かけて話した後、

「良かったね」

瑠璃子が嬉しそうに言ってくれた。

「チカ、しあわせになってね」

やだ、結婚するみたいじゃないって言おうとしたら、横でママが「電話が長い」と文句を言い始めて、あたしは慌てて「じゃあ、またね」と電話を切った。

夏休みはもう残り少なくなって昨日までユウウツだったけど、今、あたしは最高にしあわせな気分だ。

あたしと加瀬君がつきあいはじめてしばらくの間は、加瀬君の取り巻きから嫌味を言われたりしたけど、それも二週間を過ぎるころにはいつのまにかなくなっていた。瑠璃子は気を利かせてくれているのか、放課後、あたしを待たないでひとりで帰るようになってしまった。でも、あたしはカレシが出来たからって、友情を粗末にするような女なんかじゃない。気をつかわないで、今まで通りにしようよ。電話でそう文句を言うと、瑠璃子はく

すくすと笑った。そして、実は、と言って声を潜めた。

「今、あることに挑戦してるの。だから、チカを待たないで帰っているの。ごめんね」

「なあんだ、それなら別にいいけど」

良かった。瑠璃子はいつも通りで、ホッとした。

「でも、何に挑戦してるの」

何でもできる瑠璃子から「挑戦」という言葉が出てくるなんて、ちょっと意外だった。

すると、瑠璃子はふふふっ、と笑った。

「まだヒミツ」

「なによぉ、もったいぶっちゃって。でも、出来たら一番にあたしに見せてよ。楽しみにしてるね」

「うん」

瑠璃子にしては珍しく弾んだ声だった。よっぽど力《リキ》が入った「挑戦」なんだなってあたしは思った。

二学期が始まってしばらくして、あたしとママは進路相談室に呼ばれた。こないだの大会で準優勝と最優秀投手賞をもらったことで、ソフトボールの強豪校から体育推薦が受けられるかもしれないという話だった。もちろん、来年もそれ相当、それ以上の結果を出さなければいけないけれど、ソフトをやり始めた小学生の頃からあこがれていた高校だったから、あたしは天にも昇る気持ちになった。その高校は陸上部も強いから加瀬君と一緒に行けたらと思い、それとなく訊いてみたら、そんな話はされていないと言った。

「あそこ、偏差値高いだろ。俺、無理だよ」

そういえば、一学期の定期テストで数学と英語が追試だったって言ってたっけ。

「で、でも、あたしもまだ決まったわけじゃないからさ。それに、加瀬君は選手権で優勝したんだから、そのうちきっと話があるよ」

あわてて取りつくろいながら、あたしは気が付いた。瑠璃子にテストのヤマを教えてもらってるおかげで、成績が落ちていない。むしろ、上がっている。だから、推薦の話が出てきたんだ。

「じゃあ、今度のテスト前に勉強会やらない？　優秀な家庭教師、紹介してあげる」

土曜日。あたしは駅前のハンバーガーショップの二階にいた。二階の隅にある四人掛けのテーブル席は長居ができるんで、勉強会にはうってつけの場所だ。本当はあたしの家でやりたかったんだけど、カレシが来るっていったらパパやママが大騒ぎするし、あたしの部屋だって、いいや、家じゅうまるごと片付けしなきゃいけないことになる。だからと言って、加瀬君の家におじゃまするわけにいかないし、瑠璃子の家にも……。そういえば、瑠璃子の家はお父さんが厳しい、って言ってたな。あんまり根掘り葉掘り聞くのもいやだから、それ以上は聞かなかったけど。だから、余計に瑠璃子の家におじゃまするわけにはいかない。

　席を確保するためにあたしは集合一時間前からテーブル席に座った。家族連れが座りたそうににらみ付けても、にらみ返して追いはらった。

「チカ」

　集合時間十分前に瑠璃子がやって来た。黒のギンガムチェックのブラウスに白のフレアスカート。いつもふたつに結わえてる髪を下ろした瑠璃子はとってもかわいくて、あたしは思わず見とれてしまった。それに比べて、あたしはスヌーピーのTシャツにキュロットパンツ。もう少しおしゃれしてくればよかった。

「ごめんごめん、待った？」

　そのすぐ後に、加瀬君がやって来た。ううん、と首をふったあたしは、加瀬君の視線があたしじゃなくて瑠璃子に向けられていることに気付いた。

「あ、知ってるかもしれないけど紹介するね、阿部瑠璃子ちゃんです。あたしの親友」

　加瀬君はにっこりと笑うと、「よろしく」と言った。そのあと、なにも言わないでいる加瀬君をあたしはひじで突いた。

「加瀬君、早く自己紹介しなよ」

「あ、そうか」

我に返ったような顔をあたしは軽く睨んだ。

「大丈夫ですよ。チカからいっぱい話を聞いてますから」

瑠璃子がくすくすと笑った。いつも見慣れてる笑顔だけど、今日はなんだかいつも以上にかわいく見える。

「加瀬俊彦君、今日はよろしくお願いします」

そう言ってお辞儀をする瑠璃子を加瀬君は笑顔で見つめた。店にやって来てから、加瀬君は一度しかあたしを見ていない。

もやもやとした思いは、その三日後にしたキスで消え去った。再び元気を取り戻したあたしに、珍しく瑠璃子から電話がかかってきた。以前、言っていた「挑戦」していたものが出来上がったのだそうだ。テストが終わった後の今度の日曜日、学校の音楽室で待っているという。

「家で聴かせてもいいんだけど……お父さんが嫌がるかもしれないから」

「別にそれは気にしないけど。でも、聴かせるって何を？」

「……私、歌を作ったの」

あたしは驚いた。てっきりケーキとか洋服作りとかに「挑戦」しているのかと思っていただけに本当におどろいた。まさか、歌作りに「挑戦」していただなんて、ぜんぜん思ってもみなかった。そして日曜日、あたしはわくわくしながら、自転車を飛ばした。

音楽室に行くと、瑠璃子がグランドピアノの前に座って待っていた。

「もしかして、弾き語り？」

瑠璃子は黙って頷くと、ピアノのふたを開けた。そして、鍵盤にそっと指を置いた。やがて、指が柔らかなメロディを奏で始めた。

瑠璃子の歌声は、まるで陽だまりにいるような温かみがあった。話している声も優しいけれど、歌声はそれがまた増している感じがした。淡い青のワンピースを着てピアノを弾いている姿はとても優雅で、クラスであまり目立たない、猫背気味で歩いている瑠璃子とは別人のように見えた。

あっと言う間に歌が終わってしまった。あたしが拍手をすると、瑠璃子は照れたようにうつむいた。

「聴いてくれてありがとう……」いつもより小さな小さな声。

音楽的なことはよくわからないけれど、かなしい歌だった。でも、瑠璃子の歌声がとても素敵で、かなしい歌なのに悲しく聴こえなかった。

「すてきな歌だったよ！　それに、瑠璃子がこんなに歌が上手いなんてビックリしちゃったよ！　歌詞がちょっと暗かったけど、でも、いい歌。メロディがとてもすてき。もしかして、初めて作った曲？」

瑠璃子はまた恥ずかしそうにうなずいた。あたしは本当に驚いた。

「ほんとに!? 瑠璃子にこんな才能があるなんて、ぜんぜん知らなかったよ！」

あたしが何か言うたびに瑠璃子の顔がどんどん真っ赤になっていく。瑠璃子の性格からして、じぶんが作った歌をあたしに聴かせるということは、清水の舞台から飛び降りるような気分だっただろう。それだけに、あたしは胸が熱くなるくらいに嬉しかった。だからつい、

「お父さんにも聴かせてあげればいいのに」

なんてことをうっかり言ってしまった。瑠璃子の表情が一瞬、暗くなった。電話で「お父さんが嫌がるかもしれない」って言ってたことを、あたしは思い出した。

「あ、ごめんね……」慌てて謝った。

「ううん、いいの」

でも、さっきまで照れくさそうにしていた表情には戻らない。お父さんとあまり仲が良くないのかな。瑠璃子みたいな、頭が良くてかわいくて、性格もいい娘の、いったいなにが気に入らないんだろう。あたしは顔を見たことない瑠璃子のお父さんに対してものすごく腹が立ってきた。

「でも、いつかは……聴いて欲しい」

瑠璃子はピアノのふたをそっと下ろした。

「チカのおかげよ」

「え？　なんで？」

「いい歌だって言ってくれたから。お世辞でも、勇気が出たわ」

「ちょっと、お世辞なんかじゃないわよ！　本当にあたしはそう思ったの！　なんで信じてくれないの！」

ムキになったあたしを見て、瑠璃子はくすくすと笑った。いつもの笑顔に戻って、ホッとした。

音楽室を開けてくれた用務員さんにお礼を言って、あたしと瑠璃子は校門に向かって歩いた。十月も半ばの夕方はちょっと寒い。薄暗くなった空に、小さくまたたく星が見えた。

「今日は本当にありがとう」

瑠璃子は深々と頭を下げた。

「やめてよ、お礼を言うのはあたしのほうだよ。あんな素敵な歌、一番最初に聴かせてくれたんだもん。こちらこそ、ありがとう」

あたしも頭を下げた。すぐに顔を上げると、瑠璃子は嬉しそうに笑っていた。気持ちが伝わったみたいで安心した。

「じゃ、また明日ね」

自転車にまたがり、ペダルを踏もうとしたあたしを瑠璃子が呼び止めた。

「……チカ」

「誰にも……他の誰にも聞かせていないことが、もうひとつあるの」

瑠璃子の真剣な表情を見て、あたしはペダルから足を下ろした。

「どうしたの」

「あのね……誰にも、クラスの誰にも絶対に言わないでね……お願い」

「だいじょうぶ。絶対、絶対誰にも言わない。部活の子にも言わない。約束するから」

あたしは瑠璃子の右手の小指をつかみ、自分の小指にからませると、ぶんぶんと大きく揺らして「指きった！」と言った。指が離れると、瑠璃子は大きく息を吐いた。なんだかピアノの前にいる時より、今の方が緊張しているみたいに見えた。

「……あのね……」

あたしは生唾をごくりとのみこんだ。

「私のお母さん……昔、アイドル歌手だったの」

なんか今、アイドル……って聞こえたけど。あたしはちょっと間を置いて、瑠璃子に聞いた。

「あの、る、瑠璃子のママが………アイドル歌手だったの……？」

瑠璃子はこくん、とうなずいた。

「ええぇっ、うそぉっ!!」

大声をあげてしまったあたしに、瑠璃子は「しいっ」と言って人差し指を口元に立てた。あたしはすぐに「ごめん」って謝ったけど、ちょっと興奮していた。テレビに出ているアイドルなんて、別世界の人間なんだって思ってたけど、なんだか急に身近に思えてきた。

「すごい、すごいっ。芸名はなんて言うの？」

「……小野寺ルミ」

消え入りそうな声で瑠璃子は言った。

「じ、じゃあレコード屋さんにいけば、瑠璃子のお母さんのレコードがあるの!?」

あたしは興奮気味に尋ねた。だけど、瑠璃子は小さく首を横にふった。

「大昔のことだから今はもう全部廃盤になったっておばあちゃんが言うてた。お父さんもバンドをやってたんだけど、若い時のことだからお父さんのレコードも廃盤になったって言うてたわ」

「ええっ、お父さんも、げ、芸能人だったの!?」

あたしはますます興奮した。そんなあたしを見て瑠璃子はクスッと笑った。

「芸能人っていうよりは、ミュージシャンっていったほうが正しいかもしれへん。でも、その頃の話、全然してくれへんの。売れへんかったから、いやみたい」

「……そうなんだ」

「お母さんの話もあんまりしてくれへんの。お母さんがアイドル歌手やったってことも、おばあちゃんから聞いた話やし」

瑠璃子がお母さんと離れてくらしてること、あたしは今はじめて知った。

「だからお父さん、今は音楽のことがきらいみたい。鼻歌うたっただけで、すごく怒るんやもん」

瑠璃子は寂しそうに言った。今まで知らなかった瑠璃子の家の中のことが、ちょっとだけ判ったけど、あまり楽しそうな雰囲気ではないみたいだ。鼻歌うたっただけで怒られる家で瑠璃子は暮らしているんだって思うと、あたしはすごく悲しくなった。

「瑠璃子」

あたしが呼ぶと、瑠璃子は顔を上げた。気のせいか、少し目が赤くなっているように見えた。

「瑠璃子が作った歌……いちばんに聴かせたかったのは、あたしじゃなくてお父さんとお母さんなんでしょ？」

あたしがそう言うと、大きな目にみるみるうちに涙がたまっていった。

「……うん」

やっぱりそうか。泣き出して丸くなった背中をあたしは何度もなでた。

「じゃあ、今度、冬休みが始まる前に、また音楽室借りようよ。それで、ピアノで弾き語りしたのをカセットテープに録音するの。それをさ、クリスマスにお父さんとお母さんにプレゼントするのよ！」

「……でも」

「だいじょうぶだよ。子どもからのプレゼントを嫌がる親なんているわけないもん！」

それでも瑠璃子は不安そうな顔をしていた。瑠璃子のお父さんって、ものすごく気難しい人なのかな。だけど、あたしは運動部気質ってやつなのか、相手が手ごわければ手ごわいほど、がぜん闘志がわいてくる。

「そんなに心配しなくても平気だよ！　きっとお父さん、びっくりするよ。びっくりしすぎて機嫌が悪くなるの、忘れちゃうよ！」

あたしは瑠璃子の肩をぽん、と叩いた。

「……ありがとう……チカ」

瑠璃子のほおに涙がひと粒、伝って落ちた。きれいだなって、思った。

家に帰ると、リビングでパパがソファに寝っころがりながらテレビを見ていた。「ガハハハ」と笑いながら、ぼりぼりとお尻をかいてる。そんなパパを見ても、いつもはなんとも思わないのに、今日はなんだか落ち込む。

「あら、お帰り。もうすぐごはんよ」

台所からママが顔を出した。丸太みたいな、典型的おばさん体型。あたしもママくらいの年になったら、ああなっちゃうのかな。

「着替えてくる」

二階に上がってじぶんの部屋に入ると、あたしはすぐに手鏡を見た。ブスってわけではないけれど、特別かわいいってほどでもない。あー、あともうちょっとだけ目が大きかったらなあ。パパに似たから、奥二重になっちゃったし。鼻ももう少し高かったら良かったのに。鼻ぺちゃはママに似ちゃったからなあ。

瑠璃子は可愛いから、やっぱりお母さんに似たのかな。作曲の才能は、きっとお父さん譲りなんだろうな。元アイドルだったお母さんとミュージシャンだったお父さん。あたしだったら、みんなに自慢するのに。売れなかったから黙っていたのかな。でも、売れても売れなくても、じぶんのお母さんが元アイドルでお父さんがミュージシャンだったら、ぜったいみんなに言っちゃうな。

下でママが呼んでいる。ああ、なんだか口元がムズムズする。ごはん食べながら、パパとママに言っちゃいそうだ。気をつけなきゃ。

それから何事もなく月日は過ぎていった。

十一月。定期テストまで一週間を切った火曜日、あたしは、後輩部員の美奈子からある話を聞かされた。こないだの日曜日に二つ先の駅前のハンバーガーショップで加瀬君と瑠璃子が一緒にいるのを見かけた、というのだ。

「ああ、知ってる。テストの勉強会してたのよ」

口が勝手に動いていた。

「えーっ、彼女抜きで、ですかあ」

美奈子が容赦なく突っ込む。

「こう見えても、あたしは心のひろーい女ですからねー」

そして笑顔を浮かべて余裕の表情を作ったけど、心はすっかり動揺して、頭の中は混乱していた。そのせいで、右のほおがちょっとひくついていた。

加瀬君とのデートはいつも土曜日の午後にしていた。家族と出かけることが多いから、日曜日は約束ができないって加瀬君が言ったからだ。こないだの日曜日はたしか、家族で中華街へ食事をしに行ったって言ってたけど。

瑠璃子はテスト前になると、あたしを待たずに帰る。よっぽどの用件がないかぎりテスト前は電話はしない。だから、土曜日と日曜日に瑠璃子になんの予定が入っているのかなんて知らない。でもそれよりも何よりも、今日、瑠璃子は日曜日に加瀬君と会ってたことをあたしにひと言も言っていない。

「……なんで……」

あたしはあの時のことを思い出した。

初めて勉強会をやった日。店に入ってきてから、ずっと瑠璃子を見つめていた加瀬君のこと。あの時感じた、もやもやした思いが今はざわざわと体中をかけめぐっている。

その夜、あたしは加瀬君に電話をした。ほんとうは家に行って、直接話をしたかったけど、加瀬君の家はうちから遠くて帰りが遅くなるので電話にした。

「あー、言ってなかったっけ。ごめんごめん。数学と英語でどうしてもわかんないところがあったからさ、教えてもらってたんだ。今度また追試になったら、おこづかいくれなくなっちゃうからさ」

加瀬君の声がやたら軽く聞こえる。

「あ……そう……なんだ」

でも、ちょっと安心した。なんか嫉妬深い、重たい女って思われちゃったかな。

「それよか、俺、うっかり言っちゃったんだよねー」

そろそろ電話を切ろうとした時、加瀬君のすまなそうな声が聞こえた。

「え?」ちょっといやな予感がした。

「こないださあ、お前から聞いた瑠璃子ちゃんの親の話。それ、瑠璃子ちゃんに言っちゃったんだよ。チカから聞いたよって」

あたしは頭を抱えそうになった。

加瀬君と瑠璃子が会った前の日の土曜日。あたしと加瀬君は渋谷でデートした。試験勉強の息抜きをしようと、映画を観た。そして、帰り道にレコード屋さんに寄った。その時、あたしは瑠璃子のママのレコードがあるかどうか、店員さんに訊いた。瑠璃子は廃盤になったって言ってたけど、大きいレコード屋さんだったらあるかもしれないと思ったからだ。それで、あたしと店員さんのやりとりを横で見ていた加瀬君が「小野寺ルミって誰？」って聞いてきて……。

「なんで言っちゃうの！　誰にも言わないでって言ったじゃん！」

あたしが責めるように言うと、加瀬君は一瞬、沈黙した。

「で、でも、お前と瑠璃子ちゃんは親友同士だし、親友に隠しごとしてるのは良くないかなって思ってさ……」

あたしは頭を抱えたまま、今度は倒れそうになった。

翌日。

足取り重く、あたしは学校へ向かった。心の中は、瑠璃子があたしに黙って加瀬君と勉強会していたことよりも、あたしが加瀬君に瑠璃子のパパとママのことをしゃべっていたことが瑠璃子に知られたことのほうが重くのしかかっていた。

話の流れとはいえ、瑠璃子との約束をあたしは破ってしまったのだから。

階段を上がって、ふたつめの教室に入る。入るとすぐに、「おっはよー」って言うんだけど、今日はなにも言わずに教室に入った。そんなあたしを不思議そうに見ながら何人かが「おはよう」と声をかける。あたしは返事をする代わりに黙って頷きながら、でも、視線は瑠璃子の席に向けながらじぶんの席に歩いていった。

瑠璃子はまだ来ていなかった。二学期になって席替えをしたから、瑠璃子と離れて寂しかったけど、今はちょっとホッとしてる。でも、それもつかの間、一時間目が始まるチャイムが鳴っている時に、瑠璃子は登校してきた。

遅刻ぎりぎりに席についた瑠璃子をクラスのみんなが驚いて見つめた。あたしも思わず瑠璃子を見た。椅子に座った時、一瞬、目があった瑠璃子は無表情のまま、その視線を黒板に向けた。あんな冷たい表情の瑠璃子をあたしは初めて見た。

一時間目は地理。試験範囲のところだから、いつもと違ってみんな授業に集中している。だけど、あたしには先生の言葉が入って来ない。エコーがかかったようになって、頭の中でこだまする。あたしは先に怒るべきなんだろうか。それとも、先に謝るべきなんだろうか。そんなことを考えながら、ひとつ列をはさんだ斜め左に座るきゃしゃな背中を見つめていた。

あたしはノートにメッセージを書いた。それを先生に聞こえないように破くと、小さく折りたたんで、横の席にいる田中君に渡した。田中君はまたその横の席の石橋さんに渡して、石橋さんは前の席の木須君に渡した。木須君は紙を受け取ると、肩越しにあたしを見て小さく頷いた。そして、先生が黒板に向かっている間に、前に座る瑠璃子の机に紙をほうるように投げた。後ろから飛んできた紙に瑠璃子はすぐに気が付いてくれた。紙を広げて読んでくれているのは仕草で判った。よかった、破かれなくて。

放課後、瑠璃子が屋上に来てくれたら、まず先に謝ろう。あたしはそう決めた。

今日は体調が悪いからと、あたしは部活を休んだ。顧問の野中先生には拾い食いでもしたのかと言って笑われた。いつもだとギャグを返すとこだけど、今日はさすがにそんな気になれない。あたしはどきどきしながら、屋上への階段を上がった。

瑠璃子は先に来ていた。来ないかもしれないと覚悟していたあたしはフェンスにもたれている瑠璃子を見て、びっくりした。でも沈む夕日が逆光になって、瑠璃子の表情がいまいちよく見えない。

すぐに謝ろうと思ってたのに、声がなかなか出てこない。

「……あ……ありがと、来てくれて」

とにかく何か言わなきゃ、と思って言ってみたけど、なんかちょっと違うような気がして後悔した。

「加瀬君……から聞いたけど、あの」

「信じてたのに」

瑠璃子の声が震えているように聞こえた。やっぱりパパとママのことで瑠璃子は怒っていた。あたしはあせった。

「あ、でも、ほんとにそんなつもりじゃなかったの。加瀬君が言ったかもしれないけど、渋谷のレコード屋さんなら瑠璃子のママのレコードがあるかなって思って、それで」

いいわけを並べているのはわかってる。とにかくあたしは「悪意がなかった」ことを必死に瑠璃子に訴えた。だけど、瑠璃子はそんなこと聞きたくない、とばかりに大きく首を横に振った。

「京都の中学でも同じこと言われたわ！　親友だと思ってた子に」

瑠璃子の目つきがきつくなった。

「そんなつもりじゃなかった、悪気はあらへんかったんよって……でも、翌日からあたしに対して一斉にいやがらせや陰口がたたかれはじめたわ。言いふらしたその子は『かんにんな、そんなつもりやなかったの』って言うだけで、私から逃げていった」

瑠璃子が転校してきた理由がなんとなくわかってきた。だから、「誰にも言わないで」って念を押したんだ。

「そんなことがあったから、この中学ではじぶんの家のことはぜったいに話さないでおこうと決めていたの。だけどチカと友達になって、いろんなことを話しているうちに、チカにだけは話してもいいかなって思い始めたの。歌を作ったことも、お父さんとお母さんのことも。チカのこと、いちばん大切な友達だって思ったから、チカには隠しごと、したくなかった。だから……」

「瑠璃子……」

手を握ろうと近づいたあたしを、瑠璃子は後ずさりして避けた。

「……信じてたのに」

瑠璃子はもう一度、言った。

本当にあたしのことを信じていたんだろう。そして、信頼を裏切ったあたしに対して、心の底から怒っているんだろう。京都の中学でのことは知らなかったとは言え、その場の雰囲気に流されて口をすべらせてしまった、浅はかな自分を本当にうらんだ。

「加瀬君は」

瑠璃子の声にあたしは反射的に顔をあげた。

「俺だったら親友の秘密を聞いても、ずっと黙ってるって言ってたわ」

その言葉にあたしはムッとした。もちろん、約束を破っておいて言うのもなんだけど、「誰にも言わないで」って言ったのに、「聞いたこと」を当の瑠璃子に話してしまった加瀬君がそんなことを言ってたなんて。なによ、まるであたしだけが悪者じゃない。その時、あたしは思い出した。瑠璃子にはあたしに謝ることがあるのを。

「加瀬君で思い出したけど、こないだの日曜日、二人で会ってたらしいじゃん」

責める感じにならないように、あくまで普通の、いつもの感じの口調にした。瑠璃子の表情は相変わらず逆光で見えないけど、動揺した感じはなかった。

「電話がかかってきたから」

……いつ調べたんだろう。誰かから聞いたのかな。

「へえ……それで、二人だけで勉強会したんだ」

瑠璃子は小さく首を振った。

「勉強会じゃないわ。会ってほしい、って言われたから」

……聞いていた話となんか違う。

「それで……会いにいったの？」

瑠璃子はこくり、とうなずいた。ただうなずいただけの瑠璃子の態度にあたしはカチンときた。

「あのさ、加瀬君はあたしの彼氏だよ？　会いたいって言われて、あたしになんの断りもなくのこのこ会いに行くなんて、信じらんない!!　それに、日曜日に会ってたこと、昨日も今日もあたしにずーっと黙ってるなんて、どういうことよ!?」

一気にまくしたてたあたしを、瑠璃子はじっと見つめていた。顔を真っ赤にして怒ってるあたしをまるでバカにしているように見えて、その態度が余計に怒りをかきたてた。

瑠璃子にはいろいろ言いたいことはあったけど、約束を破ってしまった気まずさもあって、あたしは瑠璃子に背を向けてそのまま屋上から去った。次の日も、そしてまた次の日も、あたしと瑠璃子は口を利かないでいた。

加瀬君とはそれから、なんとなく気まずくなって別れてしまった。

そうこうするうちに、定期テストが始まった。だけど、瑠璃子は学校に来なかった。次の日も来なかった。そしてとうとうテスト期間中、一日も登校してこなかった。

冷戦状態ではあるけれど、さすがにあたしも心配になって、試験勉強の合間をぬって、何度か瑠璃子の家に電話をかけてみた。でも、電話はつながらなかった。担任の先生に聞いたら、「体調不良」ということだった。試験は追試というかたちで受けることになっているらしい。

試験も受けられないくらいに、体調が悪かったなんて全然知らなかった。あたしはあせった。大ゲンカしたから具合が悪くなっちゃったのかな。

テストが終わったので、あたしは瑠璃子の家に行くことにした。鼻歌を歌うだけで怒り出すというお父さんがいたら怖いけど、ここは勇気を振り絞って行くしかない。カバンを持って席を立つと、引き戸のところにF組のバレー部の副主将・佐藤千鶴が立っていた。切れ長の目があたしをじっと見ている。明らかにあたしに用事があるという雰囲気だ。

背丈が百七十センチくらいあって、ボーイッシュな雰囲気がある佐藤千鶴は、あたしの前に加瀬君とつきあっていた。バレー部は全国大会で毎年のように優勝している。ソフトボール部も全国大会出場常連だけど、バレー部のほうが優勝回数が多いこともあって、だいたいの部員がいばっている。入部してすぐにレギュラーになった彼女は一年生の時からいばっていた。いつもとりまきをぞろぞろ従えて、女王様みたいに歩いてる。だけど、今はめずらしくひとりだ。どうしてだろう。

「ちょっと来て」

佐藤千鶴はそう言うと、さっさと歩き出した。ひとの返事も聞かないで、いやな感じ。でも、これで行かないとビビってると思われるし、おまけに話の内容が全然予想がつかないから、後に続いて歩いた。

「えっと、名前……なんていうんだっけ」

校舎を出て、グラウンドを半分くらい歩いていると、佐藤千鶴がいきなり聞いてきた。

「……藤木《ふじき》知佳《ともか》」

すると、佐藤千鶴は不思議そうな顔をした。

「え、でもみんな、あんたのこと『チカ』って呼んでるじゃん」

ちょっと、あたしは今日初めて口をきいたアナタに「あんた」呼ばわりされる覚えはないんですけど。

『ともか』よりも『チカ』のほうがあたしらしいって思ったから」

それはクラス替えのたびにする話だった。おそらく、周りにいる子たちはあたしの名前の本当の読み方が「トモカ」だってこと、忘れてると思う。

「ふーん……変わってんね、あんた」

上から見下ろすようにしてあたしを見ると、佐藤千鶴はすぐに背を向けて、また歩き出した。

連れていかれたのは、バレー部の部室だった。でも、なぜかそこに後輩部員の美奈子がいた。美奈子はあたしと目が合うと、「お疲れさまっす」と言って、ちょこんと頭を下げた。

部室には、あたしと佐藤千鶴、美奈子のほかに三人の女の子がいた。そのうち二人はあたしと同じ学年で、ひとりはバスケ部の元木《もとき》妙子《たえこ》。たしか、センターをやってた。この子も佐藤千鶴と同じくらいに背が高い。もうひとりは友部《ともべ》顕子《あきこ》といって去年、県内のピアノコンクールで優勝した子だ。おとなしそうな感じが瑠璃子に似ている。でも、口はきいたことがない。なんか、この子だけ浮いてる雰囲気。残り一人は美奈子の友達っぽいけど、制服が違う。美奈子にひっつくようにして隣に座っているけど、可愛らしい顔がちょっとひきつってる。

「そこ、座って」

佐藤千鶴が美奈子の友達の隣をあごで指した。あたしはまたムッとしたけど、このままつっ立ったままでいるわけにもいかないので、パイプ椅子に腰をかけた。

「じゃあ、これで全員そろったわね」

元木妙子が腕組みをしながら、あたしたちを見回した。

「あのぅ」

か細い声がした。友部顕子だった。

「レッスンがあるんで、手短にしていただけますか」

「うっさいわね」

元木妙子が大きく舌打ちをした。ピリピリした空気があたりに立ちこめる。

「ね、ちょっと待ってよ、なによこれ、いったいなんの集まりなのよ」

どう見ても、みんなで楽しくおしゃべりしましょうという雰囲気でないことは判るけど、ワケの判らない気持ち悪さに耐えかねて、あたしは元木妙子に言った。

「あら、このメンツ見てわかんないの、あんた」

鼻で笑うように、元木妙子が返してきた。あたしは改めて自分の周りを見た。

バスケ部センターの元木妙子、バレー部副キャプテンの佐藤千鶴、ピアノコンクールで優勝した友部顕子、美奈子と美奈子の友だち、そして、あたし。あたしとの共通点があるのは、同じソフトボール部の美奈子だけ。あと、共通点と言うにはなんだけど、佐藤千鶴とは「加瀬君の彼女」だったっていう……

　はっと気づいたあたしの顔を佐藤千鶴が見て、クスッと笑った。

「そうよ、ここにいるのは、みーんな加瀬君の『元彼女』」

　あたしは思わず美奈子を見た。美奈子はすぐに首をぶるぶると振って、

「つきそいっす、つきそいっす」

と、横に座る子を指さした。美奈子の友達はうつむいているけど、耳が真っ赤になっている。あたしはわざと大きくため息をついた。

「で、これから加瀬君の悪口大会でもしようってわけ？」

「あらぁ、それもいいわねえ」

　元木妙子が脚を長机に投げ出した。ほどよく筋肉のついた長い脚に一瞬、見とれたけど、あたしは椅子から立ち上がった。

「せっかくだけど遠慮するわ。そんなこと、くだらなすぎて時間のムダだし、これから大事な用事があるから」

　あたしはそう言うと、友部顕子に視線を向けた。

「ねえ、ピアノのレッスンがあるんでしょ、一緒に帰ろう」

　友部顕子はホッとしたような表情をした。あたしの後を追って、慌てて席を立とうとすると、

「あんた、あいつとエッチしちゃったんでしょ。その後さっさと次の女に乗りかえた男に復讐しようって思わないの⁉」

元木妙子の言葉に、友部顕子の顔が塗ったように赤くなった。そしてカバンを抱きしめるようにかかえると、赤くなった顔をうずめた。

「ちなみに、私と妙子もしたけどね」

佐藤千鶴が半分得意げに言った。

「あんた、したの？」

元木妙子がにやにやと見つめる。あたしは加瀬君とキスまでしかしていない。キスしながら胸を少し触られたことはあるけど、いやだって言ったらすぐにやめてくれた。だけど、ここにいる美奈子以外の「元彼女」のうち、三人はエッチしたんだ。なんだか自分が一番子どものように思えた。

「な、なんで、そ、そんなことあんたに言わなきゃいけないの。ばっかみたい」

ちょっと動揺したあたしを見て察したのか、元木妙子は「ふふっ」と鼻で笑った。

「とにかく、このままやられっぱなしになるのもくやしいから、あいつを精神的にイタめつけてやろうかと思ってさ」

「なに考えてるの……」

あたしは元木妙子の言った「精神的に」という言葉がひっかかった。元木妙子はまた

「ふふっ」と鼻で笑った。

「気持ち的にはあいつをここにいるみんなでボコってやりたいんだけど、そうすると、暴力ざたを起こしたってことで内申に響くじゃん？　だから、今、あいつがつきあってる女を使うのよ」

「つきあってる女？」

「学校中からシカトされるようにして、あいつとつきあうと、ものすごく不幸になりまーすっていう感じにするワケ。そうすると、あいつから女は離れていくし、その後、あいつから告白されても誰も怖くて付き合わなくなるっていう、まさに一石二鳥。女はみんな自分のものだってうぬぼれてるあいつにとっては、誰ひとり女が寄ってこないことは相当のダメージだと思わない？」

自信満々に作戦計画を述べると、元木妙子は長机に投げ出していた足を組み替えた。

「だから、あんたにも協力してほしいのよ。あんただって、ポイ捨てされてくやしいでしょ？　一緒にあいつを痛めつけようよ」

ここにいる四人の女の子がどういう理由で加瀬君と別れたのか知らないけど、少なくともあたしはポイ捨てされたわけじゃない。それにポイ捨てされたからはらいせに痛めつけてやるってなんかおかしい。

いつのまにか佐藤千鶴がドアの前にいた。ドアノブをさえぎるようにして立っている。

やるかやらないか、返事をしないうちは外に出させないってことだろう。

「……くだらねー」あたしは吐き捨てるように言った。「いまさら仕返しして何になるのよ。もう終わったことだよ！　どうにもならないじゃん！」

そして立ちはだかる佐藤千鶴の肩をつかむと、

「どきな！」

凄んで言ったにもかかわらず、佐藤千鶴はまったく動じなかった。ある意味、運動部の子は肝が据わったのが多いから、この程度じゃビクリともしない。肩をつかんだあたしの手を佐藤千鶴は虫を払うようにして払いのけた。

「ったく、頭のカタい女ね、あんたは。でも、そんなことだろうと思って、第一弾目の作戦はもう決行してるけど」

元木妙子はまた得意げに言った。

「G組から順番に今日から募金箱を回しているの」

「……募金箱？　なにそれ」

「加瀬君の彼女が妊娠してしまいました、中絶費用をカンパしてくださいっていう募金箱よ」

あたしは絶句した。

「もちろん、妊娠してるなんてウソだけどね。でも、これくらいかましてやんないと、精神的ダメージ受けないじゃん」

まるで明日の天気でも言うような、軽い口調で佐藤千鶴が言った。

「ちょっとやめなよ、いくらウソでも、命にかかわる言葉をそんなふうに扱うのは間違ってる！　やりすぎよ！」

「説教かよ」

佐藤千鶴が顔をゆがめて、大きく舌打ちした。すると、元木妙子がゲラゲラと笑いだした。

「あんたさあ、もしかしてあいつの今の彼女が阿部瑠璃子だって知らないの？」

「え……」

思考回路が瞬間冷凍したみたいに固まった。呆けてるあたしを見て、元木妙子と佐藤千鶴は奇声をあげながら笑った。

「マジで知らなかったんだー、やだあ」

「美奈子、言ってやんなよ。目撃証言」

手を叩きながら大笑いする二人に促され、美奈子が恐る恐る口を開いた。

試験前日の夕方、県立図書館の書棚の陰でキスをしている加瀬君と瑠璃子を見た。そう言った途端、横に座っていた美奈子の友人がわっと声をあげて泣き出した。

聞くと、美奈子の友人は加瀬君の取り巻きをやっていて、それで付き合うことになったそうだが、別れた後、まだ未練が残っていた彼女は、放課後や休日に加瀬君のあとをつけまわしていたそうだ。以前、美奈子がハンバーガーショップで二人を見たと言っていたのは、実は彼女が見たことだったのだ。

「あの子さぁ、よそもののくせに、いっつもあたしたちのことバカにしたような目で見てたから、ずっと気に入らなかったんだよねぇ」

ぼう然としているあたしを見て、元木妙子と佐藤千鶴はまた笑った。

「おとなしそうに見えるけど、親友が別れたその彼とすぐに平気でつきあえる女だよ、あの阿部瑠璃子って女は。あんた、バカにされてんのよ、わかってんの」

……瑠璃子があたしをバカにしている？

「素知らぬ顔して加瀬君に近づいて、結局は横取りしたんじゃない」

……素知らぬ顔して近づいて、横取りした？

頭の中に、黒いギンガムチェックのブラウスを着た瑠璃子が浮かんできた。駅前のハンバーガーショップ。勉強会。髪を下ろしている瑠璃子。音楽室でピアノを弾きながら歌う瑠璃子。放課後の屋上で涙をいっぱいにためている瑠璃子。あたしのことをいちばん大切な友達だって言ってくれた瑠璃子。……瑠璃子はあたしにウソをついていた？

「やだぁ、この子まで泣き出しちゃったよ」

佐藤千鶴の声が遠くに聞こえた。

それから一週間後。

瑠璃子が死んだ。

追試が終わった後、瑠璃子はトイレに行った。先生は職員室に戻らずそのまま教室に残り、採点作業に入った。採点が終わっても瑠璃子は教室に戻ってこなかった。心配になった先生が保健室へ行くと誰も来ていないと言われ、あわてて校内を探しはじめた。それからまもなく、瑠璃子が西校舎の非常階段の下で倒れているのが発見された。その時にはもう死んでいたそうだ。

あたしはその知らせを夕飯の時に受けた。担任の佐田先生の声が震えていた。その震えは受話器を伝って、あたしの身体をガタガタと大きく揺らせた。

「なにか変わった様子とかなかったの？　悩みをうちあけられたりとかしなかった？」

先生がいろいろと聞いてくるけど、あたしは頭の中が混乱していてなんにも答えられない。

「いじめられたりしてなかった？」

いじめ――と聞いて、震えが止まった。そのかわりに、心臓の鼓動がどくん、どくん、と大きく鳴り始めた。

「今のところ、遺書は見つかっていないのよ。もし知っていたら、いじめていた人の名前を教えて欲しいの。もちろん、藤木さんから聞いたとは絶対に言わないから」

先生の話を聞いているうちに呼吸が大きくなりはじめて、胸が苦しくなってきた。耐えきれずに座り込むと、後ろで話を聞いていたママがあたしから受話器を取った。

「先生、たいへん申し訳ありませんが、娘が気分が悪くなってしまって。お話はまたでよろしいでしょうか」

あたしはよろよろとしながら階段をあがった。部屋に入るとすぐにベッドに倒れ込んだ。電話を切ったママがすぐに二階に上がって来て、ドアをノックしてきた。

「知佳、お水持って来たわよ。これ飲んで落ち着きなさい」

「ごめん、いらない」

「でも、知佳」

事態が事態だけに、ママも相当あたしを心配している。だけど、

「うるさいっ‼ いらないって言ってるでしょう！！！」

あたしは目覚まし時計をドアに投げつけた。叩き付けられた時計はリン、と小さく鳴って床に落ちた。ゆっくりと階段を下りる音が聞こえてきた。あたしは心の中で「ママ、ご

めんね」と言った。

暗い部屋の中で、あたしは枕を抱きしめながら固く目を閉じた。

佐藤千鶴。元木妙子。友部顕子。美奈子。美奈子の友達。それぞれの顔が浮かんでは消えていく。でも、ひとつだけ、いつまでも消えないものがある。

募金箱——。

あの「募金箱」をあたしは一度だけ見たことがあった。F組のロッカーの上にぽつん、と置かれた小さな箱。あたしは横眼でそれを見ると、足を早めて廊下を歩いた。

「加瀬君の彼女が妊娠した」——噂は静かに、深く、流れていた。加瀬君が生活指導室に入っていくのを見たという子がいた。でも、その後、加瀬君は普通に登校していたから、姿を見たことはデマか、本当だったとしてもなんの処分もなかったように思う。それからすぐに募金箱は撤収されたけど、しばらくしてまた新しい募金箱が出来た。今度はA組のロッカーの上に置かれていたそうだ。そしてその二日後、瑠璃子は死んだ。

あの時。加瀬君の今の彼女が瑠璃子だと聞かされて、あたしはすっかり瑠璃子にだまされたような気分になっていた。

募金箱を作ったのは、美奈子の友達だった。他校の生徒のほうがバレた時に足がつかないだろうと佐藤千鶴が言った。噂を流すのは美奈子と友部顕子の役目だった。美奈子は運動部方面、友部顕子は文化部方面から噂を流すことにした。

「加瀬君の彼女のR子ちゃんが妊娠したので中絶費用をカンパしてください。このままだとR子ちゃんは退学になってしまいます。かわいそうなのでたすけてあげてください。」

箱に貼る紙に同情をひくような呼びかけの文章を書けと指示したのは元木妙子だった。

「じゃあ、あんたにはなにしてもらおっか」

そこにいた皆の目があたしに向けられた。あたしはすぐに答えた。

「瑠璃子を無視する」

ひゅう、と佐藤千鶴が口笛を鳴らした。

加瀬君が本当に生活指導室に呼び出されていたのなら、瑠璃子も事情は聞かれていたはずだ。「加瀬君の彼女のR子ちゃん」ということで瑠璃子の名前自体は出ていなかったけど、判る子には誰だかはわかる。しかもタイミングが悪いことに、瑠璃子は試験期間中に体調不良で欠席をしていた。それで「妊娠している」という噂に真実味が加わってしまったようにも思える。

あの日。バレー部の部室で、最後に元木妙子が言った。

「もしバラしたら、バラした子の人生、めちゃくちゃにするからね」

友部顕子と美奈子の友達の顔が青ざめた。でも、それは瑠璃子の親友「だった」あたしに向けられた言葉だったと思う。だけど、あたしはそこまでバカじゃない。もしもこの一件がばれたら、推薦入学なんて帳消しにされるに決まっている。わざわざ言われなくても、自分の未来と引き換えにバラすわけないじゃない。あたしをだましていた女なんかのために。


瑠璃子と最後に会ったのは、追試の前の日だった。

それまで何回か、瑠璃子から電話がかかってきたけど、「今、忙しいから」と言って、電話に出なかった。教室にいるときも、瑠璃子があたしのほうを見ているのは感じていたけど、あたしは目を合わせなかった。何か言いたげな顔をした瑠璃子が席を立って近づいてきたときも、あたしはわざと席を離れて、違う子と話を始めた。

今から思えば、瑠璃子の話を聞くべきだったかもしれない。だけど、あの時のあたしは「ほんとうのこと」を聞かされるのがこわかった。泣きながら謝る瑠璃子を見たくなかった。そして、そんな瑠璃子を結局は許してしまう自分がわかっていた。だから、徹底的に瑠璃子を無視した。

そしてあたしと瑠璃子はそのままひと言も話すことなく、終わった。

遺書はカバンにも、教室の机にも、ロッカーにも、家にも残されてなかった。衝動的に西校舎の四階から飛び降りたのではないか、と保護者会で校長先生が言っていたとママから聞いた。三日後に行われた瑠璃子の葬儀は、生徒を含めた学校側からの参列や花はすべて断られた。

「せめて、担任の私と親友だった藤木さんだけでもとお願いしたんだけど」

佐田先生は泣いていた。先生の涙につられて、あたしはちょっと泣いたけど、内心ホッとしていた。瑠璃子の棺や遺影なんて見たくなかった。瑠璃子の死を認めたくないというよりも、生まれて初めて遭遇する「死」というもの自体が怖かったからだ。

瑠璃子が死んでから何度か、元木妙子と佐藤千鶴に校内で遭遇したけれど、以前と同じようにすました顔であたしの横を通り過ぎていった。美奈子はあたしの前では落ち込んでいた様子だったけれど、一年生部員の中にいるとゲラゲラと声を上げて笑っていた。

加瀬君は相変わらず女の子に囲まれていた。練習が終わると、取り巻きの女の子たちにきゃあきゃあ言われてニコニコしている。つきあっていた瑠璃子が死んでしまったのに、あんまり悲しんでいるようには見えなかった。でも、あたしと目が合うと、バツが悪そうにすぐに逸らす。あたしを見ると、瑠璃子のことを思い出すからだろう。あたしだって、加瀬君を見ると瑠璃子のことを思い出す。いや、加瀬君だけじゃない、目に映るものの何もかもが、瑠璃子の姿に重なって来る。途端に身体が動かなくなる。何も考えられなくなる。そして、震えと涙が止まらなくなってしまう。

やがて、食欲がなくなり、眠れなくなった。あたしはママに連れられて大学病院の精神科に行った。先生からは極度のストレスを抱えていると言われ、薬をもらった。

だけど薬はあんまり効かず、眠れない夜がまだ続いた。そうこうするうちに、三学期になった。推薦入学とは言え、学力は求められる。成績を下げるわけにはいかない。あたしはあせり始めた。

「あたしは悪くない。あたしは全然悪くない。悪いのは瑠璃子。そうよ、瑠璃子があたしにウソをついたからいけないのよ。だからあたしは悪くない。あたしは全然悪くない」

あたしはその言葉を一日中、頭の中で何度も何度もくりかえした。それからしばらくすると、だんだん声に出してつぶやくようになった。すると、あたしの中の防衛本能が瑠璃子の記憶を徐々に封印し始めた。

三年生になった。いよいよ受験態勢になってきたこともあるかもしれないけれど、夏休みが始まるころには瑠璃子のことをもうだれも話さなくなってきた。そんな周囲の雰囲気もあって、あたしの頭の中も次第に受験のことでいっぱいになってきた。

推薦入学で入った高校では、中学に引き続きソフトボール部に入った。優勝常連校だけに練習の厳しさはこれまで以上だったけど、太陽の下で汗を流しているといろんなことが忘れられたから、あたしは部活動に没頭した。

そのかいもあって、県大会、全国大会で優勝し、あっと言う間に三年間が過ぎた。その後、付属の体育大に進学したけれど、足の骨折が原因で二年生で部を引退した。今まで熱中していたものができなくなって、さすがにこのときは激しく落ち込んだ。そんな私を慰めるために、同じゼミの友人が合コンを開いてくれた。相手は友人がよく行く居酒屋で知り合った新卒サラリーマンのグループ。その中のひとりとつきあうようになり、結婚した。

池袋にある私大の経済学部を卒業した彼は、スーパーマーケットやコンビニなどを手掛ける大手流通卸売り会社に就職し、営業部で働いていた。私は卒業後、スポーツ用具の会社に入社し、五年ほど勤めた後、妊娠を機に退職した。

ちょっと頑固なところはあるけれど、夫には特別不満はない。四月の人事異動で商品開発部の課長に昇進し、ますます仕事に忙しくなる彼をサポートするのが今の私の役目だ。

二人の子どもは大きなケガや病気をすることもなく、すくすくと成長してくれた。長女は四月から中学生になった。英語が得意で、将来は世界的なジャーナリストになりたいと今から息巻いている。長男は小学四年生。勉強よりもゲームに夢中になっていることが目下の悩みだ。ちゃんと勉強しないと将来なにもなれないわよと脅すように言うと、大学に入ったら勉強すると言う。大学は勉強しないと入れないことが判っていないみたいだ。こののんきすぎる性格はいったい誰に似たんだろう。

夫の実家は岡山の美作《みまさか》にある。舅姑もいい人で、年二回の帰省時にはごちそうをたくさん作って歓迎してくれる。私の両親も健在で、父が定年退職すると二人は国内外にしょっちゅう旅行に行っている。

平凡だけど、幸せな毎日。

よく聞く言葉だったけど、それはこんなことなんだろうなと思った。私はまさに、「平凡だけど幸せな毎日」を過ごしていた。

娘の部屋から「阿部瑠璃子」の歌声が聴こえてくるまでは――。

——信号が赤になった。

「……復讐しましょう」

「何を言っているんだ」

「言った通りよ。これは瑠璃子の遺書。この歌に込めた瑠璃子の想いを、瑠璃子を殺した人間に聴かせてやるのよ」

「聴かせるも何も、どうやって」

「瑠璃子をデビューさせるの」

「なにを馬鹿なことを言ってるんだ。瑠璃子は死んでるんだぞ」

「そんなこと判ってるわ。でも、私は本気よ」

「本気だろうがなんだろうが、めちゃくちゃだ。君の言っていることは」

「とにかく私の話を聞いて。まず、この歌をレコード会社のオーディションに出すのよ。瑠璃子は間違いなく合格するわ」

「なんでそんなことがわかるんだ」

「だって、貴方と私の子どもだもの。もちろん、手を加えなくちゃいけないところがたくさんあるのは判っているわ。でも、貴方と私のふたりが力を合わせればできないことじゃない」

「力を合わせる、なんて言葉は今まで君から聞いたこともないな」

「そうね、貴方からも言われたことはないわね。それで、ギターはもちろん、貴方が弾いてちょうだい」

「だめだ。できない。あれから一度も弾いてないのは知っているだろう」

「だいじょうぶよ」

「簡単に言うな。もう何年経っていると思ってるんだ」

「でも、だいじょうぶ」

「やったことのない人間ほど無責任にそう言うんだ。第一、何を根拠にそんなこと言うんだ」

「貴方は最高のギタリストだから」

「そんなこと……初めて聞いたな」

「ええ、初めて言ったわ。言うのがとても遅くなったけど」

——信号が青に変わった。

「……復讐、か」

「そう、復讐よ」

——輝美はわらっていた。

（五）

六月。

弦太からLPを譲り受けてからというもの、樹は毎日のようにTHE　RED　RUMを聴いていた。通勤時だけでなく、自宅に帰ってからもである。仕事抜きでこんなに音楽を聴くことなど制作ディレクターになってからはほとんどなかったが、それほど彼らの音楽、そして早瀬慧二のギターは魅力に溢れていた。

このバンドが存在していた一九七〇年代の音楽シーンのヒットチャートは演歌やアイドルなどの歌謡曲でほとんど占められていた。今でも十分に通用するほどのクオリティを持っている、空気までも切り裂かんばかりの疾走感みなぎる彼らのサウンドは、あの時代にはあまりにも早く、そして、あまりにも噛み合わなさ過ぎた。

THE　RED　RUMの音を今の音楽シーンに響かせたい——樹は次第にそんな思いを抱くようにもなり、瑠々の正体をつきとめるために早瀬慧二とコンタクトを取ることも含めて、原盤権を保有しているレコード会社を調べた。

インターネット百科事典によると、所属していたレコード会社「アルファベット・レコード」はバンドが解散した半年後に倒産していた。ライブチケットは売れてもレコードが売れないバンドやミュージシャンばかりが所属していたため、金融機関からの借金が重なり、返済金未払い状態が長期間続いてしまった。やがて、経営は破たん。債権者からの財産差し押さえを恐れた会社は、あろうことか保管していたマスターテープすべてを焼却してしまった。

そのせいで、アルファベット・レコードに所属していたすべてのアーティストの音源は再発不可能となった。現在残っているLPを基にしてのCD化は可能ではあるが、音質はかなり低いものになる。そんなCDの発売を了承するようなアーティストは誰ひとりおらず、THE RED RUMをはじめ、CDとして再発されたものは現在のところ、一枚もない。

「マスターテープ焼却するかよ、普通……」

樹は呆れた。レコード会社の人間としても、それ以前に常識的に考えても、まったくもって有りえない話である。THE RED RUMの最後のアルバムが急きょ発売中止となったのは、これが原因なのだろう。ずさんなレコード会社のために心血注いで作り上げた作品が「亡きもの」にされたミュージシャンたちの気持ちを思うと、樹は身体が震えんばかりの怒りを感じた。

レコード会社が倒産しているとなると、メンバーたちの行方はネットで検索するしかない。ＳＮＳではヒットはしなかったが、ひとつのファンサイトを発見した。

『赤い殺人者の行方』という、ファースト・アルバムの中の曲名から取ったそのファンサイトは、一九九六年に開設されていた。

『『ディスコグラフィー』『メンバー・プロフィール』『アルバム・レビュー』『ライブ・レポート』『掲示板』』と五つのコーナーが立てられており、これまでサイトを閲覧した「訪問者」は４６７８９人とカウントされていた。

管理人は「ＫＩ《キ》ＭＩ《ミ》ＤＯ《ド》ＲＩ《リ》」と記されている。性別は不明。しかし、ＴＨＥ　ＲＥＤＲＵＭのファン層を考えると、男性である可能性が大きい。「ライブ・レポート」内に、新宿のライブハウスや日比谷野外音楽堂での対バン・ライブ、渋谷公会堂での初のホール・ライブなどのレビューが書かれ、当時のチケットの画像がアップされているところを見ると、彼らの音楽をオンタイムで聴いていた六十代から七十代前半の人物のように思える。

管理人のＫＩＭＩＤＯＲＩの現在の年齢をメンバーに近い、六十八歳に想定してみると、九六年当時は四十九歳。パソコン普及率が高くなりはじめたこの頃に個人で所有していてもおかしくはない。休日や休暇を利用してこのサイトを作成していたのだろうか、「ライブ・レポート」や「アルバム・レビュー」からはバンドに対する深い愛情がうかがえ、全体的に真摯な印象を持った。

樹は「掲示板」をクリックした。KIMIDORI以外に今でも彼らの音楽を愛する根強いファンは、今現在どれだけいるのだろう。

掲示板を斜め読みしていくと、すでに解散して四十年以上も経っていることもあり、書き込み自体は一年に二、三件程度。最新の書き込みは去年の八月二十二日になっており、KIMIDORIが暑さで熱中症になりかけたことが書かれ、バンドのことには何も触れていなかった。

書き込み常連組は三名いた。そのうちのひとり、「れすぽ69《ロック》」はかなり行動的で、当時メンバーが下宿していたであろうアパートの跡地や通っていたとされる定食屋、早瀬慧二がアルバイトしていた御茶ノ水の飲食店、ベースの高田稔が通っていた中学と高校の校舎、ドラムの溝口荘司の地元・文京区湯島界隈などを訪ね歩き、その時の様子をレポート風にして書き込んでいた。

それらの書き込みに対して、常連組からはプライバシーの侵害だと注意をうけていたが、KIMIDORIは書き込みを削除しなかった。

常連組から注意を促されても書き込みの削除に応じなかったところから、樹には「KIMIDORI」と「れすぽ69」が同一人物のように思えた。

サイトのトップにはこんな文言が記されていた。

【いつの日か　彼らの音楽が　蘇ることを　切に願う】

樹はKIMIDORIにメールを出した。

KIMIDORI、こと「北村倫徳《きたむらみちのり》」から返信が送られてきたのは、それから二日後のことだった。

「THE RED RUMの音源をCDで再発したいので、メンバーと連絡を取りたい」

樹は自分の身元を明かし、サイトに載せていないメンバーについての情報があれば教えてほしいとの内容でメールを送信した。

それに対して北村は、

「CD化のきっかけとなればと思い、あのファンサイトを立ち上げましたが、大路さん同様に過去に何社かのレコード会社からご連絡を受けました。アルファベット・レコード無き今、わたくしが作った拙いサイトが唯一の手立てになってしまっている状況に、かなり複雑な気持ちを抱いております。ですが、ご存知の通り、わたくしは彼らの一ファンでしかありません。大変申し訳ございませんが、大路さんにご協力できるような情報は持っておりません。」と、返した。

多少は予想していたが同じようなことを考えていた人間は他にもいて、自分と同じようにKIMIDORIに連絡を取っていた。結果、いまだにCD化されていないところを見ると、メンバーの承認、連絡を取ることはかなり困難だと予想された。

「しょうがない……地道にいくしかないってことだな」

樹は「れすぽ69」が書き込みした記事をクリックした。

「2006年5月3日 湯島を訪ねて〜江戸あられ・梅仙《うめせん》」。ここはドラムの溝口荘司の実家が営んでいるという店だ。

その週の土曜日。樹は湯島に向かった。高校受験の前に母親に連れられて湯島天神にお参りして以来になるが、当時のことはほとんど覚えていないせいもあって、あまり感慨深くはない。

スマートフォンに映っている地図を見ながら坂道を歩く。駅から歩いて五分くらいの「江戸あられ・梅仙」は春日通り沿いにある売り場面積が六畳もない、二人入れるのがやっとの店だった。そんな店構えゆえ、樹は一度、店の前を素通りしてしまった。

真鍮のノブを回してドアを開けると、店内には人の姿がない。客はおろか、店員も見あたらない。だが、ラジオがつけっぱなしになっている。閉店しているわけではないようだ。

「あのぉ……すいません」

声をかけると、「はいはい」と返事をしながら眼鏡の老人が奥からゆっくりと出て来た。白く染まった髪、腰がほとんど直角に曲がっており、かなり高齢に見受けられる。ほかに店員が出てこないところを見ると、おそらくこの老人がひとりで店を切り盛りしているのだろう。

「いらっしゃい」

顔に刻まれた深い皺によく合う、しゃがれた声。酒か煙草でつぶしたみたいだ。そのしゃがれた声に愛想はない。少々ぶっきらぼうなのは江戸っ子の所以《ゆえん》か、と樹は思った。いきなり本題に入るのも失礼なので、とりあえず樹は硝子ケースをのぞいた。さまざまな味のあられと煎餅が何種類も並んでいる。普段、菓子類をあんまり食べないこともあり、今まで煎餅をわざわざ買うようなことはなかった。そんな調子なので、煎餅だけでこんなに種類があることなど知らず、珍しさも手伝い、硝子ケースにしばし見入っていた。

老人はなかなか注文をしないでいる樹をいぶかしむこともなく、カウンターの横の座椅子にどっかりと腰をすえると、硝子ケースの中のあられを角スコップですくい、ビニール袋に入れる作業を始めた。

「白い煎餅に白ごまなんて、あんまり見たことないですね。珍しいですね」

樹はケースの中でひときわ目立つ、白い煎餅を指さした。老人は顔を上げると微かに笑った。

「白梅に黒ごまなんて使わないよ」

そう言われてよく見てみると、煎餅が梅の花のかたちをしている。

「湯島は白梅だからね」

「ああ、なるほど。じゃ、これ一袋下さい」

老人が煎餅を包んでいる間に、樹は店内を見回した。「昭和二十一年創業」と書かれた木製の札が柱に掛けられているのが見えた。戦後まもなく創業したこの店のどこにも、息子がバンドマンだったということを思わせるものは置いていない。

もしかしたらここは溝口の実家ではないのかもしれない、という思いが一瞬よぎったが、眼鏡の奥の小さな目と低めの鼻が溝口荘司とそっくりな、老店主の顔が何よりの証拠だ。

ラジオから先週の週間チャート一位の曲が流れてきた。ダンサブルなビートとラップ調のヴォーカルが店内に響き渡る。店の雰囲気とは不似合いすぎる音楽を、老人は消すこともせずにそのまま流している。

「煎餅ばっか焼いてきた俺にゃロックなんてえのは、からきし判んないよ」

樹がはっ、と見ると、老人はにんまりと笑った。

「ここにおまえさんみたいな若い人が来ると、かならず店ン中をきょろきょろ見渡すんだ。それでその後、必ずがっかりしたような顔をすんだよ。荘司のバンドの写真や飾りもんが何ンもなくてね」

「……すみません」

それは長年、店を構えている人間の持つ「嗅覚」みたいなものか。樹は恐れ入った。

「まあ、そんなこともここんとこすっかりなくなっちまったけどな……」

頭を上げると、老人は少し寂し気に笑っていた。バンドが解散して四十二年、と弦太は言っていた。当時のファンはもう還暦を超えているかいないかくらいだ。若き日に聴いた音楽のことなど、もうとうに霞《かすみ》の向こうに消えてしまっているかもしれない。

「あの、申し遅れましたが、私はEWIレコードで制作ディレクターをしております、大路樹と申します」

「でれくたー？　でれくたーって何だい」

耳慣れない言葉に、眉間に皺を寄せながら老人が樹を見つめる。

「えっと、なんていったらいいかな……あ、そうだ、レコードを作る人のことを言います」

樹はカバンから名刺を差し出した。老人は少し腰を上げて受け取ると、眼鏡の奥の目を細めた。小さな目が余計に小さくなる。

「荘司になんの用だ」

さすがに察したのか、老人は樹を見据えた。樹は軽く咳払いをし、姿勢を正した。

「THE　RED　RUMのCD化についてのお考えを溝口荘司さんにお伺いしたいと思い、今日は来ました。他のメンバーの方々にもお伺いしたいので、溝口さんに連絡先を尋ねたいのですが……」

もちろん、瑠々のことをわすれたわけではない。瑠々の延長線上に早瀬慧二がいて、その同じ線の上にTHE　RED　RUMがいる。今の樹にとって、この三つの個体はひとつの集合体になっているのだ。あの音を、あの歌を、消滅させたままにさせるのは、「レコード会社の制作ディレクター」としての名が廃《すた》る。そんな思いが樹にはあった。

だが、老人はなぜか頭を下げた。

「せっかく来てくれたのに申し訳ないが、荘司は死んじまったよ。去年、脳溢血で」

すまなげに笑う顔に、悲しみのいろが挿す。何も言えなくなってしまった樹を見て老人は「すまねえな」と小さく頭を下げた。

しばらく沈黙が続いた後、ドアが開いた。

「こんにちはぁ、今日は蒸すわねえ」

馴染の客らしい、中年女性が入って来た。老人は樹に「ちょっとごめんよ」と言い、腰を上げると、注文された煎餅とあられをそれぞれの硝子ケースから取り出し、包装紙に包み始めた。女性は樹をちらりと見ると、待たせてしまっていると思ったのか、さっさと会計を済ませて店を出て行った。

ふたたび、沈黙が続いた。溝口荘司が死んでいると判った以上、このまま店にいてもあまり意味がないような気もしたが、だからと言って、すぐに背を向けて店を出るのも気が引ける。

「あの……荘司さんのことについて少しお伺いしたいんですが、よろしいですか？」

老人はこくり、とうなずいた。

「バンドを辞めたあと、荘司さんはなにをしていたんですか」

「しばらく旅に出てたなあ。五、六年くらい、アメリカとかあっちこっち行ってたぜ」

「音楽活動とかはされていたんですか」

老人は首を横に振った。

「もうこりごりだって。俺は深くは聞かなかったけどな」

「そうですか……」

もうこりごり、という言葉が引っかかった。

樹は早瀬慧二のプロフィールを思い出した。レコーディングを終えて帰国後にすぐに解散を発表した、と書いてあった。樹の脳裏に解散についてメンバーと話し合った時のことがよみがえった。レコーディングスタジオ内にある喫茶室。重苦しい雰囲気の中、脱退したいと一歩も譲らないRYOとKAZZ。なんとか二人の気持ちを変えようと説得する仲村。頭の中が混乱し、カップの中のコーヒーを見つめるだけの自分。喧嘩別れしたわけではないが、苦い思いがいまだに心に燻《くすぶ》り続けている。

溝口荘司もその時の諍《いさか》いが心の傷となって、音楽への愛情がなくなってしまったのだろうか。

「俺はもともとあいつが太鼓叩くのを反対してたんだ。せっかく苦労して早稲田に入ったってえのに、勉強そっちのけで学生運動と太鼓叩きなんかに夢中になっちまって、途中でやめやがった」

樹は驚いた。楽器と通っていた大学、そして時代背景は違うが、父親に音楽活動を反対され、大学を中退していたところが溝口荘司と重なっている。今はもうこの世にいないドラマーと、そして目の前にいる老人に急に親近感がわいてきた。

「あの……僕も……反対されてました、親父に。それで、バンドのデビューが決まったんで大学も中退して……」

恐る恐るそう言うと、老人の目つきが厳しくなった。

「ったく、この親不孝もんが！」

殴りかからんばかりの勢いに、樹は身体をこわばらせたが、それを見て老人は笑った。

「……でも、許してくれたんだろ。結局は」

「いえ、もうとっくにバンドは解散してるんですが、いまだに反対してます。でも、バンドをやっていた頃、歌がよくラジオでかかるようになったり、テレビの歌番組とかに出るようになってからは、アマチュアの頃よりかはちょっとだけ理解してくれるような感じはしましたけど」

「そうか……」

老人は店の隅に置いてあるラジオに目をやった。ずっとつけっぱなしでいる番組は、途中で道路の渋滞情報を挟みながらヒットチャートの順位を紹介している。土曜日の午後のこの時間帯だと、おそらくＦＭニッポンの「ＡＬＬニッポンＴＯＰ１００」だろう。

「あいつのバンドの歌は……かかんないかねえ」

ちょうどオンエアされた、男性アイドルグループの弾《はじ》けたような歌声にかき消されてしまいそうなほどの声だった。樹は言葉に詰まった。この番組は、売り上げやオンエア数でチャート順位が決まり、紹介されるほとんどが今現在活躍しているアーティストやアイドルばかりだ。THE RED RUMのように、四十二年も前に解散し、なおかつ音源がほとんど残されていないバンドの歌がこの番組でかかる可能性はまずない。

「先に死なれるのがわかってりゃあ……もっともっと、好きなことをやらしてやりゃあ良かったよ」

深く落とされたため息に、樹は老人にこれ以上、溝口荘司について聞くことをやめた。バンドが解散してから、二度とドラムをたたかなかった溝口荘司のその後の人生があまり幸せでなかったことを感じたからだ。

「すみません……いろいろ聞いてしまって」

樹が頭を下げると、老人はよろよろと立ち上がった。そして、硝子ケースの中から煎餅とあられを取り出して袋に入れると、樹に差し出した。

「持ってきな」

樹がぶるぶると頭を大きく横に振るも、老人は頑として引き下がらない。

「いいから、持ってきな」

「でも結構です」

いわれもなくものをもらうなどしたくない。樹も頑として引き下がらなかった。

「だめだ、持ってけ」

老人は樹の胸元に袋を押し付けた。

「久しぶりに来てくれた荘司のバンドのファンだ。ちゃんともてなさねえと、あいつに叱られちまうからな」

にたっと笑った老人の顔が滲んで見えた。

帰宅後、煎餅とあられで膨らんだレジ袋をテーブルの上に置くと、樹はソファに横たわった。結局、早瀬慧二につながるような情報は得られず、四十二年というあまりにも長い歳月のその重たさ、息子に先立たされてしまった父親のやりきれなさと深い悲しみを思い知らされただけだった。

「まさか……早瀬慧二も……」

プロフィールには一九四六年生まれ、と書いてあった。平均寿命が延びているとはいっても、油断はできない。それに、交通事故などで突然命を失う場合もある。樹は急に焦り始め、ソファから身体を起こした。

THE RED RUM、早瀬慧二、小野寺ルミ――そして、瑠々。四つの名前が頭の中でぐるぐると廻る。いったんかいま見えた光がかき消され、このままだと再び暗い迷路へと戻ってしまいそうな気がする。いったいこれからどうすればいいのか……。

樹はPCを立ち上げると、ブックマークしていた早瀬慧二と小野寺ルミのプロフィールを開いた。しばらくのあいだ画面を見つめると、カバンの中にあった名刺ファイルから一枚名刺を取り出した。そして書かれているアドレスにメールを送信した。

仲村高広から返信があったのは、その日の夜中だった。

「メールありがとう。相変わらず瑠々の追跡に忙しそうだね。では早速、小野寺ルミの元担当ディレクターについてですが、月曜日に会社に行ったらすぐに調べてみます。もうずいぶんと昔に所属していた歌手だから、元担当は会社にいないかもしれないけれど、名前と現在なにをしているのかは調べることができると思います。落ち着いたらメシでも食いに行こう。それでは。　仲村」

プロフィールを再読して、樹は小野寺ルミがヴィクトリア・レコード、今のヴィクトリア・エンタテインメントからデビューしていたことに気が付いた。このレコード会社には、以前バンドのディレクターだった仲村が所属している。樹は、下北沢のバーでTHE　RED　RUMを聴かされた時のこと、バンドメンバーだった早瀬慧二が『ひとごろしのうた』でギターを弾いているという確信があること、そして、その彼と結婚した元アイドル歌手の小野寺ルミがヴィクトリアからデビューしていたことを説明し、当時、小野寺ルミを担当していたディレクターについて調べてほしいとメールを送った。

芸能界を完全引退している小野寺ルミではあるが、なんとしてでもその消息を知りたい。ベースの高田稔の消息を追ってみる手もあるが、もうあまり時間をかけてはいられない。ルミは早瀬慧二の妻だ。ルミとコンタクトをとることができれば、早瀬にも、そして瑠々にも繋がることができる。樹は祈るような気持で仲村からの報告を待った。

メールの返信は月曜日の午前中に来た。早い回答に仲村の心遣いを感じた。

「取り急ぎ、結果報告です。小野寺ルミの担当ディレクターはまだ会社に在籍していました。なんとなんと、弊社の代表取締役社長・但馬《たじま》充昭《みつあき》でした。また詳細は追って知らせます。それでは。仲村@電車移動中」

仲村からのメールを樹はしばらくぼう然と見つめていた。「代表取締役社長」の文字だけが浮き上がっているように見える。

「社長に……会えるわけないか」

せっかく担当ディレクターが判明したというのに、またしても障害が行く手を阻《はば》む。

しかもその障害は「他社の社長」という少々やっかいなものだ。樹は天井を仰いだ。今から四十四年前にデビューした時に担当していたということから、すでに定年退職しているものと予想したのだが、まさか会社のトップ・オブ・トップのポジションに就いていたとは思いもしなかった。

深く、長いため息をつく樹を隣に座る若林がちらりと見たが、すぐにPCに視線を戻した。樹は腕組みをしながら目を瞑った。

いくらなんでも他社の社長に、「小野寺ルミの連絡先を教えてほしい」などとお願いできないし、仲村にそれを依頼するのもさすがに気が引ける。だが、せっかく手繰り寄せた糸をここで断ち切るわけにはいかない。ある意味、これは早瀬慧二につながるラストチャンスなのだ。

但馬充昭と同等に渡り合える人物——樹は課内にいる人間を思い浮かべながら、考えを巡らした。しかし、浮かんでくるのはただひとりの人物だけだった。

「……遠藤さん」

しかし、遠藤は今、病床にいる。さすがに、このためだけに引っ張り出すわけにはいかない。

ここはやはり、瑠々の担当ディレクターである自分が出ていくしかない。樹は覚悟を決めて返信メールを打った。

昔は表参道沿いにあったヴィクトリア・エンタテインメントは、いつのまにか六本木通り沿いの、渋谷駅にほど近い高層ビルの中に移転していた。

樹が返信メールを送った後、事態は急展開した。

「明日、但馬社長から一時間ほど時間をいただきました」

仲村からのメールを見た途端、樹は椅子から転げ落ちそうに、いや、ほとんど転げ落ちてしまっていた。仲村のメールによると、秘書課課長を通じて、樹のこと、そして小野寺ルミのことについて但馬に連絡を取ってもらったところ、

『是非ともお会いして話がしたい』

と、すぐに返事が来たという。そして、連絡を受けた翌日の今日、ヴィクトリア・エンタテインメントの社長室で樹は但馬と相まみえることとなった。

エレベーターの中、いつになく落ち着かない樹を見て、仲村はにやにやと笑った。

「なんか、舞台袖にいるイッキを見てるみたいなんだけど」

からかう口調にひと言言い返してやりたいところではあるが、今の樹には全く心の余裕がなかった。EWIレコードの社長室でさえ行ったことはないのに、他社の社長室、しかもそこで代表取締役社長に直々に会うなど、緊張しないわけがない。エレベーターの中の鏡がスーツ姿の自分を映す。慌てて買ったスーツということもあり、着慣れていない感じがありありと出ている。おまけにYシャツの、脇の部分がすでに汗びっしょりになってしまっている。ライブ前でもこんなに緊張したことはない。

「だいじょうぶだよ。社長っていったって、おんなじ人間なんだから」

顔をますますこわばらせる樹を落ち着かせるように仲村が言った時、エレベーターが止まり、ドアがゆっくりと開いた。先に出た仲村のあとに樹は続いた。

社長室受付でアポイントメントの確認を取ると、待ち構えていた秘書が仲村と樹を先導するように歩く。大手老舗レコード会社のトップが常駐するフロアは思っていたほど重厚な雰囲気はなく、室内を囲む壁は一面ガラス張りになっており、まるでIT企業の社長室のようなカジュアルな造りになっていた。

秘書がガラスドアをノックすると、但馬が椅子から立ち上がるのが見えた。樹の緊張度がたちまち上がった。

「失礼します」

一礼して歩を進める。前に立っていたはずの仲村はいつのまにか樹の横に立ち位置を変え、樹の正面には但馬が立っていた。

まばらに白が混じった髪。背丈は樹と同じくらいであるが、腹が出ているせいで低く見える。鼻の下に髭を蓄え、少し目じりが垂れた顔は穏やかそうな雰囲気を纏《まと》っていた。

「ほ、本日はお時間をいただきまして有難うございます」

慌てて名刺を出そうとする樹を、但馬は手を出して止めた。

「大路さんのことは仲村からよく伺っています。ですが、今日は個人的なお話をする、ということでよろしいですか。場所はこういうところで少々矛盾していますが」

「あ……は……はい」

但馬は止めた手を今度は応接ソファに向けた。

「どうぞ、こちらへ」

但馬が腰を下ろした後、樹と仲村も腰を下ろした。少しの間を置いて、秘書がコーヒーを運んできた。

「申し訳ないが、ブラインドを下ろしてください」

カップを運び終えた秘書に但馬が言った。

「はい」

秘書は一礼してドアに向かうと、備え付けてあったリモコンのスイッチを押した。窓以外のガラスに木製ブラインドが音をたてずにするすると下りていく。それは、この一時間のあいだ、人はもちろんのこと何も連絡を入れるな、という表れだ。カチャ、とドアの閉まる音を聞き届けると、但馬はすぐに話し始めた。

「小野寺ルミさんのことですが、私が知っているのは二年前までの情報です」

「二年前……」

樹は手帳を取り出すと、二〇一三年と書いた。

「実は、彼女は歌手活動を続けていました。アメリカで」

「ええ……っ」

目を見開いた樹を見るなり、但馬は「あははは」と声を上げた。

「まあ、驚かれるのも無理はないでしょう。当時のルミからすると、全く考えられない話ですからね」

樹の頭の中で、デビュー曲を歌う小野寺ルミの動画が再生される。今なら間違いなく、「放送事故」とネットで揶揄《やゆ》されるだろう。それでもレコードは、音程の外れていないテイクを繋ぎ合わせれば「商品」として成り立つ。それはアイドルに限ったことではないが、EWIにかつて所属していた歌手で、ヴォーカル・テイクを百回近くパンチイン・パンチアウトさせた強者がいたと聞いたことがある。

「ですが、ルミをあんなふうにさせたのは私なんです」

但馬の言葉に樹は目を瞬かせた。

「どういう……ことなんでしょうか……」

但馬は立ち上がり、デスクの上に置いていたカセットテープを取った。そして、それをデスク脇にあるステレオデッキにセットした。

「これが、本当の彼女の歌声です」

PLAYボタンが押されて聴こえてきたのは、オーディション応募用に録音された「久保輝美」の歌声だった。まるで包み込まれているような、温かみのあるその歌声は、

「……瑠々……」

まさに、瑠々そのものだった。愕然とする樹を但馬はまっすぐに見つめた。

「『ひとごろしのうた』を聴いた時、私はすぐにルミの歌声だと判りました。そして、TOKYO WAVEの番組内で大路さんが『瑠々』を探しているコーナーを作ったことも知っていました」

瑠々の正体は、「小野寺ルミ」だった――。

長い間、追い求めていた答えが遂に出た。だが、待ち焦がれた真実に喜ぶ気持ちは湧き上がってこない。瑠々の正体、そして行方を探すことに奮闘していたあの日々を思うと、「なぜもっと早く教えてくれなかったのか」「匿名でもいいからどうして連絡をくれなかったのか」と何百回も言いたくなるほど悔しい気持ちのほうが強かったからだ。

黙ったままでいる樹の心の中を察したのか、但馬はゆっくりと頭を下げた。

「一生懸命に瑠々をお探しになっていることを知りながら、今日の今日まで黙っていたことにつきましては、本当に申し訳ないと思っています。すべては、あの時の私の誤った判断が原因なのですから……」

いつのまにか久保輝美の歌は終わっていた。但馬は視線を窓に向けた。外には梅雨の最中にもかかわらず、青空が広がっていた。ぬけるような青はまさに夏の色そのものである。

但馬は目を細めると、ゆっくりと話し始めた。

「この応募テープを聴いたのは、一九六九年の六月、ちょうど今ぐらいの時期でした。番組担当ディレクターから『すごく歌の上手い、可愛い子が応募してきた』という話を聞き、あの頃新米ディレクターだった私はすぐにテレビ局へ向かいました。『アイドル☆誕生!』は、ヴィクトリアをはじめ、EWIレコードさん、ソニア・レコードさん、テイトク音楽産業さん、フロンティア・ミュージックさん、コロンブス・レコードさんの六社の制作ディレクターやプロデューサーが審査をしていましたが、当時、テレビ日本とヴィクトリアは長年蜜月関係にあり、他のレコード会社さんよりも応募者の情報をいち早く知ることができました。

それで、ルミのテープを聴かせていただいた私は、この子を絶対にうちからデビューさせようと心に決めて、すぐに長野に会いに行きました。上村市のはずれにあったルミの実家は、いわゆる『おんぼろ長屋』にありました。私はルミに生い立ちを聞きました。まあ、これは身元調査的なニュアンスも含んでいたわけですが。ルミは父親に早く死なれ、貧しい家計を助けようと、七つの時に歌手になることを決意したそうです。父親が好きだった美空ひばりの歌を毎日歌って自己レッスンを続け、そして、応募テープを送ったそうです。あの頃はまだカセットテープが製造販売されたばかりで値段が高かったんですが、ルミはカセットテープと録音するラジカセを買うために、学校に内緒で毎朝、新聞配達をしたと言っていました」

プロフィールには「15歳の時に応募」と書いてあったので、十三か十四歳のころのことだろう。まだ誰も歩いていない朝焼けの町を、新聞を配りながら懸命に自転車をこぐ少女の姿が浮かんでくる。

「ルミはテープ審査を難なく通過し、翌年の一月に本選に出場することが決まりました。天性の歌声、そして抜群のルックスで彼女がスターダムにのし上がることはもう目に見えていました。しかし、私にはその『天性の歌声』に危惧することがありました……」

但馬はコーヒーを一口、喉に流した。

「もしかしてそれは……歌がうますぎること、ですか」

仲村の問いかけに、但馬は微かにうなずいた。

「おかしな話ですよね。歌が上手すぎることが欠点と思うなんて」

ふと、樹はルミの父が好きだった美空ひばりのことを思った。まだ子どもの頃に出場した素人のど自慢大会で、ひばりは不合格になった。その理由のひとつに「子どもらしくない」歌の上手さがあった。あのたぐいまれなる歌唱力が、幼いころから発揮されていたことを表わす有名なエピソードだ。

「あの頃は、社会における女性の地位も今のようなものではなく、まだまだ男性主体の世の中で、『か弱くて、守ってあげたい』ような女性が求められていました。なので、当時の女性アイドルもどこかそういう雰囲気を纏っていました。ですから、ルミのような『完璧な歌唱力』は邪魔だったんです。だから、私はルミに言いました。『スターになりたかったら、下手くそに歌いなさい』と。彼女の才能、そして七歳の頃からこつこつと磨き上げてきた努力を私は否定し、スターにさせてやるから言うことをきけと脅したようなものです……」

但馬の目が赤く充血していた。

「でも……小野寺ルミは承諾したんですよね」

但馬は目を閉じると、樹に深く頷いた。

「ルミは手を差し伸べて助けてあげたくなる、儚《はかな》げな表情も研究し、番組を見ている人たちが不快にならない程度に音を外して歌うようになりました。私はそこに彼女の『プロ根性』を垣間見ました。ルミの『絶対スターになってやる』という強い気持ちは真逆のことをやらせても、消えてなくなってしまうことはなかったんです。その後、ルミは視聴者からも最高得点を集めて見事チャンピオンになり、レコード会社はヴィクトリア、所属プロダクションはマナベと、盤石《ばんじゃく》の体制でスター街道を歩むようになりました」

樹が下北沢のバーで見た動画の小野寺ルミの姿は、そういった「戦略」のもとで生み出されていたものだったのだ。

「新人賞をはじめとする数々の賞も、ミリオンセールスも、全国どこへ行っても満員のコンサートも、あの『計算された音の外し方』から得たものだとすると、皮肉なものです。ですが、ルミは何ひとつ文句も言わず、『歌が下手な可愛いアイドル・小野寺ルミ』を全《まっと》うしていました。しかし、心の中では相当苦しかったと思います。だから、早瀬慧二の音楽に、そして彼との恋にのめり込んでしまったんだと思います」

ついに、但馬の口から「早瀬慧二」の名前が出てきた。

「つかぬことをお伺いしますが」

途端に但馬が眉を寄せた。

「小野寺ルミの結婚と引退、そしてTHE RED RUMの解散、そして、アルファベット・レコードの倒産とマスターテープの焼却は、なにか繋がっていませんか」

樹の言葉に、但馬は首をかしげながら微かに笑顔を作った。

「どうしてそうお思いなんですか」

樹は身を乗り出した。

「小野寺ルミは完全引退する際に、マナベ・プロダクションとヴィクトリア・レコードに違約金を支払いました。でも、THE RED RUMまで解散する必要はなかったように思うんです。彼らはヒットチャートにこそ登場しませんでしたが、全国各地のライブハウスや対バン・ライブで熱狂的な支持を集めていました。バンドの勢いは上昇気流にあったと思います。ロンドン・レコーディングをしたのは、レコード会社的にもバンドを推していく宣伝計画《プロモーションプラン》があったからだと思いますし、僕自身の経験上、彼らはまだ解散するような状態ではなかったように思います。

なのに、サード・アルバムは発表されませんでした。ラストアルバムとして発売する予定があったはずなのに。それは、アルファベット・レコードが倒産寸前だったのが理由だったのかもしれませんが、いくら差し押さえを恐れたとはいえ、マスターテープを焼却するなんてレコード会社の人間としては考えられない行動です。僕は、このアルファベット・レコードの取った行動がどうしても理解できず、不自然に感じたんです」

樹が話し終えると、但馬は少し考えるような顔をした。しばらく、但馬は黙っていた。

「だから僕はそこに『瑠々』が、小野寺ルミが姿を現さない理由があるような気がするんです」

但馬の次の言葉を催促するように樹は言った。

「なるほど」

但馬は樹の顔をじっと見た。

「たしかに、不自然ですね」

そうして足を組み替えながら、言葉を継いだ。

「でも、あの時はそうするしかなかった」

一瞬、ほんの一瞬だけであったが、但馬の目に怒りのいろが浮かんだ。そして、但馬は少し間をあけて言った。

「先ほど申し上げましたが、すべては『私の誤った判断』が原因です」

「……でも、それは小野寺ルミを売り出すための戦略についてですよね」

仲村が言うと、但馬はすぐに首を横に振った。

「THE RED RUMの解散と、マスターテープの焼却。それが、『私の誤った判断』です」


啞然とする樹と仲村を見つめながら、但馬はまたゆっくりと話し始めた。

「レコード会社にとっても、所属プロダクションにとっても、小野寺ルミはドル箱的な存在でした。そんな彼女を奪い、あまつさえ結婚、そして芸能界引退まで決意させた早瀬を私は許すことができませんでした。マナベはルミが違約金を支払うことで幕を引こうとしましたが、私は早瀬にも代償を支払わせるべきだと社長に言いました。そして、ルミを芸能界から引退させるということが、どれだけ大きな打撃を生ずるかということを早瀬に思い知らせるために私はバンドの解散を要求しました。すると早瀬はまったくためらうことなく、要求に応じました。

しかし、それがさらに私の怒りを増長させました。私はアルファベットに負債金を肩代わりする見返りに、バンドのマスターテープを焼却することをマナベの社長から命じさせました。ほとんどの金融機関から見捨てられていたアルファベットは、すぐに応じました。

しかし、アルファベットは勘違いし、所属アーティスト全員のマスターテープも一緒に焼却してしまったんです。後日、そのことを知ったルミから私は平手打ちをくらいました。『但馬さんが憎いのは、わたしでしょう。わたしだけのはずでしょう』と」

はっ、と気付いたように樹が見ると、但馬は微笑んだ。しかし、その微笑みはすぐに消えた。

「当時、ルミと私は恋愛関係にありました」

個人的な話、と但馬が最初に断りを入れた理由がようやく判った。担当するアイドルとの恋。聞いたことがない話ではないが、予想外の展開に樹と仲村はもはや、黙るしかなかった。

「言い訳になりますが、そうでもしないとルミの心はバランスが取れなかったんです。トップアイドルでいる限り、偽りの歌声で歌い続けなければならないことが彼女の心をどんどん消耗させていました。おまけに睡眠時間は平均して二、三時間、休みというものがまったくありませんでしたからね。旅行はおろか遊びに行くことすらもできませんでした。

そんな彼女を元気づけようと、私はビートルズやストーンズの歌を聴かせたりしました。それは彼女にとっては生まれて初めて聴く、海の向こうの音楽でした。彼らの音楽を聴いている時の彼女の目は生き生きと輝いて、歌詞カードを見ながら本来の歌声で一緒に歌っていました。THE RED RUMもそうやって聴かせていた音楽のひとつでした。六枚目のシングルのレコーディングが終わって、彼女をマンションに送る車の中で、私はT

HE RED RUMのファースト・アルバムを聴かせたんです。まさか、その二か月後に彼らのステージに飛び入りするとは夢にも思いませんでしたけど」

それは一九七二年十月、新宿のライブハウスで行われた対バン・ライブでのアンコールで客席から乱入したルミが、ストーンズの『サティスファクション』を歌ったという、プロフィールに書かれていた出来事だろうということは樹にはすぐに判った。

小さな偶然は重なりあい、やがて大きなうねりとなって、小野寺ルミを突き動かした。ルミは「小野寺ルミ」を放棄し、早瀬慧二のいるロンドンへ向かった。そして、五億円もの違約金を支払い、芸能界を去った——。

六本木通りを走る大型車の音が窓の下から微かに聞こえてくる。それ以外に、ひとの声が聞こえてこない空間がしばらく続いた。樹は目の端で壁時計を見た。もう四十五分も経っていた。

但馬は「ちょっと失礼」というと、テーブルのシガレットケースから煙草を一本出した。火を点けて、煙を吸い込み、今度はゆっくりと吐き出すと、すぐに灰皿にフィルターを押し付けた。

「私は未練がましい男です。私の元を去って行ったルミを、その後もずっと追い続けていました」

「それが……二年前までの情報を知っている、ということになるわけですね。でもなぜ、二年前までなんですか」

樹は半ば閉じていた手帳を開いた。

「ルミは二〇〇五年から一三年までニューヨークにあるジャズ・バーで、『TINA《ティナ》』というアーティスト名で歌っていました。それは、現地にいるレコーディング・コーディネーターから知らされました。ですが、その店のサイトに掲示してあるライブスケジュールの、二〇一三年の十一月からTINAの名前が見当たらなくなりました。他の店に移ったのかもしれないと検索をかけましたが、見つかりませんでした」

TINA——「早瀬輝美」からも「小野寺ルミ」からも想像がつかない名前である。

「店の名前を教えていただけますか?」

「『BLUE MOON《ブルームーン》』です。五十四丁目、ロウアーマンハッタンのワッツストリート沿いにある店です」

後で検索するために、樹は店名と住所を書き留めた。

「行ったことはあるんですか」

「一度だけ、あります。二〇〇一年の十月二十五日に。同時多発テロがあった後、彼女が心配になり、先ほどのレコーディング・コーディネーターに頼んで消息を調べてもらいました。当時、彼女はW　T　C《ワールドトレードセンター》の近くに住んでいたので。それで無事だということがわかり、どうしても顔が見たくなって、ニューヨークに行きました。歌う姿を見ただけで、話はもちろん、挨拶もしませんでしたけれど」

「早瀬もニューヨークにいたんですか」

すると、但馬は「あっ」と短く声をあげた。

「話が前後してしまい申し訳ないのですが、ルミと早瀬は離婚しています。娘が生まれた二年後に」

樹は驚いた。

小野寺ルミと早瀬慧二の結婚生活がとうの昔に破たんしていたことに。

そして、同時に樹は確信した。

ふたりの間に生まれた娘と小野寺ルミ。それが「瑠々」だ、と。

樹は持ってきていた瑠々のCDをかけてもらい、川田保の「ヴォーカルユニット説」を但馬に話した。但馬の顔つきが変わった。

「それを踏まえて考えたら、一番を娘、二番をルミが歌っているように私は思います。二番の高音が伸びたときの声がルミの声に近い。母娘だけあってさすがに歌声は似ていますが、娘の声質に合わせてルミが歌っていますね。だから、ほとんどと言っていいくらい、いやほぼ完ぺきなほどに差異がない」

元制作担当ディレクターらしい意見だった。

「ギターは、早瀬慧二ですよね」

確認を取るように樹が言うと、但馬は深く頷いた。歌が終わり、また沈黙が生まれた。

樹はまた視界の端で時計を見た。約束の残り時間はあと三分となっていた。

「こんなこと但馬さんに伺うのはちょっと、というか、だいぶ違うと思いますが……どうして……ふたりは別れたんですか」

但馬はすぐに「わかりません」と答えた。そして、「夫婦のあいだのことですからね」と付け加えた。

内線が鳴った。

応接テーブルに置いてあった携帯電話を取ると、但馬は「わかりました」とだけ告げて、電話を切った。次の予定を知らせる電話であることは言うまでもない。まだまだ聞きたいことはあるが、樹と仲村はゆっくりと腰を上げた。

「今日はお忙しいところ、本当にありがとうございました」

頭を下げ、ドアに向かっていた樹はふと、足を止めた。

「小野寺ルミの所在が判ったら、ご連絡した方がよろしいですか？」

但馬は大きく首を横に振った。

「いいえ、結構です。私はもう、彼女を追わないことにしました」

きっぱりとした声だった。ほんのさっき、自分のことを「未練がましい男だ」と言っていた但馬の、固い決意を感じる声。

「おそらく、私が追いかけていたのはルミ自身ではなく、彼女の歌声だったんです。マンハッタンで聴いたのはすべて英語の歌詞、ジャズ・シンガー『TINA』の歌声でした。でも『ひとごろしのうた』で、彼女の、ほんとうの歌声を聴くことができました。だから、もう追いかける必要がなくなりました」

但馬は微笑んでいた。強がりのない、気持ちの整理がついた笑みだった。

「もし、ルミに会うことがありましたら伝えてください。私はこれからもずっと、死ぬまで十字架を背負い続けていく、ということを」

浮かべていた笑みを消し、但馬は言った。

社長室を出て、エレベーターを降りるまで、樹と仲村は言葉を交わさなかった。というよりも、言葉が出てこなかったというほうが正しいかもしれない。

ひとりの少女の歌声から紡がれた縁《えにし》に。

仲村に礼を言い、樹はヴィクトリア・エンタテインメントを後にした。自動ドアを抜けるとすぐにジャケットを脱ぎ、ネクタイを外した。それから大きく息を吐くと、空を見上げた。

その時、ひとつの言葉が浮かんだ。

「因果」

小野寺ルミと早瀬慧二をめぐる数々の出来事が「原因」となり、『ひとごろしのうた』という「結果」を生んだ。それを「因果」というのならば、なぜ、今、なのか。「瑠々」の正体が小野寺ルミとその娘であり、早瀬慧二がギターを弾いていることは、ほぼ間違いはない。しかし、四十数年も沈黙していた歌手とギタリストがなぜ、今になって「歌」を発表したのか——。たまたま、なのかもしれない。だが、樹はなにか重要な理由を感じずにはいられなかった。

新たに湧き上がって来た疑問のその答えはやはり、小野寺ルミと早瀬慧二、このふたりに訊くしかない。まずは、小野寺ルミ。樹は但馬から聞いたマンハッタンのジャズ・バーを検索した。

オフィシャルサイトの中に、メールフォームがあった。ここに小野寺ルミ宛にメールを送れば、転送してくれるかもしれない。しかし、問題がひとつあった。

「それを頼むのは、英語……だよな」

課内にひとり帰国子女の社員がいたが、今はもう説明する時間すら惜しいくらいに、早くルミにメールを送りたい。樹は頭をフル回転させ、拙《つたな》いながらも英語でメールを打った。だが、メールの文面を打ちながら、樹はまだ迷っていた。二年も前にステージに立たなくなった小野寺ルミのもとに、このメールがちゃんと届くかどうかの確信がいまひとつ持てなかったからだ。

「いや、ここまで来たら……ダメでもともとだ」

樹はかぶりを大きく振ると、送信ボタンを押した。

そして、検索画面を再び開いた。次は早瀬慧二へのコンタクトだ。

早瀬の実家は京都で三代続く総合病院を営んでいる。早瀬自身、京大医学部を受験し、合格している。バンドを解散させ、マスターテープを焼却されてまでも貫いた愛は破たんし、失望した早瀬慧二が音楽を創ることの一切を辞め、医師に転身したと考えても違和感はなかった。仮に、別の職業に就いていたとしても、実家の場所さえわかれば、話を聞くチャンスはある。

樹は「京都　伏見区　早瀬総合病院」とキーワードを入れた。しかし、「早瀬総合病院」での該当はなく、「伏見区　総合病院」で出てきたのは、「阿部」という名の総合病院だけだった。

「社会医療法人　阿部医療財団　阿部総合病院」

樹は検索結果画面のトップに記載されている病院名をクリックした。

間もなく画面に現れたのは、緑に囲まれた十階建ての白亜のビルの全景写真だった。

「阿部総合病院」は、二十五もの診療科と十五からなる部門を持ち、リウマチ・関節や心臓などの専門センターを併設しているほかに、訪問看護やリハビリを扱う在宅サービスも設けていた。

樹はサイトの右端に「阿部総合病院のあゆみ」と書かれたコーナーを見つけた。「三代続く」というキーワードがここでマッチングすれば、「阿部総合病院」が早瀬の実家である可能性は高い。早速、クリックした。

「阿部総合病院のあゆみ」は「1870年(明治3年)開業」から始まっていた。明治、大正、昭和、と時代を経ていきながら「地域医療を担う」という理念のもとに病院は徐々にその規模を拡大させていた。「三代続く」という点においては該当している。この「あゆみ」を紹介している中に、「理事長紹介」というコーナーがあった。クリックすると、白衣に身を包んだ男性老人の画像が大きく映し出された。

京大医学部を卒業後、シカゴ大学大学院のビジネススクールの博士号を取得という学歴を持ち、京大の大学院医学研究科の講師も務めているという現理事長の名は、「阿部《あべ》慧《けい》一《いち》」と記されていた。

「阿部慧一……早瀬慧二……」

早瀬慧二の家族構成は「祖父母、父、母、兄」となっていた。とすれば、これはおそらく、兄の写真だろう。樹は威厳に満ちた顔写真をじっと見た。自分が知っている早瀬慧二の顔は、弦太から譲り受けたTHE RED RUMのアルバムのジャケットに写っていた「赤い逆毛で目をむき出しにして舌を出している」、パンクな表情だけだ。その顔とこの白衣の老人の顔が似ているのかどうかの判断はかなり難しい。

しかも、なぜ「阿部慧二」ではなく、「早瀬慧二」と名乗っているのか。両親が離婚したのか、それとも何か訳があって養子に出されたか。樹は考えを巡らせながら、渋谷駅へと歩いた。

歩道橋を降りて駅前のバス乗り場につくと、ちょうど新橋方面行の都営バスが来ていた。会社のある溜池へ戻るには地下鉄のほうが間違いなく早いが、すぐに着いてしまうと検索作業ができない。この後、打ち合わせを入れていないこともあり、樹は迷わずバスに乗りこんだ。冷房が程よく効いて、汗が一気にひいていく。一番後ろの席に座ると、かばんの中からペットボトルを取り出し、水をひとくち飲んだ。そして再びスマートフォンを取り出し、早瀬慧二のプロフィールを開いた。

『1946年3月21日　京都府伏見区に生まれる。実家は3代続いた総合病院。（家族構成：祖父母、父、母、兄）　1962年洛南高校に入学する。成績は3年間常に学年5位以内だった。1965年1月　京大を受験後、家出同然で上京する。新宿西口にあるジャズ喫茶に入りびたり、そこで慶大生の高田稔と出会う。3月　早瀬は京大医学部に合格するも京都には戻らず、品川にあった高田の下宿に居候する。その後、高田の紹介で早大生だった溝口荘司と出会い、意気投合した3人は同年11月フォークグループ「時限爆弾」を結成する。』

「そうか……！」

思わず上げてしまった声に、前の席に座っていた中高年女性が肩越しに睨み付けてきた。「すみません」と小声で謝り、ちょこんと頭をさげると、樹はまたプロフィール画面に視線を戻した。

「京大を受験後、家出同然で上京」「京大医学部に合格するも京都には戻らず」の部分と、アルバム・ジャケットに写っている顔、そして「早瀬慧二」と名乗るヒントがあった。

それにしても何度も何度も読んでいるはずなのに、今の今まで気が付かないでいたことが悔しく思った。

「早瀬慧二」がアーティスト名だということに、なぜもっと早く気が付かなかったのだろう。

髪を赤く染め、目をむき出しにして舌をべろりと出した表情から、ふだんの顔は思い浮かべられない。しかし、兄とともに家業を継ぐことを強いられていたことに反発し、家出した自分の正体を隠すためにあの表情を作っていたのなら——。

「早瀬慧二」というアーティスト名は、そういった事情が含まれているかもしれない。

「阿部慧二……」

樹は検索画面にその名前を入力した。画面はあっというまに検索結果を映し出した。

「阿部慧二（あべ　けいじ、１９４６年３月21日—）、日本の精神科医、医学博士。専門は司法精神医学、児童精神医学。」

生年月日が早瀬慧二と同じである。途端に鳥肌が立った。樹はその下に記載されている学歴と職歴を読んだ。

「学歴　京都大学医科・医科学専攻卒業」

「職歴

＊1982年：東北医科大学内科研修生として勤務。

＊1984年：6月、ロンドン大学精神医学研究所にて研修。

＊1995年：横浜国際大学文学部行動文化学科客員教授就任。

＊2005年：横浜国際大学文学部行動文化学科客員教授退官。

＊2010年：慶應義塾大学文学部心理学科客員教授就任。」

THE RED RUMが解散したのは一九七三年六月。小野寺ルミのプロフィールによると、翌年の七四年一月一日にふたりは結婚。但馬が「娘が生まれた二年後に離婚した」と言っていた年が一九七六年、その後、早瀬慧二が京大医学部を再受験して、ストレートで入学し、卒業したと仮定すると、その年は一九八二年になる。

頭の中で概算し終えると、樹はしばし呆然とした。

同じ「慧二」という名前と生年月日、京大医学部卒業と考えると、「早瀬慧二」が「阿部慧二」であることはおよそ間違いないだろう。

やっと、ここまでたどり着いた。

去年の今頃は毎週緊張しながらマイクに向かい、瑠々に呼びかけていた。しかし瑠々はおろか、手がかりになるものはなにも出てこず、それでも立ち止まることなく、灯りのない道をただただ、やみくもに突き進んでいくような日々だった。それがやっとここまで来た。早瀬慧二の、ほとんど目の前までたどり着いた。目頭が熱くなる思いである。

メールの着信音が鳴った。ネットの画面を閉じ、受信箱の中の新着メールを見ると、なんだか見覚えのある英文タイトルのメールが届いている。

「Re: PLESE SEND MY MAIL TO MS. TINA」

「PLESE」の「A」が抜けていることに今ごろ気が付いた。しかし、それよりもなによりも、MS. TINA─小野寺ルミからの返信にスマートフォンを持つ樹の手は大きく震えていた。

『只今、東京におります。明後日には帰国いたしますので、よろしければ明日、お会いできませんか?』

翌日。樹は日比谷へと向かった。

待ち合わせ場所に向かう前に、銀座四丁目交差点そばの「山の手楽器」に立ち寄り、店舗スタッフにあいさつがてら発売されて一週間が経ったコンピレーションCDの売り場状況を確認したが、気をつけてはいるものの、やはりどことなく気持ちが上の空になっている。

昨日、小野寺ルミとの約束を交わしてからというもの、心がそわそわと落ち着かない。約束の時間までまだ早かったが、指定された公園前のホテルのロビーラウンジに座り、手持ち無沙汰で買った朝刊の記事をぼんやりと眺めた。

こうして新聞を読むのは久しぶりである。「週刊リークス」に『ひとごろしのうた』の記事が載ったころは三つの事件の経緯と詳細を知りたくて、毎日、駅のキオスクで新聞を買っていた。ほんの数か月前のことがずいぶんと昔の出来事のように思えた。そう感じてしまうほど、今眺めている紙面には国内外で起こった様々な事件や出来事が掲載され、一連の事件についての記事はもう跡形すらもない。

結局、『ひとごろしのうた』と岐阜の女子児童、静岡の元予備校生、そして不起訴になった大宮の女性と被害者の関連はよく判らないままになってしまった。

しかし、人のうわさも七十五日とはよく言ったもので、主要レコード店で撤収された瑠々のCDは、事件の終息とともに売り場に並ぶようになった。今となってはあの嵐のようなCD回収騒ぎはなんだったんだろうかと思う。結局、周囲にさんざん振り回された挙句、心身ともに疲弊しただけだった。樹はやれやれとため息をついた。

その時だった。

「恐れ入りますが、大路樹さまでいらっしゃいますでしょうか」

透き通るような声に顔を上げると、目の前にフロント係の女性が笑顔を湛《たた》えながら立っていた。一礼した彼女に釣られるように樹も頭を下げた。

「は……はい、そうですが」

「クボテルミさまがお待ちになっております。どうぞ、こちらへ」

「クボ……テルミさん？」

と、言った瞬間に「小野寺ルミ」の本名だということを思い出した。即座に立ち上がった樹をフロント係が先導するようにロビーをやや早めに歩く。そしてエレベーターの上りボタンを押すと、待ち構えていたように扉が開いた。扉を押さえるようにして樹を先に乗せたあと、フロント係も素早く中に入り、4のボタンを押した。

反射的にエレベーターボタンの上にある各階案内のプレートを見ると、宿泊エリアは七階からで、喫茶とレストランは別館にある。一体、久保輝美はどこで待っているのだろうか。樹が四階には何があるのかと確認しようとすると、ポン、と短い音が鳴り、扉が開いた。

廊下に出て右へ曲がると、「インペリアルホテル診療所」という文字が見えた。眉を寄せた樹の不安を和らげようとフロント係は微笑みながら、その診療所のドアをノックした。

「失礼いたします。大路樹さまをお連れいたしました」

フロント係はそう言うと再び樹に一礼し、ドアを開けた。白衣の女性が応対に出た。首から下げたIDカードには「医師」と書いてあった。フロント係と医師が目をあわせ、小さく頷くと、

「こちらへ」

今度は医師が樹を先導する。フロア奥へと進んでいくと、またひとつドアがあった。

「久保さん、入りますね」

ノックした後、ドアの向こうに呼びかけると、「はい」とか細い声が聞こえた。医師は樹を見て頷くと、ドアを小さく開けた。樹はドアノブを握り、身体が入るくらいに開けると、すぐ目の前にベージュ色の仕切りカーテンがあった。その下からベッドの脚が見えた。

「……久保……さん？」

恐る恐る呼びかけてみる。「はい」と、先ほどよりはしっかりとした声が聞こえた。カーテンが風を含んだようにふわり、と開くと、ベッドから半身を起こしている女性の姿が現れた。

「初めまして、大路さん。『小野寺ルミ』です」

ひと目見た瞬間、まっ白といってもいいほどの肌の白さがまず目に入った。ボブカットの黒髪がよりその白さを際立たせている。普通の人間よりもひとまわり小さい顔にある、大きくてまあるい瞳の周りが少し落ちくぼんでいるように見えた。だが、浮かべた笑顔に

はアイドル時代の面影がほのかに残っている。その海外生活の長さから、上下にアイライ
ンを強めに引いたようなメイクを想像していたが、化粧はほとんどしていなかった。だが、
昔はあって、今はないものに樹はすぐに気付いた。

「八重歯……」

思わずつぶやいた言葉に、小野寺ルミは元アイドルらしく小首を傾げて、ふふっと笑った。

「アメリカに行く前、抜いちゃったんです。海外では、八重歯はドラキュラを連想させてしまうから抜いたほうがいいって高田くんに言われたので」

「……高田くん？」

「THE RED RUMのベーシストだった高田稔くんのことです。彼は解散後、アメリカに渡って二年後にバークレーに入りました。そこで音響工学を学んで、レコーディング・エンジニアになったんですが、二年前に亡くなりました」

解散して四十二年という長い月日の中では、「メンバーの死」という場面も十分にあり得ることをまた認識させられたような気がした。

重たくなった雰囲気を変えようとしたのか、ルミが笑顔を作った。

「それよりも、驚かせてしまってごめんなさいね。ラウンジにいたら、少し貧血を起こしてしまって」

じめじめと蒸す日が続いているというのに、ルミは厚手のカーディガンを羽織っていた。抜けるような肌の白さは貧血を起こしていたせいかもしれない。ベッドの脇にある補助いすに座るように促され、樹は腰を下ろした。近くに座ると、カーディガンの袖から血管が浮き出た手首がのぞいて見えた。

「大丈夫ですか」

ルミは小さく頷いた。

「あ。遅ればせながらですが、初めまして……大路樹です」

樹はぺこりと頭を下げると、続けてこう言った。

「……初めまして、もうひとりの瑠々さん」

ルミは微かに頷いたあと、頭を下げた。

「『ひとごろしのうた』では大変にお世話になりました。そして、いろいろとご苦労とご迷惑をおかけしてしまい、本当にすみませんでした」

ルミはさらに深く頭を下げた。

「いいえ、そんな……」

胸がいっぱいになって次の言葉が出てこない。瑠々の姿を探し続けてきた日々が脳裏に駆けめぐっていく。それは、嬉しい気持ち、悔しい気持ち、そして怒りと悲しみ。さまざまな感情が駆けめぐった日々でもある。

「もっと早くお礼とお詫びを申し上げたかったんですが、ここ一年ほど体調を崩してしまいまして、ご連絡するのが難しい状況でした。今回は、検査のために一か月ほど東京に滞在しておりました。帰国前に大路さんにお会いすることができて、本当に良かったです」

ライブ活動をしなくなった理由がこれで判ったが、まさか検査のために帰国していたとは思わなかった。

心配げな顔つきの樹を見ると、ルミは安心させるようににっこりと笑った。

「長い検査が終わって気が緩んだのか、貧血になってしまいました。念のため、診療所におりますが、先生に許可を得ていますので大丈夫です」

「有難うございます。メールにも書きましたが、昨日、ヴィクトリアの但馬さんにお会いして、いろいろとお話を聞きました。ですが、小野寺ルミさんにもたくさん、すごくたくさん、お伺いしたいことがあります」

樹は背筋を伸ばすと、ルミを見据えた。

「でも、話したくないことがあれば、無理にお話しにならなくても結構です。あと、また気分が悪くなったりしたら、遠慮せずに中断してください」

「はい、わかりました」

ルミは目元に笑みを残したまま、静かに頷いた。それから寄りかかれるようにクッションを重ねると、ゆっくりと身体を預けた。

「その前に……すぐに返信が来たので驚きました」

それは正直なところ、今回、樹が一番に驚いたことだった。

「オーナーのジャクリーンが、私宛のメール、特に日本から送信されたものについてはすぐに転送するように取り計らってくれているおかげです。移民の彼女は私と同い年で、また私と同じようにミュージシャンとの離婚歴がある境遇から親しくなりました。契約がなくなった今でもいろいろと世話を焼いてくれて、彼女には本当に感謝しています」

ミュージシャンとの離婚歴、という言葉がきっかけを与えてくれたように思え、樹は早速、早瀬慧二とのことを聞くことにした。

「お会いしたばかりなのに、こんなこと聞くのはあれなんですが」

「早瀬との離婚のことですね。大丈夫ですよ。もう、大昔のことですから」

拍子抜けするほど、あっさりとした言葉が返って来た。こちらに気を遣っているのかもしれないが、デリケートな事柄だけにルミの言葉を聞いて樹は少しホッとした。

「原因は……何だったんでしょうか」

「彼が音楽を創ることをやめてしまったことです」

ルミはすぐに、そしてきっぱりと言った。

「それはTHE RED RUMを解散させてしまったから……ですか」

「はい。それも、あります」

怒りと嫉妬の感情でバンドの解散を命じた但馬を許せなかったルミは、抵抗することもなくそれを受け入れてしまった早瀬も許せなかったということなのだろうか。しかし、その根源は小野寺ルミにある――。

「判っていますよ。原因は私だということは」

思っていたことが顔に書いてあったのかもしれない。ルミは樹の心の中の言葉にそう返した。

「私は自分勝手な女です」

ルミは短く沈黙を取った。

「バンドがなくなって、私は嬉しかったんです。これで早瀬慧二というミュージシャンを、早瀬の才能を、じぶんひとりだけのものにすることができたと思っていましたから」

平然と言ってのけたその言葉に樹は驚いた。

「私は彼と音楽が創りたくて、結婚したようなものです」

戸惑う樹をルミは気にすることもなく話を続けた。

「アイドルとして歌っていた当時は、すべては家族のため、お金のためと自分の中では割り切っていたことなのに、やっぱりどこか虚しさを感じていました。歌番組でニコニコしながら音を外して歌う私を、私よりも歌が下手な子が馬鹿にしたように笑っていたり、事務所がマナベだから賞がもらえたんだ、紅白に出られたんだとやっかまれたり、あからさまな嫌がらせや心無い内容のファンレターをもらったりして、悔しくて悔しくて毎日、テレビ局のトイレで泣いていました。そんな日々の中で早瀬の音楽を聴いた私は次第に『この人と歌いたい！　この人が弾くギターの横で歌いたい！』と思うようになったんです」

「……それで、対バン・ライブのアンコールに飛び入りしたというわけですね」

「はい。あの時のことは、今でも……もう遠い昔の出来事なのに、昨日のことのようにはっきり思い出せます。本当に楽しかった。思いっきり歌を歌うことができて、本当にしあわせだったわ。あの夜のことは一生、忘れないでしょう。私の宝物です」

汗臭さと熱気でむせかえる狭い空間の中、突如現れた美貌の歌姫に熱狂する観客。そこにいることが当たり前のようにマイクを握り、シャウトする彼女の横ではにかみながら弦を弾き下ろす天才ギタリスト——今、ルミの脳裏に浮かんでいるであろう光景が、樹にも見えてきた。

「その後、シングルのB面の曲を彼に作ってもらうことはできましたが、当初、彼に弾いてもらうはずだった間奏のギターはスタジオ・ミュージシャンが弾いてしまっていたり、歌詞やアレンジが曲のイメージとかけ離れてしまったせいで、とてもつまらない曲になってしまいました。早瀬には本当に申し訳なかったと思っています。それでなくても、私のあの歌声……今でも悔やんでいます。あの曲は、私の本当の声で歌いたかった」

「トップアイドルという地位のための歌声と、本来の自分の歌唱力のギャップがあまりにも大きすぎた……」

ルミはゆっくりと、そして大きく頷いた。

「実は結婚後、私たちは一緒にバンドを組もうという計画を立てていました。ただ、日本ではレコード会社と事務所の問題がまだマスコミをにぎわせていたので、ロンドンで活動しようと。ですが、バンド解散後の早瀬はスランプに陥ってしまい、まったくギターを弾かなくなってしまったんです」

ルミの表情に、うっすらと影が差した。

バンド解散後、早瀬がスランプになった――それはまったく考えてもみなかったことだった。しかし樹自身も身に覚えがあるだけに、苦い思いがよみがえる。

「ある日、早瀬は突然、京都に帰ると言い出しました。ライブツアーに京都を入れないほど、あの土地に足を踏み入れることを嫌がっていたのに。早瀬の両親がとても厳格なことは彼からいろいろと聞かされていたので、まだ十九歳だった私は京都に行くことをものすごく怖く思い、強く反対しましたが、多額の違約金を支払い、お金がなくなった私たちは、結局京都に行くことになりました」

家出同然で上京して以降、今までひと言も連絡をよこさないでいた親不孝を両親に詫びることで、実家に住むことを許された早瀬慧二とルミだったが、

「ある時、夜遅くまで部屋に灯りがついていたので、曲を作り始めたのかと思っていたら

彼は受験勉強をしていたんです」

そして、一九七六年三月、早瀬慧二は三十歳で京大医学部に合格する。

「医学部を卒業したら、お兄様と一緒に病院を継ぐ。それが京都での生活のほんとうの条件だったと、私は彼の両親から後で聞かされました。その時、お父様から言われました、『今までさんざん好き勝手なことをしてきたんだから、もういいだろう』と。私は土下座をしました、『一生のお願いですから、彼の才能を潰さないでください』と。そして早瀬の作った音楽を聴かせようとしました。ですが、『あんたの歌も相当ひどいが、慧二が作ったくだらん歌なんぞに耳を貸す時間などない』と言われました。まさかこんな時に、自分の歌が引き合いに出されるとは夢にも思いませんでしたが、これはお金のためにウソの歌声でファンのみなさんを欺《あざむ》いていたことの報いなんだと思いました。私はそれ以上、もうなにも言うことができず、大学に通う早瀬を黙って見ていました。

正直に申し上げますと、彼の実家での生活はあまりいい思い出がありません。早瀬はすっかり医学部の学生になって、毎日毎日遅くまで勉強していて、私ともあまり話さなくなってしまいました。あんなに大事にしていたギターもいつのまにかどこかに仕舞われてしまいました。学歴のない私はいつまでたっても嫁として認めてもらえず、本家の女中さんみたいな扱いでした」

しあわせになれると信じていた結婚が、慣れない土地での生活と気持ちのすれ違いを重ねるなかで、徐々に破たんの道をたどっていくさまが見えるようだった。

「でも……ひとつだけ、良いことがありました」

「お嬢さんが生まれたことですね」

ルミは嬉しそうに頷いた。

「娘の写真、見ていただけますか」

そう言うと、ベッドの脇のテーブルに置いていたハンドバッグを取った。ぱちん、と留め具を開けると、赤い縁の小さなフォトフレームを取り出した。

「……瑠璃子、と言います」

産着を着た瑠璃子をルミが抱いていた。眠る子どもの額に唇をよせ、母になった小野寺ルミ——阿部輝美が褪せた色の中に写っていた。

「この写真を撮ったのは、早瀬慧二さんですか」

ルミは視線を落とし、首を横に振った。

「高田くんです」

「THE RED RUMの？」

頷いたルミに、樹はすかさず言った。

「でも、小野寺ルミさんはバンドを解散させた原因でもあるのに、高田さんは」

そこまで言って、樹は言葉を止めた。

(あなたを恨んでいなかったんですか)

もう少しで芸能レポーターのような言葉が出そうになった。不自然に言葉を止めた樹をいぶかることもせず、ルミは微笑んだ。

「高田くんは優しい人でした。初めて出逢った時から、バンドが解散になっても、高田くんは変わりませんでした。結婚生活のことで悩んでいた私は、すっかり彼のやさしさに甘えてしまっていました」

樹はアルバム・ジャケットに写っていた高田稔の顔を思い浮かべた。真ん中に立つ早瀬の印象が強すぎて、ややおぼろげになってしまっているが、「高田くんは優しい人」というルミの言葉があてはまる、人の良さそうな顔つきだった覚えがある。

「実は、この写真が離婚原因のひとつでもあるんです」

「えっ?」

「早瀬はああ見えて、嫉妬深い男でした。高田くんに限らず、私が他の男性と、例えば新聞の集金にきたお兄さんと話しているだけでも、すごくやきもちを焼くんです。この写真も、瑠璃子のお祝いに来てくれた高田くんに私が頼んで写真を撮ってもらっただけなのに、ヘンな風に誤解して……早瀬はずっと高田くんと私の仲を疑っていました」

苦笑しながらルミは言った。

「そんな彼に、私は次第に疲れてくるようになりました。結局、大人になり切れなかった子ども同士の、あっと言う間に終わった結婚生活でした」

ルミの話に限らず、愛の終わりを聞かされたあとは、なんといっていいのか判らない。

樹は手渡された写真をしばらく見つめた。眠る顔。きゅっと結んだ、ちいさな口元はルミに似ているように思えた。早瀬はあの顔しか知らないので、どこが似ているのかはわからない。しかし、瑠璃子の音楽的才能は父からも母からもしっかりと受け継がれている。ルミの腕に抱かれ、静かに寝息を立てていたこの赤ちゃんがこの数十年後に一大ムーブメントを音楽業界に起こすなど、誰が想像したことだろう。

ふと、視線を上げると、うなだれて、顔を覆うルミの姿があった。

「だ、大丈夫ですか⁉」

気付けば、もう三十分以上時間が経っていた。

「少し休憩しましょう。なにか飲み物を」

ルミは微かに首を振った。肩が震えている。泣いていた。

「……むごいことをして……しまいました……」

それは瑠璃子のことであるのは言うまでもない。

長く、そして辛い内容の話がこの後まだ続くことを思い、樹は五分間ほど休憩を挟もうと提案したが、ルミは拒んだ。

「今の私は、一分一秒の時間も無駄にしてはいけないんです」

弱い響きながらも強い意志が感じ取れる声。樹が「わかりました」と言うと、ルミは安心したように微笑んだ。樹はまた姿勢を正した。

「瑠璃子さんの親権は」

「早瀬が持ちました。ですが、それは表向きで、早瀬の両親に養女として引き取られました。次男とはいえ、早瀬も病院の立派な跡取りです。いずれ再婚することを考えたとき、後継ぎ問題で瑠璃子の存在が妨げになると考えたんでしょう。そんな大人たちの勝手な事情のために、早瀬と瑠璃子は親子なのに兄妹になってしまいました」

樹はルミを見つめた。先ほどまで濡れていた瞳は何事もなかったように樹を見ている。

「責めるようで申し訳ないんですが……」

「かまいません。どうぞ」

「瑠璃子さんがそんな状況に置かれるのを判っていながら……離婚してしまったんですか」

ルミははっきりと、「はい」と言った。

「母が私に相談せずに叔父の借金の保証人になっていたんです。叔父が残した借金はすべてサラ金からのもので、元本支払までいかないほどの法外な利息がついていました。ここまで言えば、瑠璃子を手放した理由の察しがつきますでしょう」

貧しい家計を助けるために歌手になったルミは、歌手を辞めた後も家族のためにまた金を作らなければならなくなった。皮肉な因縁に囚われたルミを不憫《ふびん》に思った。
「そして私は、瑠璃子と今後一切会わず、手紙や電話のやりとりもしないこと、そしても
し、離婚したことがマスコミに知られても、その理由を絶対に漏らさないことを条件に莫
大な慰謝料を得て、早瀬と離婚しました」
「じゃあ、瑠璃子さんとはそれっきり……なんですか」
「はい」
「一度も……一度も、会っていないんですか」
「そうです」
傷に鞭打つような問いかけに、ルミは短いながらもしっかりと答えた。
それでも「会いたい」という気持ちはあったはずだ。
早瀬とルミが離婚したのは、瑠璃子が生まれて二年後のことである。瑠璃子が生まれた
年を一九七五年とすると、現在の年齢は四十歳。生まれて間もなく離婚したとするなら、
あまりにも長い年月がルミと瑠璃子の上に流れてしまっている。その中でのルミの葛藤を
思うと胸がしめつけられる。
「私は同じ過ちを二度もくりかえしています」つぶやくようにルミが言った。
「どういうことですか」
「目先のことに囚われすぎて、後々のことをよく考えないことです。アイドル時代のこと

も、瑠璃子を手放したことも、すべて自分で考えて決めたことなのに、結局は今でもそのことを後悔しています。我ながら、自分の考えのなさにはほとほと呆れています」

ルミは自嘲的に笑った。しかし、その笑っていた口元が、徐々に震え始めたことに樹は気付いた。すると、ルミの視線がふっ、と宙に浮いた。

「但馬さんの言うことなんかきかないで本当の自分の声で歌っていれば、早瀬に出逢うこともなかったわ……そうしたら瑠璃子は生まれることもなかった……そうよ、生まれてこなかったら瑠璃子はあんなひどい目にあうことなんかなかった……」

その目に光はなく、何かを探すように眼球が上下左右に激しく動く。あきらかに様子がおかしい。ずっと抱え続けてきた思いが一気にこみあげて取り乱している、樹は直感した。

落ち着かせようと肩に手をかけると、ルミは身体を大きく揺らせて跳ねのけた。

「あんな死に方をするために、瑠璃子は……瑠璃子は……生まれてきたんじゃない……っ!!」

絶叫だった。

直後、胸を押さえ、崩れるように前のめりになったルミを樹は咄嗟《とつさ》に抱えると、カーテンの向こうに叫んだ。

「せっ、先生!!」

ドアが開き、さきほどの医師が飛び込むように駆けつけてきた。か細い両肩が短い間隔で大きく上下しているようだ。

「久保さーん、もう大丈夫ですよ。過呼吸を起こしているようだ。いいですか、ゆっくり、ゆっくりと息を吸って、またゆっくり、ゆっくり吐いてくださいねー。はい、そう、そう、ゆっくりね」

医師はルミを落ち着かせようと、優しく声をかけ続けた。ルミはまだ苦しそうにしていたが、それでも医師の言う通りにゆっくり息を吸い、そして吐いた。樹は何もすることができないまま、ただ、ルミの顔を見つめていた。ふいに、手に冷たいものを感じた。いつのまにかルミの右手を握っていた。

「……い……」

「……ばに」

「の……」

吐いた息の音に混じって、声が聞こえたような気がした。

「久保さーん、今はしゃべらないでくださいねー」

医師にもそれが聞こえたのか、すかさず注意を促した。だが、固く閉じていた目から涙がひと滴こぼれた時、その声ははっきりと聞こえた。

「……たすけてあげられなくて……ごめんね……ごめんね……」

瞬間、あの歌声が重なる。それは、『ひとごろしのうた』の歌詞の一部分だった。

それから、医師から話を聞くことを止められてしまい、樹はホテルを後にした。

思いがけず、小野寺ルミに早く会うことができ、ルミが「もうひとりの瑠々」であることの確認が取れたのは良かったが、『ひとごろしのうた』の制作に関しては何も情報を得ていない。ルミの返信メールには「明後日帰国」と書いてあった。明日にはもう日本を発ってしまう。中断してしまった話の続きをメールで訊くことはできるが、さっきの様子だと、また精神的負担をかなりかけてしまうことは明白だ。残念ではあるが、ルミに話を聞くのは今日で最後にしよう、と樹は思った。

気が付くと、日比谷公園の噴水の前に立っていた。いつのまに信号を渡っていたんだろうか。全然覚えがない。周りを見回すと、カップルや親子連れが多い。今日が土曜日だということを今思い出した。梅雨の半ばの晴れた日を楽しむ人々をぼんやりと見つめるも、耳にまだあの、悲しい叫び声が残っている。

まさか、娘の瑠璃子が死んでいたとは――。

「あんな死に方」とルミは叫んでいた。事故だったのか、事件に巻き込まれてしまったのか。

いずれにせよ、小野寺ルミと早瀬慧二、ふたりにとって最愛の娘はもうこの世にはいない。

しかしなぜ、小野寺ルミは「あまりいい別れ方をしなかった」早瀬慧二にコンタクトを取ったのだろう、しかも今ごろになって――。

『ひとごろしのうた』にまつわる最後の疑問。そして、それがすべての答えになる。その答えを知るのは早瀬慧二。この男しかもう、いない。

樹はスマートフォンでインターネットの画面を開いた。保存していた大学のホームページから文学部心理学専攻のサイトに飛び、「教員紹介」をクリックする。教授、准教授、助教の下に「客員教授」があり、その中に「阿部慧二」としての早瀬の経歴とともに連絡先としてメールアドレスが掲載されていた。

樹は自分が瑠々の担当ディレクターであることと、これまでの経緯にルミとの話の内容をつけ加え、そして、『ひとごろしのうた』について会って話が聞きたいと要望を書き、メールを送信した。

すると、小野寺ルミと同様に、一日の間もおかずに早瀬慧二からの返信が来た。

会うことに関して、早瀬は拒絶しなかった。スケジュールを訊くと、三田キャンパスへは火曜、水曜、金曜の週三回行き、それ以外は精神鑑定士としての仕事や論文執筆をしているという。今は、今秋発表予定の論文執筆に入っているので、できることならその執筆作業が終わってからにしてほしいと書かれていた。

但馬やルミに会い、いよいよと思っていただけに、待たされるその三、四か月間が今の樹にとってはなんとも歯がゆく、じれったい。

しかたなく樹は承諾のメールを送った。すると、

「私は逃げも隠れもいたしませんので、ご安心ください」

と、ひと言が返って来た。たったそれだけの返信を読んだ後、赤い逆毛の男の顔が浮かんだ。目を見開いて舌をべろりと出した男の顔。らしい言葉だな、と思った。その反面、ホッとしている部分があった。

早瀬慧二が「存在」している、ということに。

あれから——日比谷で会ってから一か月が過ぎたが、ルミからの連絡は一向《いっこう》になかった。もうとっくにアメリカに帰国しているはずなのだが、電話もメールも来ない。まさか入院しているのではと思い、ホテルに問い合わせてみたが、予定通りにチェックアウトし、予約していたリムジンバスに乗って羽田に向かったという。

樹は会社の窓から空を仰ぎ見た。ここのところ、梅雨のようなはっきりしない天気が続いている。早く夏が終わればいい。そして明日にでも秋になってほしい。子供じみた思いだが、本気でそう思った。

デスクの上の携帯電話が鳴った。通話ボタンを押すと、受付からだった。

「……え」

樹は電話を切るなり、フロアを横切り、エレベーターに向かった。だが、ひとつのエレベーターはちょうど下に降りたばかりで、もうひとつは上階にむかっている。

樹は小さく舌打ちすると、非常階段へと走った。走りながら階段を降りて行くうちに、軽く目が回り始めた。しかし、足を止めるわけにはいかない。樹は飛び下りんばかりの勢いで階段を下り、一階受付フロアにつながるドアを開けた。

「あちらでお待ちです」

受付係が顔を見るなり、フロア奥を指した。荒い息を整えながら、打ち合わせフロアを抜けてその場所へ急ぐ。天井から下ろされた擦りガラスのパーティションの向こうに人影がいるのを確認し、樹は足を止めた。

「お待たせいたしました、大路樹と申します」

その声と同時に男が立ち上がった。上下黒のスーツが男の背の高さをさらに強調させ、黒縁の眼鏡の厚いレンズの中にある大きな目が見降ろすように樹を見つめた。

「初めまして、早瀬慧二と申します」

低めの、落ち着いた声色。

初めて『ひとごろしのうた』を聴いた日からずっとその姿を追い求めていたギタリスト。

あのレスポール・カスタムを弾いているギタリストが、今、自分の前にいる。

そう思った途端、体中の血が熱く滾《たぎ》った。

いまだに、アルバム・ジャケットの赤い逆毛の印象があまりにも強烈に残っていることもあり、樹は早瀬の髪に視線を向けた。ウェイブのある白い髪をじっと見つめる自分を不思議そうに見る視線に気づき、樹は慌てて席を勧めた。早瀬はゆっくりと腰を下ろした。

まるで白革のソファに合わせたかのような、全身を黒で統一したコーディネート。長い脚を組み、ゆったりと座るその姿は、大学で教鞭をとっているとは思えないほど、アーティスト・オーラを放っていた。そう感じたのは樹だけでないらしく、時折、横切るスタッフがちらちらと早瀬に視線を送る。

樹は急いで受付から来客用のドリンク・キーを借りると、自販機に差し込み、紙コップにコーヒーを注いだ。秋になるまで会えないと言っていたはずの早瀬がなぜ、今ここにいるのだろう。そんな疑問が頭を擡《もた》げたが、今はそれよりも初めて目にする早瀬慧二の姿に気持ちが躍っている。コーヒーをテーブルに置き、パーティションをさらに広げて外からの視線を遮《さえぎ》ると、早瀬の前にあるソファに腰かけた。

「以前、メールではあんなことを言っておきながら、何の連絡もなしに、突然来てしまってすみませんでした」

「あ、いえ、そんな……ちょうど何もすることがなくて、あ、仕事はしてますけど、制作方面の仕事がいま何もなくて……だから、ちょうど良かったですよ」

なにがいったい「ちょうど良かった」のか、自分で言っておきながら意味がさっぱりわからない。こんなに舞い上がってしまっているのはきっと、あこがれのミュージシャンを目の前にしたような気持ちになっているからだ。なにを話そう。なにから訊こう。突然の出来事ゆえに考えがなかなかまとまらない。

そんなふわふわとした意識の中で、さっきまでの声色と違う声が聞こえた。

「実は……今朝がた、輝美が」

輝美、と聞いた瞬間、心臓が大きく一度、びくんと跳ねた。

「……ニュージャージーのホスピスで亡くなったと、彼女の友人から連絡が入りました。そのことをお伝えしようと思い、こちらに伺わせていただきました」

思わず声に出して言ってしまいそうになるほど、「ああ、やっぱり」と思った。あれからうっすらとではあるが、こうなることを樹は予感していた。

「今の私は、一分一秒の時間も無駄にしてはいけないんです」

弱い響きながらも強い意志が感じ取れた、あの時のルミの言葉がふいに口をついて出た。

「……僕と会った時、そんなことをおっしゃっていたので、なんとなく……気にはなっていました」

早瀬はルミの言葉にちょっと驚いた顔をしたが、「そうでしたか」と言って、しばらく黙っていた。

「わざわざお知らせいただきまして、ありがとうございました」

樹は深く頭を下げた。早瀬が全身黒づくめの理由は、そういうことだったのだ。

突然、ソファから早瀬が立ち上がった。

「では、私はこれで」

「えっ」

目を丸くした樹に一礼すると、早瀬はすたすたと歩きだした。まさか、本当にこのためだけにここに来たとは。しばし呆気に取られながら後ろ姿を見送っていたが、早瀬の身体がドアの外に出た瞬間に樹はようやく正気に戻った。

「ちょっ、ちょっと待ってください！　早瀬さんっ!!」

樹の声に気付かず、そのまま駅に向かって歩いていく早瀬を樹は追いかけた。さっきまで止んでいた雨がまた降り始めている。次第に濡れる髪や服を構うことなく、樹は走った。秋になったら早瀬は自分と会うと約束してくれた。だから今、こんなに必死に追いかける必要がないのは判っている。でも、足が止まらない。全身黒で固めた後ろ姿に不安を覚えるのは、ルミが死んでしまったからかもしれない。

「早瀬さんっ!!」

行き交う車と雨の音に紛れて、張り上げた声が届かない。振り向かない後ろ姿の右腕を、樹は思いきり摑んだ。驚いて見開いた目が肩越しに樹を見た。

「どうしたんですか、私はなにか忘れ物でもしていましたか」

腕をほどいた樹に早瀬は傘をむけた。

「いいえ、違います。あの……」

雨に濡れて重たくなった前髪を後ろになでつけると、見上げるように早瀬を見た。

「どうして、わざわざ知らせに来てくれたんですか。早瀬さんと僕は一、二度メールを送りあっただけの間柄です。そんな相手への連絡ならメールだけで良かったはずです」

早瀬は樹を見つめた。

「私はあなたには直接お会いして伝えたかっただけです。でも、どうしてそう思ったのかは自分でもよく判らないのですが」

微かに首をかしげながら言った早瀬に、樹はすぐに答えた。

「きっと早瀬さんはルミさんのお通夜をしたかったんです、僕と」

また早瀬は樹を見つめた。すると、いきなり笑いだした。

「ああ、そうか……なるほど……うん、なるほど」

樹の言葉に納得したように、早瀬は何度もうなずき、何度も「なるほど」と繰り返した。

訃報を聞かされた時から、次々とあふれ出てくるルミとの思い出を抱えきれずに自分の元にやってきたのだろうと樹は考えた。死んでしまった者と共有できるのは「思い出」だけである。そして、その思い出につながる溝口荘司も高田稔もすでにこの世にはいない。そんな早瀬を受け止めることができるのは、今は自分しかいないという寂しい現実が答えを導きだしたようなものだ。

「私の家でもいいんですが、あそこには輝美との思い出がない。あの新宿のライブハウスもつぶれてしまったと聞きました。……どこか、いい場所がありますか」

早瀬の言葉を待つまでもなく、樹の頭には「その場所」が浮かんでいた。

日が沈む前に雨は止んだ。下北沢に着くころには、一日じゅう降っていた天気が嘘のように、夜空には白く半欠けた月が出ていた。

早瀬は店の前にしばらく佇んでいた。あの頃からまったくといっていいほど変わっていない店構えに、慄《おのの》きに近い驚きを感じているのかもしれない。

弦太には前もって連絡を入れておいた。

「だいじょうぶだよ、殴りかかったりなんかしないから」

弦太は笑っていた。あんな嬉しそうな声を聞いたのは初めてかもしれない。

ドアを開けると、レイ・チャールズのファースト・アルバムがかかっていた。久しぶりにやってきた客への、弦太なりのもてなしだろう。先に入った樹を弦太はちらりと見ると、いつもと同じように「いらっしゃい」と言った。

樹が後ろにいる早瀬を促すと、ゆっくりとした動作で店に入ってきた。早瀬はカウンター奥にいる弦太に頭を下げた。

「ご無沙汰しております」

その挨拶が意外だったのか、弦太は一瞬、目が点になったような顔をしたが、すぐに表情を戻した。THE RED RUMが解散して以降、来店していないとすると四十二年ぶりになる。だが、店の中にいる早瀬を見ていると、昨夜もここで飲んでいたような雰囲気を纏っている。常連だった客が持つ、不思議さである。

店の奥のテーブル席に早瀬と樹が座ると、カウンターから出てきた弦太がドアの外側に「本日貸し切り」の札をかけた。

間もなく、ビールとバーボンのオンザロックが運ばれてきた。オーダーすることもなしにテーブルに置かれたオンザロックのグラスに、早瀬の口元が緩んだ。きっとこれが早瀬の一杯目なのだろう。

「では、献杯」

樹がグラスを掲げると、早瀬も、そして弦太も後に続いた。店内にソウルフルなヴォーカルと跳ねるような軽快なリズムのピアノがただ流れている。しばらくのあいだ、そんな時間が続いたあと、早瀬が言った。

「まずは……何からお話しすればいいですか」

樹はあせった。早瀬は誤解してしまっている。

「いえ、今夜はそういうつもりではないので、後日また改めて……」

すると、早瀬が遮った。

「通夜というものは思い出話をして故人を偲ぶもの、と私は捉えています。ですから、かまいません。……何からお話しいたしましょうか」

改めて聞かれてしまうと、順番に困った。困りながらも、目の前で組んだ両手の、その指の長さに見とれてしまっていた。それは想像していた通りのものだった。この指から生み出される、色とりどりのフレーズが樹の頭の中で蘇る。四十年以上、沈黙を続けていた歌姫とギタリストが生み出した奇跡の一曲――。やはり、一番聞きたいことから話してもらいたいと樹は思った。

「……あの歌を応募したのは、なぜ、『今』だったんですか。小野寺ルミさんの病気と関係があったんですか」

早瀬は首を振った。

「輝美の病気については、ほんの二か月前まで知りませんでした。ついでに言いますと、高田を頼って彼女がアメリカに行ってからは一度も会っていませんでした。離婚してから会ったのは娘の葬式の時が初めてになります」

娘――もうひとりの「瑠々」、瑠璃子。数々の謎を解くためには、瑠璃子の死は避けることはできない。樹は努めて感情を抑えて尋ねた。

「……瑠璃子さんはいつ……どうして、亡くなられたんですか」

早瀬はすぐに答えた。

「中学二年生の時です」

そして、

「自殺です。校舎の四階から飛び降りました」

ためらうことなく、すぐに答えた。

飛び降り自殺。顔がこわばった。あんな死に方をするために、生まれてきたんじゃない。あんな死に方をするために、生まれて来たんじゃない……頭の中でルミの絶叫が何度もこだまする。

しかし、それは瑠璃子の叫びでもあったかもしれない。ルミが、そして瑠璃子が叫ぶ声が、ぐるぐると廻り続ける。やりきれなさに心が締め付けられていく。握りつぶされてしまいそうなほどに強く、さらに強く、音を軋《きし》ませながら。

「ルミさんはお葬式に参列することができたんですね」

「私の両親や親族は大反対しましたが、さすがにそれだけはさせてあげようと思いました」

それがさらにルミの哀しみを深くさせてしまったことは言うまでもない。生き別れた娘との再会が、その娘の葬式だったとは。当時のルミの気持ちを思うと、言葉も出ない。

いつのまにかレイ・チャールズの歌声は消えていた。そのせいで時折、通りを歩く若者たちの嬌声がドア越しに聞こえてくる。週末の夜の喧騒。しかし、店の中だけが別世界のように重苦しい静寂に包まれていた。

早瀬が「失礼」と言って、ジャケットのポケットから煙草を取り出した。マッチで火を点けた煙草の煙を大きく吸い込む。そして、吸い込んだ分と同じ量の煙をゆっくりと吐き出した。

「当初、瑠璃子が自殺した原因は判りませんでした。学校にも自宅にも、遺書や自殺をにおわすようなメモも日記も目撃者もなく、結局、原因と思われるような事柄を把握することはできませんでした。翌月に教育委員会に提出した報告書が統計上の処理として、『転校して学校やクラスになじめなかったことが原因の自殺』とされてしまったと担当の弁護士から聞かされました。ですが、私は瑠璃子から『学校が嫌だ』という話を聞かされたことはありませんでした。仲の良い友達もできて、その子とよく長電話をして話していたり、勉強会をしに出かけたりしていましたから。そのことを学校側にも伝えましたが、高校受験を控えた時期でもあり、その友人に迷惑がかかるということで取り合ってくれませんでした。結局、瑠璃子本人に問題があり、学校側は何も落ち度はなく、責任もない、ということで片づけられました。

それからしばらくして、瑠璃子に対して、いじめがあったことをある保護者の方から聞かされました。それについて、また学校側に問いただしましたが、やはりいじめの事実はない、と答えが返ってきました。いじめについては他校の生徒さんの保護者からのお話だったので、こちら側の言いがかりととらえられたのかもしれませんが、その方のお話によると、『瑠璃子が妊娠した』というデマが校内に流されたと言っていました。デマの流布に他校の女子生徒も加担していたことを話しても、学校側は事実無根と否定しました。私からすれば、それは他校とのいざこざを回避するためと、教育委員会に対しての保身にしか見えない対応でした」

怒りで体を、声を震わすことなく、時折、煙を深く吸い込み、吐き出しながら早瀬は淡々と語った。

「輝美から聞いたとは思いますが、京都で生活をしていた時、瑠璃子と私は戸籍上、『兄妹』となっていました。私は当時、そのことを瑠璃子に告げてはいませんでした。しかし、あろうことか私の母が瑠璃子に話してしまいました。他にもいろいろと原因がありましたが、それが決定打となって私は京都の実家と縁を切り、瑠璃子と横浜で暮らすことになりました。そこでやっと、私と瑠璃子は『父』と『娘』になれたんです。ですが、その生活も一年半で終わってしまいました」

吐き出した煙は天井に向かいながら、溶けていく。

「瑠璃子さんはどんなお嬢さんだったんですか」

少し間を置いて樹は尋ねた。すると早瀬は一瞬、苦笑いをした。そんなことまで答えなければならないのか、と思っているのだろう。

「実のところ、医学部を卒業してからは研修医として海外や地方で長く勤務していたこともあって、京都にいた頃の瑠璃子の面倒はほとんど母に任せていました。そんな私に対して瑠璃子は反抗するようなところはありませんでしたが、どこか少し他人行儀なところがありました。そういう私もたまにしか逢わない瑠璃子にどう接していいかわからず、という感じでした。だから、父親としてあまり偉そうなことは言えないんです」

返って来た答えに早瀬の「淡々とした口調」と「一瞬の苦笑い」の理由が判った。愛情がなかったわけではないが、それがまだ薄かったゆえに感情が伴わないのだろう。だから、ますます余計に知りたくなった。

「どうしてあの歌を作ったんですか……」

そして、すぐに付け加えた。

「ですが、僕自身は歌を作るのに『理由』なんてものはないと思っています。じぶんの場合、創作の原点は『衝動』だからそう思うんだと思います。だけど、早瀬さんの場合はどうかは判らないので、『理由』として伺いました」

早瀬はすぐに「わかりました」と頷いた。

「ですが、あの歌を作ったのは私ではありません」

「……えっ？」

「瑠璃子です。瑠璃子が作りました」

十年前のことだった。

十七回忌が終わり、ずっと手つかずのままだった遺品を整理しようと、早瀬は瑠璃子の部屋に久しぶりに入った。木製の勉強机は長い年月の間に引き出しが開かなくなってしまっていた。ひとつだけ、かろうじて開いた引き出しの中から、一本のカセットテープが出てきた。

「見つけたとき、カセットテープはプレゼント用の小さな花柄の紙袋に入っていました。ケースのラベルにはなにも書いていなかったので、テープを聴いてみました。そうしたら、瑠璃子の声が聴こえてきました」

「それがあの歌だったんですか」

早瀬はすぐに「違います」と言った。

「『メリークリスマス、お父さん。メリークリスマス、お母さん。私が生まれて初めて作った歌を聴いてください。ちょっと悲しい歌だけど、一生懸命作りました。そしていつか、三人で歌える日が来ますように』」

頬を染め、はにかんだ少女の横顔が浮かんだ。

「……それが、あの歌を発表した理由です」

早瀬の顔が初めて歪んだ。涙が頬を伝っていた。

「瑠璃子には、私がミュージシャンだったこと、そして輝美がアイドル歌手だったことは伏せていました。しかし、これもやはり母から聞かされてしまったようで、それまで歌や楽器演奏に興味がなかった瑠璃子が急に『ピアノを習いたい』と言い出したそうです。私は医学生になってから音楽に関わるもの一切を処分したので、作曲は独学で習得したのでしょう。本をよく読んでいた子だったので、作詞にも興味があったと思います。もしかしたら、シンガーソングライターになる夢を持っていたのかもしれません」

いつのまにかテーブルには新しいグラスがそれぞれの前に置いてあった。早瀬にはストレートのダブルが運ばれていた。一気に流し込んだ琥珀色の液体を体の隅々に沁み込ませるように、早瀬は間を置いた。すこし喉が灼けたのか、水をひとくち含んだ。

「それから何度も、何度も、テープを聴きました。私は思いました。瑠璃子はずっとずっと胸に仕舞っていた想いをメロディに乗せて、そして薄くなってしまった私たち親子の縁を、ほとんど切れかかっていたその糸を、『歌』で結び直そうとしていたんだと」

その後、当時客員教授を務めていた大学を辞めた早瀬は、機材を買い集め、自宅に小さなレコーディングスタジオを作った。バンドを解散して以来、一切の音楽活動をしなかったというのに、その行為は自分でも驚くくらい、「衝動的だった」と言った。

「きっとこうなるように、瑠璃子が導いたんだと思います」

それはおそらく、早瀬の中では「終わっていた」と思っていた「音楽への愛情」が、実は「終わっていなかった」表れだろう。瑠璃子の歌が早瀬を再び目覚めさせたのだ、と樹は思った。

「それで、カセットテープに収められた音源をもとに音を整えようと思い、レコーディングに関しての勉強をしました。その時、何度かアメリカのスタジオでハウス・エンジニアをしていた高田稔と連絡を取り、いろいろとアドバイスをもらいました。高田の連絡先は輝美が帰国した時に教えてもらっていました。当時、彼女は高田と一緒に暮らしていましたから」

その話はルミから聞いていなかった。だが、隠すつもりではなかったと思う。きっと過呼吸で話が中断してしまったせいだろう。

「ふたりは正式には結婚しておらず、事実婚という形式を取っていました。昔の私だったら、そんなふたりに対して怒り狂っていたことでしょう。ですが、そのことを知っても、私には何の怒りも湧き上がってこなかった。逆にほっとしたのを覚えています。それ以前に、輝美を幸せにできなかった私がとやかく言える立場ではありません。素直に輝美と高田を祝福しました」

涙の筋が頬から消えたその顔には、柔らかな笑みがあった。ふたりのことで怒りが湧き上がらなかったのは、意地を張っていたからではない。ひと言では言い表すことができない様々な感情を超越したからだ。樹はそんな気がした。

「ですが、高田さんは二年前に他界されたと伺いました」

「はい……宣告されて、あっという間だったらしいです」

心なしか、声に力がなかった。かつてのバンド仲間がこれで二人ともいなくなってしまったのだ。いまだに悲しみが癒えないのは当然だろう。

「それで、高田の遺言に従い、千駄木にある彼の実家の菩提寺に納骨するために輝美は瑠璃子の葬式以来、二十三年ぶりに帰国しました。それが一昨年の十一月になります」

「二〇一三年……十一月」

樹はその頃の自分を思い返してみた。ちょうど、ＥＷＩの制作ディレクターになるかどうか悩んでいた頃だった。

「羽田に輝美を迎えに行き、彼女が宿泊するホテルに向かう道すがら、私は車の中で瑠璃子の歌を聴かせました。カセットテープの存在については、当時輝美には知らせていませんでした。ようやく幸せな生活をしている輝美に、再び深い悲しみを味わわせたくなかったのです。ですが、高田が亡くなり、ひとりぼっちになった輝美を見て、私は自分の終末を考えるようになりました。もしも、私が突然死んだら、瑠璃子が歌を遺していることなど輝美は知らないままになってしまう。そう思い、テープの存在と歌を聴かせることを決意しました」

早瀬は短い沈黙を置いた後、すぐに話を続けた。

かなりかかってしまいました。輝美は涙をこらえながら、じっと、聴き入ってました。声を上げて泣くこともしませんでした。私は運転していたので、その時の彼女の表情をよく見ることができませんでしたが、あまりにも黙ったままの時間が長かったので何かを考えていたようにも思えました。すると、輝美が言いました。『わたしの中の「小野寺ルミ」が嫉妬しているわ』と。そして次に、『この歌で復讐しましょう』と言いました」

樹は耳を疑った。たしか今、「復讐」という言葉が聞こえた。樹は早瀬を見た。顔つきは穏やかである。何かと言い間違えてしまった、というような焦った表情ではない。あの三つの事件がやっぱり関連するのだろうか。背筋に冷たいものを感じ、額に汗が滲んだ。

すると、早瀬は笑った。

「でもそのあと、『何を言っているんだ』と輝美を叱りました。それで輝美が私も歌いたい、と言い出し、ああいう形になりました」

早瀬は煙草にまた火をつけた。

「近所迷惑になるので、オケ録りはレンタルスタジオで行いました。六時間で作業を終えて、ミックスダウンは自宅で行いました。ジャケットの制作は輝美が担当しました。私はレコーディング作業で手一杯だったので、それは彼女にお願いしました。瑠璃子の写真を何枚か送って、それを元にCGで作成してくれました。あの銀色の髪はもちろん合成です」

樹はカバンの中からCDを取り出し、早瀬に差し出した。早瀬はそれを手に取ると、目元を緩ませた。

「この淡い青のワンピースは、お気に入りの服だったみたいです。なので、棺に入れる時に着せました」

急に現実に引き戻されたような気がした。

「話は前後しますが」と言って早瀬は続けた。

「輝美のヴォーカル録りはニューヨークで行いました。高田の納骨が終わって、ニューヨークに戻った輝美は何度も何度も歌を聴き、瑠璃子の声色に合わせたそうです。ご存知のように、輝美はジャズ・シンガーとして音楽活動を再スタートしていましたが、長年のキャリアの中で、十代の女の子の歌声に差異なく合わせるのはさすがに初めてだと言っていました。しかし、輝美と瑠璃子は親子です。ふたりの歌声はすぐにひとつになりました。

そのヴォーカル・テイクをファイルに落としてもらい、メールで受け取りました。オケに関してはギターとのバランスを考えて、やはり生音で行こうと決め、ベースとドラムも私が演奏しました。バンド時代、ライブのリハーサルの時にお遊びでそれぞれの楽器をチェンジして演奏したことがあったので、多少心得はありました。それがまさかここで役立つとは思いませんでしたが」

早瀬はふっ、とほほ笑んだ。

「なにもかも、あなたのおかげです」

そして、頭を下げた。

「あなたが『瑠々』を見出し、デビューさせ、CDをリリースしてくださったおかげで、あの歌はヒットし、チャートの第一位を獲ることができました。お礼を申し上げるのが遅くなりましたが、本当にありがとうございました」

早瀬は立ち上がると深く、長く、頭を下げた。樹は慌てて席から立ち上がった。

「あ、あの、僕は何もしてません。見出したっていっても、あの歌自体にパワーがあったからデビューできたんです。チャートの順位も、レコード会社の宣伝部や営業部のスタッフ、放送局、レコード店のみなさん、ファンのみなさんの瑠々の歌を愛するパワーが一位に押し上げてくれたんです。僕ひとりの力ではありません。それに、週刊誌に中傷記事が出て、ショップからCDが撤去されても、それでも歌を愛してくれる人たちがいて、その存在にどれだけ励まされたかわかりません。僕のほうこそ、感謝しています。ですが……」

さきほどのルミの言葉――「この歌で復讐しましょう」それがどうしても心に引っかかる。瑠璃子が自殺する「原因」に対しての復讐であることは判っている。早瀬はルミを叱ったと笑っていたが、それだけで話が終わったようには樹には思えなかった。今も耳に残るルミのあの絶叫がそう思わせてならないのだ。

「さっきの、『この歌で復讐しましょう』って、ルミさんがおっしゃっていたことが僕にはどうしても気になります……」

早瀬は黙っていた。沈黙が樹をますます焦らせる。

「その復讐は、瑠璃子さんを自殺させた人間に、ということですか」

「そうです」

瞬間、樹は青ざめた。

「だ、誰だったんですか……いったい、誰が」

「判りません」

えっ、と小さく声をあげた樹を見て、早瀬はすぐに言葉を継いだ。

「瑠璃子の葬儀は私と輝美だけで行いました。ですから、その人間は瑠璃子の遺影も、棺も、死に顔も見ていないんです。『瑠璃子が自殺して死んだ』という現実をその目で見ていないんです。だから、情報として捉えてはいても、目で見ていないということで『瑠璃子が自殺して死んだ』を実感できず、なおかつ認識していないように私は判断しました。いまだにその人間が姿を現さないのは、そういうことなのだと思います」

立ったままの姿勢を崩すことなく、早瀬は話を続けた。

「私と輝美はあの歌を使って、その人間に『阿部瑠璃子はお前が殺した』という現実を見せました。たとえ私たちに謝罪がなくても、瑠璃子の歌がある限り、その人間の人生に『阿部瑠璃子は自分が殺した』という過去、そして事実は消えて無くなることはありません。どんなに目を背け、記憶に蓋をしたとしても、一生、忘れることはできないでしょう。あの歌は瑠璃子を殺した人間へ聴かせる歌。だから、『ひとごろしのうた』と名付けました。初めて作った自分の歌を勝手にそんなタイトルにしてしまって、さすがに瑠璃子は怒っているでしょう。でもきっと今頃、輝美が謝ってくれていると思います」

早瀬の表情はほとんど変わっていない。そして、その柔らかで落ち着いた声色も変わっていない。瑠璃子のメッセージではさすがに感情がこみ上げていたが、それ以外では早瀬自身は声を荒げることもなく、驚くほど至って冷静、いや、普通という表現のほうが正しいかもしれない。

しかし、樹はその逆だった。頭の中が混乱している。早瀬とルミのやりきれない想いが生んだ歪みが、『ひとごろしのうた』になった。全く知らなかったとはいえ、結果的に自分は「復讐」の片棒を担いでしまった。しかし、たったひとりの、かけがえのない子どもが突然命を絶ち、加害者は判らず、学校側に責任放棄されてしまった父親と母親の気持ちが理解できないわけじゃない。思いが交差し、ますます頭の中が混乱してゆく。

「でも、歌を使って復讐するなんて間違っています……僕は……僕は……音楽を創る、音楽に携わる人間として、やっぱり……」

「これは、瑠璃子からの復讐です」

上擦る樹の声に柔らかな声がそっと、重なった。

「あんなに辛く苦しく、悲しい歌詞を書かせてしまった娘を、守ることも助けることもできなかった父親と母親への、娘からの復讐でもあるのです。そして、瑠璃子は見事にこの復讐を成し遂げました」

胸の奥にある何かが喉をふさぐ。

樹は責める言葉を失った。

椅子に座り、互いを無言で見つめあう時間がしばらくあった。永遠に続くかと思われる時間にピリオドを打ったのは、弦太だった。正しくは、弦太のかけたレコードだった。

鳴り出した音に早瀬の口元が緩んだ。六九年製レスポール・カスタムが心を掻きむしるように唸り、轟きを上げ、人間の愚かさと醜さを掠《かす》れたヴォーカルがあざ笑うように歌う。解散から四十二年の月日が経っているにもかかわらず唯一無二の存在感を放つ、THE RED RUM。弦太がかけたのは、そのファースト・アルバム『#1《シャープワン》』だった。

「あれ……弦太さん……」

たしかこれは、先日弦太が自分に譲ったはずのLPだ。樹の言葉の意味がすぐに判ったのか、「これはカセットテープのほう」と弦太は小さくウインクした。

早瀬に視線を戻すと、穏やかな表情をしていた。照れるわけでも、嫌がるわけでもなく、まるで他のミュージシャンの音楽を聴くような表情をしていた。

「……あの、早瀬さんのこと、聞いていいですか」

早瀬は微かに頷いた。

「こんなこと聞ける立場じゃないんですけど、どうして……今までずっと、音楽を辞めていたんですか……」

自分はミュージシャンを辞めたが、音楽を創ることは辞めてはいない。だが、早瀬はミュージシャンを辞め、音楽を創ることも辞めてしまった。一度、ミュージシャンという立場を退いた同じ人間として、樹は早瀬の心が知りたくなった。

運ばれてきた水を一口飲むと、早瀬は小さく息を吐いた。

「私が音楽を始めようと思ったきっかけは、幼いころから私を押さえつけていた親への反抗心からでした。しかし、貧しさに負け、実家に戻り、親の言うなりになった私にはもう、音楽をやる必要性がなくなってしまいました。家出までしてプロデビューしたのになんとも情けない話ですが、それが理由です。一緒に音楽を創ろうと約束をしていた輝美には失望させてしまい、申し訳ないことをしてしまいました」

一瞬、落とした視線はすぐに樹を見据えた。

「音楽から離れて、ずいぶんと時間がたってしまいましたが、そのおかげで判ったこともあります。だから、悪いことばかりではなかったように思います」

「……どんなことが、ですか？」

「それは音楽と人間との関係性です。自分がバンドをやっていた頃は、鬱憤《うっぷん》を吐き出すことばかりで、聴き手のことなどこれっぽちも考えたことはなかったんです。ですが、『瑠々』の歌を制作している期間中、今更ながらいろいろなことに気付かされました。作り手は歌を作ることによって、自分の心の中にある感情を吐き出す。聴いているものが『この歌、いいな』と思うのは、なにかしら自分の中にあるものと同調するものがあるからだと思います。単純に好みのメロディだった、ということもあります。でも、その『好み』が形成されるに至るまでは、本人のそれまでの人生経験が投影されている。いいな、と思った歌を何度も聴く、一緒に歌うなどの行為をすることによって、歌詞が頭の中に刻み込まれていく。歌詞カードを見なくても歌えるころには、歌と自分自身がいつのまにか同化している。そして、歌はやがてその人自身になっていく。

　これは私の過去の経験から基づく持論ですけれど、テレビやラジオなどのマスメディアから通された歌は本来持っているパワーを倍にして、聴き手の心に届きます。テレビの画面を通して実際に歌手の姿を目にすることやラジオを聴いている環境など、そういった効果もあり、好きになり何度も聴いた歌が自分自身と同化してしまうんだと思います」

なるほどな、と聞きながら、樹はあることに気付いた。自分は「早瀬慧二」として接しているけれど、その「早瀬慧二」は「阿部慧二」として自分に接しているということに。今、「音楽と人間との関係性」を自分に話しているのは、司法精神医学、児童精神医学を専門とする、大学の客員教授でもあり精神科医の「阿部慧二」であることに。

「ですから、犯行時に被疑者があの歌を聴いていたとしても、なんら不思議なことではないように思いました」

はっ、と顔が上がった。あれだけの騒ぎを知らないわけはないとは思っていたが、当事者の口から直接、しかも、なんの前触れもなく「あの記事」についての言葉が聞けるとは思っていなかっただけに、樹は驚いた。

「早瀬さんはあの記事について……どう思いましたか」

樹は恐る恐る聞いたが、早瀬は考え込むこともなく、すぐに話を始めた。

「瑠璃子の歌は、『悲しみ』や『苦しみ』を抱く人間を癒すものではありません。娘は『悲しみ』を歌っているのではなく、『怒り』を歌っています。あの歌は『怒り』そのものなのです。被疑者の心にあった『怒り』という『意識』が、歌詞の『無意識』にあった『怒り』と共鳴した結果、何が起こるのか。あの一連の記事に対して嫌悪感を持つよりも先に、私はそれをとても知りたくなりました」

それは、「父親」でもなく、「ミュージシャン」としてでもなく、まさしく「研究者」

としての言葉だった。

「今、執筆している論文のテーマは『歌と犯罪』です。瑠々の歌と、静岡と岐阜の事件を題材にしています。週刊誌では大宮の事件も取り上げていましたが、あれは被害者が聴いていたということで扱いませんでした。でも、面白い論文になると思います。年内に刊行する予定なので、出来上がりましたら贈呈しますよ」

早瀬は言い終わると笑顔を浮かべた。学者として威厳と自信に満ちた笑顔に、ふいに、なにか失望に似た感情が樹の心に擡げた。自分にとって、「早瀬慧二」は「早瀬慧二」でしかない。だから余計に、そんな感情が生まれたのかもしれない。

「いいえ、結構です」

樹は席から立ち上がった。

好意を突き返したような返事に早瀬の目が見開いた。

「僕は阿部慧二さんが書いた論文には興味がありません。僕が興味があるのは、早瀬慧二さんがこれから創る、音楽です」

早瀬の顔から笑みが消えた。

沈黙が再び生まれた。だが、先ほどと違うのは、樹と早瀬の間にTHE RED RUMの音楽が流れていることだった。アルバムは最後の収録曲——デビュー曲だった『眠れない夜に君に出逢った』の演奏に差し掛かった。シニカルでエロティックな内容の歌詞が多い楽曲の中で、この曲は唯一、そういった傾向はない。だから、デビュー曲に選出されたのだろう。バンドのカラーを考えると、「らしくない」楽曲であり、「最悪のデビュー曲」とメンバーが語っていたのもうなずける。しかし、樹はこの曲が一番好きだった。間奏でのギターソロは、ギターが手元にあったのなら即座にコピー演奏したいくらいに気に入っている。この曲に限らず、早瀬が奏でる音の何もかもが、樹にとってはそうなのだ。だから弾くことを辞めてほしくなかった。

「僕は、早瀬さんのギターがもっと、聴きたいんです。これからもずっと、聴きたいんです」

心の底からの願いだった。早瀬は樹をしばらく見つめた。その眼差しは相変わらず穏やかであったが、なにか別のいろ——寂しさのようなものも含んでいるように感じた。

「ありがとう」

掠れたような声は胸の奥底にあった想いがこみ上げていたせいかもしれない。

「ですが、もうギターを弾くことはできません」

きっぱりと言い切った早瀬に樹はすかさず問うた。

「大変失礼ですが、ブランクのことを気にされているんでしょうか。でも、CDを聴く限り、僕はそんなことは」

樹の言葉が終わらないうちに早瀬は頭を大きく横に振った。

「もしかして、ギターを……処分……」

早瀬は再び頭を横に振った。

「じゃあ、どうして」

「その理由については、もう大路さんは気付いていらっしゃると思います」

そう言われて、思いをめぐらす。その次の瞬間、「あっ」と声を漏らした。早瀬は深く頷いた。

「私はもう、『阿部慧二』として生きてしまっているからです……」

四十二年。流れた年月の数字が頭に浮かぶ。あまりにも長く、あまりにも遠く、過ぎ去ってしまった月日を取り戻すことなど、もちろんできはしない。それでも樹は今それを無性に取り戻したくなった。だが、叶いはしないことを願う虚しさに心は沈んでいく。

黙りこくる樹に申し訳ないと思ったのか、早瀬はもう一度、「ありがとう」と言った。

「瑠璃子の歌でギターを弾いたのは、先ほども申し上げましたように復讐という気持ちからでしたが、懺悔《ざんげ》の気持ちもありました。おそらく、輝美もそうだったと思います。あれは、『早瀬慧二』の最後の演奏、そして、『小野寺ルミ』としての最後の歌唱、私たちは『これが最後』と各々思いながら、今ある力のすべてを出してレコーディングしました。輝美はニューヨークで歌っていましたが、私はバンドを辞めてから初めての演奏になりました。それが亡くなった娘のためというのも、親子の縁が薄かった私にとってはなんとも皮肉なものです」

しかし、と早瀬は言った。

「やっぱり私は『阿部慧二』でした。瑠々の歌を作ってから、私はいち精神科医として、この歌を聴くすべての人を対象にした精神分析を行ってみたくなったのです。さきほども言いましたが、被疑者の心にあった『怒り』という『意識』が、歌詞の『無意識』にあった『怒り』と共鳴した結果、何が起こるのか。『ひとごろしのうた』によって、心にある『意識』と『無意識』を繋ぎ、『無意識』を『意識』に変化させ、トリガーを引かせた。その結果、二人の被疑者が瑠々の歌を聴いていたという状況が生まれました。それをまとめたのが今回の論文ですが、瑠々の歌が存在する限り、今後もこういった状況は生まれてくると私は推測します。なので、この『歌と犯罪』についての論文は、話題になると思いますよ」

早瀬は笑っていた。だが樹にとっては、もうすでにそれは早瀬慧二の笑顔ではなくなっていた。阿部慧二が笑っている。昔、挑発するように見開いた目は、自信に満ちた光を湛えていた。その光が、これ以上どんなに訴えかけても、阿部慧二の気持ちが揺らぐことはないと伝えている。

「……わかりました」樹はテーブルの上に置かれたままのCDを見た。

『ひとごろしのうた』――十四歳の阿部瑠璃子が生まれて初めて作った歌。抑え込んでいた自分の気持ちをメロディにのせて、離れ離れになってしまった家族を結びつけようとした歌は、父と母によって復讐と懺悔の歌となった。

そして「瑠々」はデビューした。樹の想いと様々な出来事が繋がって、「瑠々」の正体を知ることができた。「瑠々」はまぼろしの歌姫ではなかった。「瑠々」は確かに、存在していた。でも、もう「瑠々」の新しい歌は聴くことができない。デビューした時点で、「瑠々」は終わっていたのだから。

気が付くと、いつのまにか早瀬がドアの前に立っていた。

「今夜はどうも有り難うございました。懐かしい話がたくさんできて、嬉しかったです」

深く、長く、頭を下げたあと、早瀬は言った。

「さようなら」

そのまま背を向けて、ドアが静かに閉まった。閉められたドアを樹はしばらく見つめていた。音が消えた店の中で、樹はただじっと、ドアを見つめた。もうこれで逢うことはないであろう男が閉めていった、ドアを。

十一月。

樹は久しぶりにTOKYO WAVEのスタジオに入った。かつて週一でコーナーを担当していた『KNOCK THE ROCK』に出演するためだった。

午後十一時五十分。濱中のキューサインを確認すると、樹は静かにカフを上げた。

「こんばんは。大変ご無沙汰しています、元EZ COME EZ GO、現在はEWIレコード第一邦楽制作宣伝部ディレクターの大路樹です。みなさん、お元気でしたか。以前は僕が担当する『瑠々』というアーティストで本当にお世話になりました。ですが、ろくにお礼も言わないまま、突然コーナーを休止することになってしまい、申し訳ありませんでした。

今夜は、とても遅くなりましたが、そのお礼とお詫びを言いたくて、急きょ出演させてもらいました。皆さんからは情報だけでなく、励ましや歌の感想など本当にたくさんのメッセージを頂きました。それがどんなに励みに、力になったことか、何度お礼を言っても足りないくらいに感謝しています。ほんとうに、ほんとうにありがとうございました。

そして、担当していた『瑠々』についてもご報告をさせてください。どこに住んでいるのかも、年齢がいくつなのかも、何も情報がなかった『瑠々』のことを知りたくて、リスナーの皆さんのお力を借りて情報を集めていましたが、とても不思議な巡りあわせがあって、僕は『瑠々』に逢うことができました。

『瑠々』にとって、あの歌は生まれて初めて作った歌で、レコード会社のオーディション用に出すためではなく、お父さんとお母さんに聴いてほしいと思って作ったそうです。ですが、なかなかその機会に恵まれず、随分と時間が経ってからお父さんとお母さんはあの歌を聴いたそうです。でも、そのころには彼女はもう歌うことができなくなってしまっていました。歌を聴いたお父さんとお母さんは彼女のために歌を完成させることを決意しました。まだ一番の歌詞しかなかった歌の、二番目とCメロの部分の歌詞はお母さんが書いて、お父さんはピアノだけだった演奏に、ドラム、ベース、ギターを付けました。こうして、あの歌は完成し、家族三人で作った歌は僕と、そして皆さんの元に届けられました。

でも残念ですが、この歌をこの番組でかけるのは今夜が最後になると思います。それでは、聴いてください。瑠々、『ひとごろしのうた』

ああ　ぜんぶ　ゆめだったらいいのに
あなたが生きてることも　わたしが生きてることも

あかい太陽　あおい空　くろい鳥　しろい花　きん色の星　みどりの葉ゆらす風
わたしの目にうつるもの　わたしがかんじるもの　すべて　ぜんぶ　ぜんぶ
目に見えないことば　なのに　おもて　と　うら　が　ある
きのう　わたしをきずつけた　あのこ　きょう　いつものように　わらってた
あした　わたしがしんだら　ないてくれるかな　それとも

ああ　ぜんぶ　ゆめだったらいいのに
わたしをかなしませるもの　わたしがにくむもの　ぜんぶ　ぜんぶ
どうせ　いつかは　きえてなくなる　この世界

いたかったでしょう　とげがささったまま　こころが赤いなみだながしてる
こぼれたしずく　ぬぐってあげる　こごえた身体　だきしめてあげる
このぬくもりを　かんじてよ　とおいきおく　おもいだして

いつもそばにいたのに　たすけてあげられなくて　ごめんね　ごめんね
ああ　ぜんぶ　ぜんぶ　ゆめだったらいいのに　ゆめだったらいいのに

だって　ゆめは　めがさめたら　めがさめたら　それで　おしまい

目を閉じて　くるしみのない世界にむかって　あるきだすわたし
のこした足あとを　いつかたどってきて　そして　ほほえんで　だきしめて
しってしまった　ほんとうのきもち　しらないふりしてあげるから

ぜんぶ　ぜんぶ　ゆめじゃなかった　ぜんぶ　ぜんぶ　ゆめなんかじゃない
よろこびも　かなしみも　くるしみも　うつくしさも　みにくさも
それはすべて　生きる　ということだから
生きる　ということだから

曲が終わり、CMに入ったところで樹はスタジオブースから出た。

「お疲れ」

濱中がぽん、と軽く肩を叩いた。そして、何も言わず深く頭を下げた樹に「こう見えてもオレはプロだからな、始末書書きの」と笑った。


この日、朝刊の社会面の片隅に昨日夕方、横浜のマンションで飛び降り自殺があった記事が掲載された。私立大学の文学部で客員教授をしていたその男に遺書はなく、代わりに完成した論文が自宅書斎の机の上に置かれていたという。

そして、会社にいた樹のもとに、その男からの宅配便が届けられた。荷物の中身を見た樹はすぐさま、濱中に連絡を取った。

突然、今夜の放送に出たいと言い出しただけでなく、そこで瑠々の歌をどうしてもかけたいとの願いに、さすがの濱中も困惑した。CD撤去騒動以降、瑠々の歌をオンエアすることについては、スポンサーがあまりいい顔をしないからだ。渋る濱中に、樹は言った。

「今日は彼女の命日なんです。だから、どうしても今夜中にこの曲をかけて欲しいんです」

それは、前日に命を絶ったその男からの、樹に残された遺言だった。男は二枚目の便せんに、『ひとごろしのうた』の作詞・作曲、演奏、歌唱印税のすべてを震災義援金として寄付するように依頼し、その後、こう綴っていた。

——もう何もすることがなくなってしまった、死ぬこと以外には。

「本当に、今日はどうもありがとうございました」

樹はもう一度頭を下げると、スタジオの隅に置いていたギターケースの取っ手を摑んだ。

それは、男からのもうひとつの届け物だった。

樹は会社に戻った。ハードタイプのギターケースは久しぶりに持つだけに、やたら重たく感じる。ケースはほとんど新品に近い。もしかしたら、自分に送るために買い替えたのかもしれないと思った。

守衛室に寄って、ドアを開けてもらう。エレベーターのボタンを押すと、樹は最上階へと上がった。

今朝がたまでミックスダウンして、レコーディング作業をすべて終えてくれたおかげで、第三スタジオは空いていた。

重たいドアを開けると、煙草のにおいがまだ微かに残っていた。コントロールルームを抜けて、スタジオのドアをくぐる。世話になっていた機器レンタル会社から借りてきたマーシャルのアンプをセットすると、樹はギターケースを開けた。

六九年製レスポール・カスタム——久しぶりに目にするブラック・ビューティが滲んで見えた。しかし、かつて自分が弾いていたものと同じはずなのに随分と佇まいが違って見えるのは、ところどころの塗装が剝げているせいだろう。特に弦を張るためのパーツであるブリッジ部分の剝げ具合は相当なものだ。

たった三年間のバンド活動ではあったが、その中でこのギターは弾き手であった男とともに、嵐のような日々を駆け抜けていった。この黒いボディには、彼の汗と客席からの熱気がたっぷりと沁み込んでいるように思えた。

ギターケースの中には手紙がもう一通、入っていた。

「結局、自分にとって音楽や医学は自己顕示欲を満たすものでしかありませんでした。バンドを解散後、音楽が創れなくなったことがその証拠です。そして、輝美はそんな私をとうに見抜いていました。それに気が付いた時、私はひとりぼっちになっていました。もうギターを弾かないと言った本当の理由がこれです。でも、ギターには罪はありません。どうか引き取ってください。そして、たくさん弾いてあげてください。宜しくお願いいたします。　早瀬慧二」

樹は何度も、何度も、手紙を繰り返し読んだ。救えなかったという悔しさ。もっと早くに出会っていればという悔しさ。なぜ、死を選んでしまったのかという悔しさ。何度読んでも、読むたびに次々と悔しさがこみ上げてくる。それはほぼ、怒りに近いものだった。

たとえ、阿部慧二として今は生きていても、自分にとっては「早瀬慧二」でしかない。同じギターを弾く者同士として、もっと話がしたかった。貴方はひとりぼっちなんかじゃない、と言いたかった。そして、それを言わせてくれなかった早瀬と言えなかった自分に怒り、悔やんだ。

「たくさん弾いてあげてください……か」

もう自分はミュージシャンではないのに、早瀬はなんでそんなことを言ったんだろう。そう思いながらも、手がギターに伸びていく。弦は新しく張り替えられていた。ネックは磨かれており、指板も汚れているところがない。毎日まめに手入れをしていたのが判る。だからこそ、また余計に悔しかった。

樹はストラップをかけた。肩に食い込む、懐かしい重み。ピックを持ち、コードを直接アンプに差し込む。ボリュームをフルにセットするなり、勢いよくダウンストロークをかけた。轟音がはらわたを直撃する。頭が殴られたようにクラクラする。なのに、手は勝手に16ビートのストロークをアップダウンしている。痺れる。指先から弾かれていく音が、心を、からだ全体をびりびりと痺れさせる。ああ、これだ。やっぱり、この音だ。うわごとのように幾度も繰り返す。チョーキングビブラート、スライド、トリル、カッティング、ハンマリング、ピックスクラッチ……「ギターを弾く」ということが、今はこんなにも狂おしく、愛おしく感じてたまらない。だけど、ギターを弾いていた頃は楽しいことばかりじゃなかった。うまくいかないこともあった。苦しい思いもたくさんした。だけど、あの頃は当たり前だったことが、自分にとって何よりも一番幸せに思うことだった。

手の甲にいくつもの滴が落ちていく。汗のような、涙のような滴が、次から次へとぽたぽた落ちていく。伝う滴をぬぐわないのは、弦を振り下ろす手が止まらないからだ。ぬれた指先からピックは落ちて、指で弦をつま弾いた。次第に痛みが走る。それでも手は、指は止まらない。指先の皮が剝けて血が滲み始めた。それでも手は、指は、止まらなかった。

この痛み、そして体中から湧き上がってくる熱、流れおちる汗、そして涙。

そう、これは全部、自分の中にある想いからくるものだ。この言葉に表し切れない想いを、あふれ出てくる想いのすべてを音にしたい――。

瞬間、振り下ろした手は大きく、強く、弧を宙に描いた。

雄たけびとギターの轟きがスタジオを揺らさんばかりに響き渡る。

――ひらめきのギターが、鳴った。

タワーズレコードが日本進出四十周年を記念したイベントの一環として、全国FM局との共同企画『再結成してほしいバンドベスト10』を募ったところ、「EZ　COME　EZ　GO」が第二位となった。折しも、来年がEZが解散して十年になる。一年間の限定ではあるが、アニバーサリー・イヤーに相応《ふさわ》しく、シングル・アルバムもリリースし、全国五か所のホールツアーを行うことが先週の企画会議で決定した。

当初、RYOとKAZZに再結成に対する懸念は多少あったようだが、何度かセッションをしているうちに二人はかつての情熱を取り戻し、今や毎日のようにレンタルスタジオでEZの曲を練習がてら、ライブにむけてのリハーサルをしている。

ツアー初日の東京公演には退院した遠藤を招待する予定だ。

その一方、樹は、「6955」レーベルから発売されるシングルとアルバムの制作ディレクターを誰にするかを、三日後の制作会議までに決めなければならなかった。

「……で？」

麻衣子は露骨に眉間にしわを寄せた。

「EZ再結成の制作ディレクターをなんで私がやるんですかっ」

あまりに不服そうな表情に、樹は困惑げに麻衣子を見た。

「そんなにイヤですか……」

「嫌とか言う以前にだいたいやりずらいじゃないですか。一緒に机並べてた人が所属アーティストになって、しかもサウンド・プロデューサー兼任だなんて。ほかにもいるでしょう、EZやりたがってるディレクターなんてっ。ほらっ、緒方さんっ！　若林さんっ！　長谷部さんっ！　新井さんっ！　中崎さんっ！　菊池さんっ！　鈴木さんっ！」

麻衣子の声に、向かい側に座る七人が揃ってそれぞれのPCの陰から顔を出した。そして、とたんに顔を歪ませて大きく首を横に振ると、再び陰に顔を隠した。

「うわっ、ひどっ」

もちろん七人のリアクションは冗談であるのは判ってはいる。樹は大げさにがっくりと項垂《うなだ》れた。

「だから、郷田さんしか頼める人がいないんです」

麻衣子は大きく息をついた。

「スケジュール的には私が一番適任なのはわかっています……」

「じゃ、じゃあ」

顔を上げた樹に麻衣子は大きく両手を横に振る。

「でも、だめだめだめだめだめです、ムリですっ、できませんっ！　それじゃなくても、ディレクターになったばかりですよ、私っ。いきなりこんなビッグプロジェクトを仕切るなんてできませんってば！」

そう言いながら麻衣子は椅子ごと後ずさりしていった。

四月の人事異動で、ＡＤＳＮルームでのスカウティング能力の高さを買われて第一邦楽制作宣伝部制作班のディレクターとなった麻衣子だが、かつての樹のようにまだアシスタント的な仕事をしている。そういう状況もあってのこの言葉だとは思うが、あまりの恐縮ぶり、というよりも拒絶ぶりに自信を無くしそうになる。

フロアの隅にまで後ずさった麻衣子に詰め寄るように近づくと、答えは同じとばかりに麻衣子は無言でただ首を横に振る。樹は立ちはだかるように前に立った。

「あの時たしか、俺、言ったはずなんですけど」

何を、と言うように麻衣子が首を傾げた。

「中二階の会議室から『695』を引き払うときに、『また、一緒に仕事をしよう』って。そしたら郷田さんは『はい。その時はまたよろしくお願いします』って言ったんですよ、ちょっと赤くなった目で」

瞬時に麻衣子の顔が真っ赤に染まった。

「そ、そっ、それは言いましたけど、あの時はそう言うしかない雰囲気だったし、まさか、今こんなことになるなんて思わなかったし、あー、もうっ、ていうか、なんで私なんですかっ! 理由をちゃんと言ってくださいっ!!」

「んー……」

腕組みをして考え込みはじめた樹に、肩透かしをくらったように麻衣子がガクッと体を落とした。しかし、樹はすぐに組んでいた腕をほどいた。

「だから、『また、一緒に仕事をしよう』です」

「え?」

「そう思わせてくれたことが、理由です。それだけです」

そう言って差し出された手と樹の顔を麻衣子は交互に見つめた。二回、三回とくり返したあと、観念したように息を小さく吐いた。しかし、顔は微笑んでいる。麻衣子は立ち上がると、自分の手を樹の手に重ねた。熱い。樹はその手を逃がさんばかりにすぐに握り返した。

「ありがとうございます‼」

「お、大路さん、いっ、痛いです……」

「あ、すっ、すいません。ＲＹＯとＫＡＺＺの分も含めての握手だと思うと、つい」

慌てて放そうとする樹の手を麻衣子は放そうともせず、それ以上の力を込めて握り返すと、にやりと口端が上がった。

「私、か、な、り、厳しくいきますから。後悔しても遅いですからね」

今時のアクセントを交えながらのこれは「宣戦布告」である。ならば自分も負けてはいられないとばかりに、樹はカバンの中からＣＤ－Ｒを取り出した。

「とりあえず、ここにアルバム用デモとして七十六曲入ってます。これから試聴、よろしくお願いしますっ」

ストックではない、すべて早瀬から譲り受けたあのギターで作った新曲ばかりだ。

「な、七十六曲……⁉」

あんぐりと口を開けた麻衣子に、樹は大きく笑顔を返した。

新しい日々が始まる。

笑い、泣き、苦しみ、もがき、頭を掻きむしりながら、それでも愛を求めてギターをかき鳴らす日々がまた、始まる。

そしてあの歌が、今日も聴こえる。

エピローグ

「宮澤《みやざわ》さん、大下《おおした》警部補がお呼びですよ」

取り調べ調書をまとめていると、事務の立花里香《たちばなりか》が後ろから声をかけてきた。呼ばれた先は、四階にある小会議室だった。一昨日、年に一度の人事面接があったが、それについてのことだろうか。岡山の山吹署から大宮署に来て、四年と三か月が経った。無遅刻、無欠勤。今まで取り立てて大きなミスなどはしていない……はずだが。それとも、今度の昇任試験のことについてだろうか。恐る恐るドアをノックする。入りなさい、という声に、ゆっくりとドアを開けた。

「失礼します、宮澤です」

不安な気持ちを悟られないように、声を少し張り上げた。一礼して中へと歩を進める。八帖くらいの広さの室内で、大型テレビの前に長机が平行して二列並べられている。その左側に黒田《くろだ》警部、隣に大下警部補が座っていた。

「急にすまないね」

大下警部補が右手で向かい側の席を促す。「失礼します」とまた言って席に座ると、黒田警部が口を開いた。

「どうだね、取り調べのほうは」

昨日の午前六時三十分ごろ、ひとりの女性が出頭してきた。そのことについてだというのはすぐに判った。

「今日も朝から取り調べを行っていましたが、『阿部瑠璃子ちゃんを殺したのは私です』と言っては泣きじゃくるばかりで……」

出頭してきた女性の名は「中山知佳《なかやまともか》（旧姓：藤木）」。さいたま市岩月区に住む三十八歳の主婦。「阿部瑠璃子」とは横浜市内の中学で、二年生の時にクラスメイトだった。しかし、阿部瑠璃子は校内で飛び降り自殺をして死亡。その原因は、転校生だった彼女が学校になじめなかったから、ということになっている。

「中山知佳がそういう状況なのでなかなか進展しないのですが、去年の十二月にＪＲ大宮駅の歩道橋突き落とし事件の被害者、加瀬俊彦さんと同じ中学だったというところまでは、情報を掴みました」

「あの事件と中山知佳は関係あるのかね？」

「関係はないと思います。事件当時に被害者と一緒にいたのは、報道では『知人女性』としていましたが、キャバクラ嬢です。横浜市在住の被害者がなぜわざわざ大宮のキャバクラ嬢と会っていたのかについてですが、以前、このキャバクラ嬢が川崎の店で働いていたことがあり、そこに被害者が足繁く通っていたという証言がありました。当日の夜は、いわゆる『同伴』で、店に行く前にイタリアンレストランで食事をして、その後、事件が発生しました。中山知佳はその時すでに、自室で就寝していました。その日は午後七時三十分から近所の小学校の体育館でママさんバレーの練習があったんですが、身体がだるいと言って練習を休み、二十一時には床《とこ》に就いていたと、夫と娘さん、息子さんがそれぞれ証言しています」

さきほど調書にまとめようとしていた事柄なので、読み上げるようにすらすらと報告すると、黒田警部が妙に大きなため息をついた。

「宮澤君は確か以前、山吹署で文楽人形の殺人事件の捜査に関わっていたよね？」

「あ、はい……」

もう七年も前になる。あれはなんとも奇妙な事件だった。

「まあ、それで君を呼んだというわけではないんだが、ちょっとこの映像を見てほしいんだ」

まるで合図したかのように、すぐにテレビが点いた。大下警部補がリモコンのボタンを押すと、「その映像」はすぐに映し出された。

「……歩道橋の防犯カメラの、ですか？」

映像画面下にクレジットされている日付で、大宮駅の歩道橋突き落としの事件現場のものであるのはすぐに判った。だが、捜査当時、歩道橋のエレベーター乗り場横に設置されていた防犯カメラの存在は知らされていたが、なぜか映像は捜査係には公開されなかった覚えがある。でもそれがなぜ今になって、しかも自分に見せているのだろうか。

「ここ、宮澤君、ここ見て」

大下警部補の声に目を凝らすも、「ここ」が一瞬すぎて何なのかが今ひとつ判らない。

「すみません、もう一度お願いします」

「じゃあ、今度はスロー再生で」

再生が始まって二十四秒後、被害者と知人女性が画面右側から登場した。深夜ということもあり、ふたりは人目をはばかることもなく抱き合うように体を密着させ、時折くちびるを重ねる。キャバクラ嬢と常連客というだけの関係ではないことがわかる生々しい様子に苦笑いしていると、突然、画面に青白いものが光った。そして次の瞬間、被害者が頭から突っ込むようなかたちで階段からころげ落ちた。キャバクラ嬢はしばし呆然としていたが、すぐに我に返り、右往左往しながらなにかを叫んでいる。映像はここで停止した。

「それで今映っていた、青白い光を鑑識に見てもらった結果が今日出たんだが」

大下警部補が茶封筒からB４サイズの写真を二枚取り出し、机の上に並べた。

「君はどう思う」

そこに写っていたのは、女の子だった。白い髪の、淡い青色のワンピースを着た女の子が被害者とキャバクラ嬢の背後に立っているのが、ピンボケのような状態で写っている。

二枚目の写真には、後ろに立つその女の子の両手が被害者の背中に伸びている姿があった。画像の下にクレジットされている時刻に一秒足せば、被害者が転げ落ちていった時刻と同じになる。

ぞくり、とした。

「それで……」

大下警部補がいったん、言葉を区切った。なにか言いかねているような顔つきだった。

「これに似てるんじゃないかと、担当の落合さんが言うんだがね」

茶封筒から出てきたのは一枚のCD。去年、「正体不明の歌姫」と話題になっていたやつだ。

「そんな、まさか」

写真とCDジャケットを並べてみる。瞬間、目が見開かれる。

そのジャケットには銀色の長い髪、淡い青のワンピースを着て、横向きに立っている姿が映っている。銀色が白である以外は少女と背後に立つ女の子は全く、同じだった。

思わずまたリモコンのボタンを押した。再生が始まって三十二秒後に画面が青白く光るまで何度も繰り返した。しかし、映像を見る限りでは、女の子の姿を見つけることはできない。

「しかし、犯人は……彼女だ」

黒田警部は言った。

確かにそう言った。

謝辞

この物語を執筆するにあたり、音楽業界の現状についての様々なお話を大野貴博氏より伺い、ご協力して頂きました。厚く御礼を申し上げます。

この作品はフィクションです。実在の人物、地名、団体、事件等とは一切関係ありません。

本書は、書き下ろし作品です。

虐殺器官〔新版〕

伊藤計劃

Cover Illustration redjuice
© Project Itoh/GENOCIDAL ORGAN

9・11以降、〝テロとの戦い〟は転機を迎えていた。先進諸国は徹底的な管理体制に移行しテロを一掃したが、後進諸国では内戦や大規模虐殺が急激に増加した。米軍大尉クラヴィス・シェパードは、混乱の陰に常に存在が囁かれる謎の男、ジョン・ポールを追ってチェコへと向かう……彼の目的とはいったい？　大量殺戮を引き起こす〝虐殺の器官〟とは？　ゼロ年代最高のフィクションついにアニメ化

ハヤカワ文庫

川の名前

川端裕人

菊野脩、亀丸拓哉、河邑浩童の、小学五年生三人は、自分たちが住む地域を流れる川を、夏休みの自由研究の課題に選んだ。そこにはそれまで三人が知らなかった数々の驚きが隠されていた。ここに、少年たちの川をめぐる冒険が始まった。夏休みの少年たちの行動をとおして、川という身近な自然のすばらしさ、そして人間とのかかわりの大切さを生き生きと描いた感動の傑作長篇。　**解説／神林長平**

カバーイラスト＝スカイエマ

ハヤカワ文庫

華竜の宮（上・下）

上田早夕里

海底隆起で多くの陸地が水没した25世紀。陸上民はわずかな土地と海上都市で高度な情報社会を維持し、海上民は〈魚舟〉と呼ばれる生物船を駆り生活していた。青澄誠司は日本の外交官としてさまざまな組織と共存のため交渉を重ねてきたが、この星が近い将来再度もたらす過酷な試練は、彼の理念とあらゆる生命の運命を根底から脅かす——。第32回日本SF大賞受賞作。解説／渡邊利通

著者略歴　1965年東京都生，音楽業界を経て、現在大学職員。『しだれ桜恋心中』で第4回アガサ・クリスティー賞を受賞。

HM=Hayakawa Mystery
SF=Science Fiction
JA=Japanese Author
NV=Novel
NF=Nonfiction
FT=Fantasy

ひとごろしのうた

〈JA1262〉

二〇一七年一月二十日　印刷
二〇一七年一月二十五日　発行
（定価はカバーに表示してあります）

著　者　松《まつ》浦《うら》千《ち》恵《え》美《み》
発行者　早川　浩
印刷者　草刈龍平
発行所　株式会社　早川書房
郵便番号　一〇一 - 〇〇四六
東京都千代田区神田多町二ノ二
電話　〇三 - 三二五二 - 三一一一（大代表）
振替　〇〇一六〇 - 三 - 四七七九九
http://www.hayakawa-online.co.jp

乱丁・落丁本は小社制作部宛お送り下さい。
送料小社負担にてお取りかえいたします。

印刷・中央精版印刷株式会社　製本・株式会社川島製本所

ISBN978-4-15-031262-6 C0193

本書は活字が大きく読みやすい〈トールサイズ〉です。